LUMEA ÎN DOUĂ ZILE

两天的世界
下

George Bălăiță

[罗马尼亚] 乔治·伯勒伊泽 / 著
董希骁 [罗马尼亚] 梅兰（Mara Arion）/ 译

南方出版传媒
花城出版社
中国·广州

图书在版编目（CIP）数据

两天的世界：上、下 /（罗马尼亚）乔治·伯勒伊泽著；董希骁，（罗马尼亚）梅兰（Mara Arion）译. -- 广州：花城出版社，2020.12
（蓝色东欧 / 高兴主编. 第6辑）
ISBN 978-7-5360-9357-7

Ⅰ. ①两… Ⅱ. ①乔… ②董… ③梅… Ⅲ. ①长篇小说－罗马尼亚－现代 Ⅳ. ①I542.45

中国版本图书馆CIP数据核字（2020）第268871号

合同版权登记号：图字19－2015－199号
George Bălăiță, Lumea în două zile
Copyright © 2009 by George Bălăiță
Published by EDITURA POLIROM
All rights reserved

出 版 人：	肖延兵
丛书策划：	朱燕玲
出版统筹：	李倩倩　夏显夫　欧阳佳子
责任编辑：	杜小烨　欧阳佳子
技术编辑：	薛伟民　凌春梅
封面供图：	子夏
装帧设计：	棱角视觉 ANGULAR VISION

书　　名	两天的世界 LIANGTIAN DE SHIJIE
出版发行	花城出版社 （广州市环市东路水荫路11号）
经　　销	全国新华书店
印　　刷	恒美印务（广州）有限公司 （广州南沙经济技术开发区环市大道南路334号）
开　　本	880毫米×1230毫米　32开
印　　张	17　4插页
字　　数	440,000字
版　　次	2020年12月第1版　2020年12月第1次印刷
定　　价	98.80元（全2册）

本书中文专有出版权归花城出版社独家所有，非经本社同意不得连载、摘编或复制。
如发现印装质量问题，请直接与印刷厂联系调换。
购书热线：020－37604658　37602954
欢迎登录花城出版社网站：http://www.fcph.com.cn

两天的世界
下

目 录
CONTENTS

第二天

第一章 / 255

第二章 / 262

第三章 / 265

第四章 / 271

第五章 / 280

第六章 / 295

第七章 / 304

第八章 / 310

第九章 / 315

第十章 / 321

第十一章 / 331

第十二章 / 342

第十三章 / 347

第十四章 / 364

第十五章 / 379

第十六章 / 396

第十七章 / 408

第十八章 / 430

第十九章 / 441

第二十章　／　455

第二十一章　／　467

第二十二章　／　473

第二十三章　／　481

第二十四章　／　496

结语　／　499

第二十五章　／　505

第二十六章　／　507

第二天

我没有以游戏的态度创造天地万物。

——《古兰经》第四十四章"烟雾（睹罕）",第 38 句

第一章

六月二十一日①的早晨天色明朗,丝毫看不出要下冰雹的样子。蒸汽机车在站台的厕所前停了下来。厕所墙上刷着白灰,有个奇形怪状的铁皮圆顶。"谁吃饱了撑的设计出这么个玩意儿来?"阿戈布说道,"简直是驴粪蛋子表面光,臭屎上头裱奶油!就为了让卧铺车厢的乘客把脑袋伸出窗外,由衷赞叹一声:'原来这座城市还有那么厉害的设计师啊!'"石头砌的旧水槽上有三个铸铁出水口,一头红褐色的驴子把嘴埋在里面贪婪地喝着水。它背上有个高高的木鞍,上面绘有红色、绿色、黑色的条纹,辔头上还镶了黄色的铜钉,可是它的主人却不知上哪儿去了。两个提着马灯的锅炉工走了过来,一个穿着短外套,另一个穿着连体工装裤。两人在水泵那里停住脚步,头顶上就是被烟熏黑的粗大注水口,落满煤灰、油渍麻花的衣服在夏至的阳光下泛着光。灰色的混凝土筒仓上面,一个獐头鼠目的小个子男人在用锤子敲击一截钢轨,发出悠远而短促的声音。卖报的女人戴着副粗框眼镜,从狭小的窗口探出脑袋。一蓬红发被撩到头顶,再用两根发带固定到耳朵上边。画报被密密匝匝地挂在报刊亭弧形的墙壁上,随着女人的动作来回晃动。

安提帕从半开放式的车厢里走了出来。也许在五十年前的某个清晨,这节车厢刚出厂的时候,也曾经油光锃亮,骄傲得像个骑兵军官一样呢!"嗯?"普什楞迦大夫可能会不以为然,"为什么要比作骑

---

① 夏至日。

兵，而不是坦克兵呢？毕竟我们是在说一节火车车厢啊！"浅黄色的车厢浑身烟灰色，长长的客厢内摆满了木板凳，用螺钉和铁条固定在地板上，空气中混杂着煤渣和柴油的味道（脚下黑乎乎的长条木地板早已腐朽不堪了）。座位很窄，窗口也很狭小。窗框的上半部分挂着块脏兮兮的紫色皮子，像吊死鬼的舌头一样卷在那里，如果你有本事把它放下来的话，窗口就会瞬间坠入暗黑的深渊。不过，这节车厢也曾经是簇新的，也曾赢得旅客们的赞叹，乃至感激。曾几何时，车上还有过一个客运安保员。那可是个重要人物！在某些特殊的日子里，譬如某个部长，甚至国王乘坐火车的时候，他就会身着礼服，头顶高帽，手戴白手套，和机师并肩站在车头驾驶室下方恭候。

  一个肩挎干粮袋的士兵穿过铁轨，他并没有径直走向站台，而是斜着朝卸货跳板后面的一长溜仓库走去。"六点零七分，"检票员一边说，一边把他那个沉甸甸的黑包从胯部慢慢挪到肚子上，在里面翻找着。"谢谢！"一个戴灰色帽子，穿着棒针衫的人说。听到他畏畏缩缩的声音，检票员突然放下手里的包，大嚷道："我说，你不就是跟那个逃票的家伙一起的吗？"那人冷笑了起来，好像一刹那间变得又高又壮，嘶哑轻蔑的笑声吓得检票员把脑袋缩到了两个肩膀中间。"你他妈的脑子有毛病是不是？怎么那么久才回话？"闻言，检票员的惊恐霎时被愤怒取代。他环顾四周：所有的铁路工作人员都一声不吭，警察昨晚和不知哪个女人在车站后面的院子里厮混过，裤腰带耷拉着，裤子上的两颗扣子也被拽掉了。刚才问时间的那个人叉着腿站在检票员身前："滚！不然小心我把你的检票钳塞你嘴里！"检票员举起手，似乎想打人，不过最终还是选择扭头就跑。他刚跳过铁轨就被道砟绊倒了，胳膊肘撞在闪亮的轨道上，发出一声闷响。他手脚并用撑起身子，骂骂咧咧地摸了摸自己的包，再费劲地站了起来。远处，从仓库后面赶来两个人，朝检票员跑去。"啊哈！果然是车站的人！不过怎么才来了俩？其他人怎么不一块儿来？"检票员胆子壮了起来，大声叫道。

安提帕站在离他几步远的地方，问道："出什么事了？""刚才他还在这儿呢！胆小鬼！讨债鬼！"检票员大声嚷嚷着，脑袋也从缩着的脖子里冒出来，就像鸟或蛇那样四下转动着。"跑了，"他喊道，"刚才还在这儿呢，上哪儿去了？"安提帕从地上捡起帽子递给他，检票员接过去用衣袖擦了擦，把帽子扣在头上转身走了。那些原本向他聚拢的人也纷纷改变了方向，朝草堆后银色的罐车走去，也许他们本来就想往那儿去。安提帕笑了起来。如果安盖尔看到这一幕，肯定会说："这就是权力的力量，而他却有权不用，真是白瞎了。"

　　与此同时，安盖尔正在泵站墙边的矮房子里，趴在一口箱子上睡觉。箱子外面包着铁皮，还镶有细细的钢条。盖子敞着，用很细但很结实的合页安在箱子上。这些合页出自一位来自城里的工匠之手，他就住在山上。安盖尔和往常一样，天没亮就起床了。他手里拿着把奇形怪状的铜锤，细细的锤柄是骨头做的，锤头一端呈金字塔形，另一端则是个立方体，中间有个圆柱体相连。锤柄从圆柱体中间穿过，像个天平的支架。骨制的锤柄已经泛黄了，被磨得油光锃亮，中段还刻着花纹，包括一个螺旋和一些几何图案。刻上这些图案，难道只是为了防止使用它的人手心打滑吗？安盖尔并没有看锤子，只是用纤细有力的手指抚摸着它的边缘。无领的麻布衬衫罩着他骨瘦如柴的肩膀，衬衫煞白的颜色会让人联想起一块洗干净的石板，或者一块用碱面擦过的木板。他的脖子虽然不粗，但是很强壮，像是用钢丝银线精心编织而成的，而不是一根短小僵硬的绳子。狭长的小脑袋上，深色的头发掺杂着几缕银丝，从后脖子一直覆盖到脑门上，像是个铁铸的头盔。他的动作幅度不大，但由于经过深思熟虑，显得沉着冷静，毫不迟疑。一对棕色的眸子似乎泡在油腻腻的膏状物里，嘴巴平平地划过面颊，面部的皮肤干燥平滑，肤色既不白不黄，也不黑，像是古老的象牙。说到象牙，人们也会联想起血肉或皮肤的颜色，不是吗？安盖尔合上箱子，站起身来。阳光透过亚麻窗帘，将衬衫刺眼的白色反射到墙上。"时间快到了。"安盖尔在空无一人的房间里喃喃自语。他拉开窗帘，窗台上放着很多仙人掌，像一个个带刺的动物。阳光洒在圆形的井盖上，从窗口望过去，只能看见其中的五个。狭长的草地不久前刚被收割过，远处铁丝网编成的围栏里还能看到两个小草垛，其中一个草垛上飘着块白色的抹布。屋子四周的草很高，墨绿的草叶上挂着一颗颗硕大的露珠，像一些晶莹剔透的伤口。周围还有几个蜂箱……

站台很窄，地上的马赛克（灰色的圆圈里镶着绿色的菱形）已经有些年头了，很多地方都已开裂，裂缝里填充了水泥。虽然水泥也裂开了，但是裂纹与马赛克有所不同。不知什么时候，一根草从裂纹里冒了出来。这可不是棵寻常的草，而是种很奇异的植物。它长得很快，果实像豆荚一样，味道吃起来有点儿像核桃仁，又有点儿像白萝卜。这也许是棵树，是根草，是棵菜，谁知道是什么玩意儿呢。这株奇异的植物（它的根纤细卷曲，木质的茎很硬，上面布满了节疤，透明的叶子软软的，每个叶片四周都长着透明的绿色小卷须。每当火车呼啸而过，轻盈的卷须就随之在空中久久颤动）很快蹿到了站台的天花板上，在上面捅出个小洞来（市政官们原本铁了心要把这棵稀奇古怪的植物砍掉，站长为此和他们据理力争。他坚持认为，任何规定都未禁止用不同寻常的植物来装点站台。恰恰相反，正因为它不同寻常，才更应得到保护。他还辩解道："虽然它有一片叶子正好垂在我办公室的窗口，我要是想看看站台上发生了什么就得走出去，要知道那里还有火车经过呢，但我别无他法。"最后，他终于获得了批准，前提是必须遵守一个条件：不能再往站台天花板上挂着的花盆里种花。反正最近三十年那些花盆里也没种过什么花）。阳光下，它会呈现出丁香般的紫色，上面的露水也会散发出一种好闻的气味。只需一个早晨，花蕾、叶子和果实就渐次萌发出来。按照这样的速度，它会像从前那棵魔豆①一样，一直长到天上去的。哦吼，其实它早就可以

---

① 取典自英国童话故事《杰克与魔豆》。

长到那么高的。但是有一天晚上,那个给它浇水(只能在夜里给它浇水,一周浇三次,每次浇三个小时。只有这样,涓涓细流才能缓缓从水管灌进水泥缝隙中,也就是这颗种子萌芽的地方)的人喝多了,醉倒在火车站前的水沟里,忘了给它浇水。所以第二天早上,那株从一棵草萌发出来的生物就此凋谢了,化作了齑粉。那些扫地的女人忙活到中午才把那地方收拾干净。扫着扫着,她们在那根草之前所在的地方发现了一只丑陋的甲虫,它背部黑黝黝的,肚子煞白,长着长长的触角,还有蜘蛛一样的腿。它已经死了,几只红蚂蚁正在往它肚子里刨着,可见它刚死不久……其实,那时候人们经常提起迪亚卢-奥克纳和这里的火车站。支撑站台顶棚的柱子很瘦溜,是油棕色的,从顶棚上依稀能看出往日的风采:它由大块的菱形厚玻璃构成,中间夹着铁丝网。挂在顶棚上的空花盆在空中不住地颤动,也许是被一股不知何处来的风吹动的,也许是因为火车站就建在某个不安分的动物的脊背上。

　　站长办公室的门敞着,正对着站台。站长从里面走了出来,头上戴着顶红帽子,外套的纽扣没系上。他把一只关在木笼子里的火鸡悄悄放在一边,让一个小姑娘看好它。小姑娘头上戴的白色蝴蝶结已经有点儿脏了,身上穿着件提罗尔①式背心。可见,在一年中白昼最长的那天早上,火鸡就是个敏锐的观察者。当然,它看起来就像个怀旧的傻瓜,那副样子可以骗过所有人。"往来迪亚卢-奥克纳上班的人并不多,一共也就十来个,毕竟我们这个地区还是以农业为主。如果他们以后也在我们这里建一个化肥厂的话,我们的人数肯定可以超过弗洛雷什蒂②那边的塑料厂。那时候我们就会有很多上班族,会变得很热闹,生活节奏也会随着供需两旺变得更快。到那会儿,老哥,你看到的就不是我们这里的人跑到别的地方去找工作,而是人们从别处

---

① 奥地利西部的一个州。
② 罗马尼亚西部的一个镇。

上我们这儿来讨生活了。到那时候人会很多的，老哥。不过到那时候，老哥，麻烦你给我寄几个波尔，十五个左右就行了。加上你以前给我的，就算是我从军队复员时要还给你的一半好了，你知道的，十月左右我就能回家了。如果你们能在那里建立化肥厂的话，我就有资格去那边工作了。你就多说说好话，让这个厂子赶紧建起来吧。钱，你就装在信封里寄给我好了，这样谁也偷不走。有人说，如果在这些钱的旁边再放上一张二十五波尔的钞票，写上'小偷笑纳'的话，小偷就只会拿走自己该拿的那一份，而不会动剩下的了……"安提帕原本是想把手伸进衣兜里掏手帕的，却掏出这张纸来看了一眼。他依稀记得这个人，是教练的弟弟。"你瞧瞧，他就跟头猪一样！整天拿一套上纲上线的东西来敲诈我，如果我不给他寄几个波尔，谁知道他会把信寄到哪儿去。现在只能拿钱给他。但是如果他还不走正道，我只能把他交给警察了，才不管他哥哥是谁呢！他妈的混子！"安提帕笑骂道。

  一个光着身子的茨冈小孩走到他面前，伸出手来。安提帕停下脚步，观察着他的一举一动。他一言不发，只是无声地冷笑着，目光淡然。"哎哟！"茨冈小孩突然叫了起来，"哎哟！他打我！他要杀了我！"小孩越过喷泉和火车站之间的矮栅栏，在灌木丛后面消失了。安提帕哈哈大笑起来。火车站站长用手帕擦着帽舌下面的额头，说道："是的，上下班的人是不多，毕竟是个小城市嘛。如果不坐公交公司的车，他们还能坐什么车呢？况且那些公交车也经常不准点儿，而对一个上班族来说，迟到可是要命的事啊！好吃懒做的上班族啊，在厂里一点儿背景都没有也敢迟到？！滚出去！如果能遵守上班时间，早来半个小时，心平气和地解释一下，还是可以理解的。可怜的人啊，他们也有家庭，也有孩子，一整天都耗在路上还要对企业保持忠诚，挺不容易的。"站长深深叹了口气。他从前也当过很长时间的上班族，那时他在公共食品公司工作，还在人民剧院兼任业余舞蹈队的教练。"疯狂与希冀共存"，这么美的话语出自一位话剧人物之口。

这个人物还说：“你是时候找一份安稳的工作，成家立业了！”站长的家在火车站楼上，就在站台玻璃顶棚的后面。看看改变意味着什么吧：你日夜奔忙，只是为了和家人在你工作的地方一起生活。你将从这里拿到退休金，并在此终老。你忙活了一辈子，最终只是为了一动不动。

第二章

"您好!"一个扳道工向他打招呼。他的面孔和双手沾满煤灰,手里的马灯还亮着。什么东西那么金贵,值得在夏至的炎炎烈日下点着灯找啊?他的靴子上满是泥点,一根没系好的鞋带随着脚步来回晃荡,活像一头猛兽的尾巴。站长把一根手指头搭在帽子上。在一年中最漫长的白昼,酷热不但弥散在空气中,还侵入了人们的肝脏和腿骨。煤渣和硫黄的气味扑面而来,夹杂着凉水在铸铁水管中奔流的气息。蒸汽啸鸣声中,车站大院里的那些醋贩子散发出刺鼻的气味,让人联想起一只满是黏液的金色甲虫,从雨后的蕉叶间探出身来。灰色的烟雾飘浮在隆起的车厢顶部,闪亮的轴承和红色的轮辐在蒸汽和黑色巨兽间撞来撞去。火车站的所有噪声和气味,都被晨曦笼罩着。圆形的大钟(它的边框粗得跟卡车轮胎似的)挂在出口处的两扇玻璃大门上方,指针停在十一点十五分的位置。"停了也好,"阿戈布说,"至少能减轻不少磨损。"泛黄的表盘上布满红色的斑点,应该是锈迹,但数字"9"那边的一条绿色划痕又是怎么回事呢?一个身穿红绿格衬衫、脚蹬蓝色布球鞋、头戴灰色帽子的小伙子在认真地看列车时刻表。上面只有几栏,连一趟快车都没有。如果这里是个铁路枢纽,哪怕是个海运枢纽的话,时刻表上会有三五趟红色标记的快车,甚至还能有一趟特快呢。如果有人去争取的话,也不是没有可能。小伙子,你会考虑这些吗?你会想去说"迪亚卢-奥克纳正处在飞速发展中,要建个大厂子"吗?也许你只想去工地当个焊工、钢筋工,或者吊车司机吧?当你把手指头伸进衬衫的两颗扣子中间,挠你那干瘪的肚皮的时候,脑子里都在琢磨什么呢?想回到你的小山村里去?哦嗷,这是不可能的!一个茨冈人侧卧在小伙子的脚边,长发油腻腻的,黑色的毡帽盖在脸上,大脚丫子上套着双宽大的靴子,看起来像是从身旁站着的小伙子双脚间长出来的。沉睡中的茨冈人悠悠地散发着臭味,有点儿像干牛粪或柏油,那味道和那个出门谋生的小伙子身下的阴影重合在一起。他的灯芯绒裤子又肥又脏,裤腿塞在靴子里,钉着铜钉的宽腰带下面,裤裆的拉链都没拉上。他把衬衫从裤腰里拽了出来,堆在下巴颏下面,露出了黑黢黢、毛茸茸的干瘪肚皮。加什帕尔警长不慌不忙地朝那个躺在地上的茨冈人走去,他身边的那个小伙子神情木然,还在专注地看那块写着白色字母和数字的黑板。不远处,一个中年人背靠着柱子,正在啃一角面包。他也许在想,这可怜的小伙子能碰巧看到自己命中躁动的暗影吗?就像有些人能看到珍宝上的灵气一样。警长看起来不太高兴,他的眼袋里似乎藏着一种物质,能让最敏感的皮肤产生瘙痒。因为一宿没合眼,他面色蜡黄,这可不是什么好兆头。而站长,则在琢磨那个茨冈人钉着铜钉的腰带能对自己有什么用处。哦嗷,如果还能再次在众目睽睽之下、在亲朋好友和崇拜者的目光中走上舞台就好了。脑子里的这些想法让他觉得有点儿紧张,有点儿哀伤,又有点儿可笑。看哪,三个茨冈女人扑过来了,也许她们都是那个正在睡觉的茨冈人的老婆。听到她们大吼大叫,警长马上发足狂奔,尽管他离那个茨冈人只有几步之遥了。与此同时,站台上的人也纷纷向茨冈人睡觉的地方冲了过去,就像浴缸里的水猛地向排水口灌去。

* * *

"那天安提帕的气色不错,"维济鲁法官写道,"他看起来很满足。我记得在摩西里尼酒馆聚餐的时候,他还一脸不忿。不过我那时没多想。直到现在要下笔记录的时候,才意识到自己离真相有多远,轻易就被表面现象给蒙蔽了。人们是那么愚蠢和无知,平日里的自信给了我们活下去的勇气，但同时也掩盖了真相。安提帕野心勃勃（他还毫不在乎地拿它开玩笑），但他从来没有像六月二十一日那样，和他的野心这么接近过，而我却和真相渐行渐远。十二月在阿尔巴拉的安提帕，与六月在迪亚卢－奥克纳的安提帕判若两人，前者是温驯的，后者则是狂躁不羁的，两者有着天壤之别。我明白得太晚了！而且还不止这些！现在我明白了，得赶紧记下来。这可能有点儿夸张，但还是不得不加一句：为了了解得更加深入，我就从这里入手，也许将来会找到更恰当的说法。或许可以这样说，一个是居家时人畜无害的安提帕，另一个则是安提帕躯壳下隐藏的恶魔。关键在于，还可能出现其他状况，也许不会是坏事，但已经发生的就是既成事实，目的也只有一个。虽然我不知道是怎么回事，但我能想象七年前，在六月二十一日早晨，安提帕坐在挤满上班族的火车上、站在站台上是什么样子。我相信他正在散发出一种力量，除了他自己对此熟视无睹之外，别人都能在无意间感受到。可惜我当时不在场。狗又叫了，我得稍微停一下，去开门了。我估摸着是那个用磨刀石戗菜刀的人来了，他是来找女房东的。"

第三章

　　安提帕走到站台边缘,看着那堆人挤在贴着时刻表的公告牌下。下台阶的时候,他脑子里冒出个滑稽的想法:这个火车站就像只骄傲的火鸡,虽然那么微不足道,却总想装成一言九鼎的样子。好比那些登记处的小公务员、银行小头目、地方上工作的同志、工会主席,或是岗亭里的门卫,都想装得举足轻重。或许他们和火鸡一样,曾经梦想着自己是云端之国的君主。在那里,苍鹰是个谦卑的奴仆,终日不敢离开家宅半步,它负责打扫畜栏,用自己的翅膀在驴粪上拖来拖去。安提帕的脚步很坚定,从阿尔巴拉自家公寓楼的台阶上走下来的时候,他就不知不觉地保持着这种步态。很少有人见过他用这种姿势走路。早上天气很凉,不过他并没有穿外套或薄绒衣,甚至连菲丽奇娅给他织的毛背心都没穿。出门的时候,菲丽奇娅还在睡觉呢。回想起六个月前那个冬至的早晨,他还赖在床上(实际上,平常只要他一出门,菲丽奇娅就会立刻醒过来,准备去上班了),菲丽奇娅就已经冒着雨夹雪,迎着潮气走在上班的路上了。想到这些,他不禁在楼下空旷的门厅里轻声笑了起来。而在楼梯下面盯着蛛丝出神的小狗阿尔古斯,则用它自己的方式解读着这个孤独人类的笑声。维济鲁法官对此也有所记载,他是从帕夏留那里听说这件事的,帕夏留则是从小狗爱罗曼卡那里听来的。

　　在开往火车站的公交车上,安提帕遇见了一个暖气检修工。之所以认识他,是因为那人前些天刚帮他修过卫生间的水龙头。"您好啊,安提帕先生!"暖气检修工说。"你好!上班去啊?""是啊。您不觉着太凉快了吗？我穿着连体工装裤都冻得直哆嗦，您还露着胳膊……""这不还在夏天吗？"安提帕问。"是的……"工人略带尴尬地说。"所以！""如果……""没什么如果的，马上把工装裤脱掉！""安提帕先生……"工人嗫嚅着，从窄窄的座椅上站了起来。车开得并不快，仅有的几个乘客都蜷缩在座椅上打瞌睡，围栏里的售票员也不例外。到路口时，司机突然踩了脚急刹车，暖气检修工便跪倒在地，抓着座椅靠背的手还没来得及松开。"现在就脱。"安提帕冷冷地说。他的眼睛漠然地看着远处，上唇缩到了牙齿上方，下唇被扯得又薄又长。检修工在安提帕的目光下无所遁形，开始解自己工装裤的扣子。但安提帕伸出了手掌："够了。""安提帕大叔！"那人说。公交车行驶在坑洼不平的路面上，把他甩得东倒西歪，向前门方向不断倒退。"你过来，"安提帕淡淡地笑着，"拿着吧。"那人一只手捂在胸前已经解开的扣子上，另一只手扶着手边能够着的东西，步履蹒跚地走了过去。他得到了一张二十五列伊的钞票。就在这时，车停了。检修工朝离他最近的后门跑去，消失不见了。这一站上车的人很多，公交车很快就被挤满了。安提帕用手掌搓着自己光溜溜的胳膊，自顾自笑了起来。破旧的车厢里满是汗臭味和炒豆角的味道，车厢外则是阳光下的漫天尘土。

从阿尔巴拉坐火车到迪亚卢-奥克纳要四十分钟，车里挤满了上班族，其中有七个车厢里的人要到三十公里外的终点站——弗洛雷什蒂去，那里有几座很大的化工厂。和这列火车同时抵达终点的还有来自周边其他地区的三列火车，一团黄绿色的烟雾日夜弥漫在几千人的头顶上。到迪亚卢-奥克纳的时候，除了安提帕，只有几个人下车。安提帕不认识那几个人，不过他们却认识安提帕。火车上，人们三三两两坐在一起，用纸牌玩着"7点""21点"、澳门扑克等游戏。目之所及，到处是睡眠不足的面孔、磨烂了边角的皮包，还有成千上万个尼龙公文夹、贝雷帽、鸭舌帽。一些人肆无忌惮地抽着烟，还时不时从衣兜或文件夹里掏出瓶李子烧酒来。冬天的时候也是如此，只不过比现在更冷、更暗一些。寒冷和黑暗之后，夏天又回来了。列车员过来查验车票了，用检票钳在硬纸板车票上咔咔地打着孔。他没有查安提帕的票，也没盘问他，只是跟他打了个招呼："你好！"安提帕从长椅上站起身来。他身边坐着个抱窝鸡一样的女人，裙子层层叠叠地铺在座位上，像个鸡窝。女人身旁放着两个草编的大包，鼓鼓囊囊的，用褪了色的灰布盖着。灰布底下有东西在动，还散发着臭味。她注视着安提帕的一举一动，凑到一个用贝雷帽遮着眼睛、脑袋左右乱晃、正在闭目养神的小伙子耳边说："他可能是个巡视员，只是没穿制服而已。他这是在微服私访，想要抓现行呢。"帽子下的眼睛睁开了一只，脑袋也在一侧肩膀上停止了晃动。那只眼睛审视了很久，又再次闭上了，一句话也没说。有些不玩牌的人把手掌放在膝盖上一动不动，隔着脏兮兮的窗玻璃看外面的风景，另一些人则不停地聊天，讲述着车祸之类的逸事。这些人里没几个女的，以男性居多，老老少少都有。他们之间似乎都认识，正在用一种晦涩的通用语交流着。看起来他们极具忍耐力和包容性，就像远古时期在土地上耕作的人们，要终其一生才能将一片森林开垦为良田。令人费解的是，如今他们的时间已经被切分成了成千上万个碎片，每一天都被切得七零八碎，而不是像古人那样，拥有金字塔或花岗巨岩般的整块时间。这话好像是帕夏留说的，维济鲁把它记在了某个笔记本里。安提帕可能会说："你又不认识这些人。"帕夏留则会回答："跟这没关系！"

"借过！"安提帕说。他面前是一个宽大的背影，被汗水浸透的衬衫已经晾干了，在肩膀和脊柱的部位留下几片盐霜。背影让开后，一只褐色的蛾子从几颗挤在一起的脑袋上吃力地飞了起来。安提帕的双眼盯着一张照片模样的东西，怀着一种恶意、一种快感，竭力不让其他人看到它。为什么要这样呢？安提帕用牙咬着香烟的过滤嘴，他的皮肤光滑爽洁，身上的衬衫也很干净，腋下没有一点儿汗渍。他头脑清明，目光清澈，将熊熊怒火隐藏在波澜不惊的力量深处。给他让路的人又聚到了一起。窗外，雾蒙蒙的田野上有一大堆南瓜，也有可能是在一个很高的三角桌上放了几个球。谁知道是南瓜还是球呢，反正一股刺鼻的蒜味正从这堆东西里面升腾起来。一个人在车厢门口堵着，脚边放了一麻袋煤块。"让他过去！"另一个人说。麻袋被提了起来，堆到那人两脚中间。看着他脸上那一丝痛苦的表情、嗓子眼里短促的吞咽动作，就知道刚才说话的人轻轻捅了他一下。安提帕走到车厢里没安座位的地方，西尔维娅·拉克利什正在那里抽烟。"咱们快到了。"安提帕说。她笑了起来，他也笑了。"每天都坐这趟车？""是的！""咱们以前没见过吗？""应该见过吧！""我想不起来了。""我也是。""哈哈，哈哈！"火车开得不快，可以看到远处的油菜地和红瓦房，高高的河岸上长满了野草，电线松松垮垮地挂在纤细的电线杆上，纵横交织在一起。再往后，是一座铁桥，桥上的桁架如短促的闪电般掠过，那噪声让人觉得火车的速度加快了一些。桥下是沼泽的浑水、岸边高高的石方、一小块一小块绿色的玉米地。火车慢得像蜗牛在爬，其实它在桥上并没有加速，只是悬空的铁轨给了我们一种错觉……"是的，咱们快到了。"她凝视着他，倾听着他说话。忽然，她从坤包里取出副墨镜，小心翼翼地把它架到鼻梁上。她的手在耳朵后面停了一会儿，把细细的眼镜腿用松紧带扎好。"你想躲起来。"安提帕笑着说。"为什么？"她问道，指间夹着的烟不小心掉了下来。"马上就到了。""是的。"她回答。他们没有再笑，只是看着窗外的丘陵和远处紫色的山脉。田间有几头瘦牛，道班房的栏杆被漆成红白两色，栏杆后面是一辆前脸被撞平了的卡车。再远处，是一大片浅色的麦田，还有一排灰色的空库房。干涸的池塘边有一扇大门，上面挂了把大锁，褪色的红牌子上写着"屠宰场"。"是的，还有五分钟就到了。迪亚卢-奥克纳屠宰场。""屠宰场？不太像！""你之前没见过这座破房子和这个鸟不拉屎的地方吗？""没有。""你什么时候开始去迪亚卢-奥克纳上班的？你是要去那里，对吧？""从冬天的时候。""那你之前就没见过这房子？""没有。""现在你看到了，是吧？""是的。"他没有笑，她也没笑。小破房子被刷成了棕黄色和蓝色，左边有一家木材厂、一间小饭馆和几个空摊子。有时候，农妇们早上会在这些摊子上卖鸡蛋，或者小捆蔬菜，有可能是一把豆角、一杯醋栗、去年摘下的十个核桃、法国菠菜、欧洲当归，或是放在牛蒡叶子上的一坨奶酪。"看到菜市场了吧？咱们到了！可以放心大胆地跳下去。"安提帕说，"它的速度都赶上当年用马拉的有轨电车了。"呃，当然，这只是个玩笑。即使没什么可笑的，也要匆忙间说几句话来乐呵乐呵。这是他们两人间的一种默契，自从他们可以毫不害臊地裸身相对，就开始遵守这个默契了。是的，这件事似乎更好笑一些，但他并没有提起。她回过身，背对着火车头，蜷缩在薄绒衣里。她把下巴藏在两个耸起的肩膀中间，膝盖微曲，有节奏地相互碰撞着，双手紧紧抓着下巴颏下面的衣领。和那天正午的酷热相比，早晨实在是太冷了。火车越开越慢，煤灰飘进车厢里，撒落在地板上。装煤的麻袋被放到了安提帕和西尔维娅·拉克利什两人中间。

西尔维娅·拉克利什是谁？我之前见过她，我认识她，但不记得在哪儿认识的了。好像有一天她正在和我的一个老朋友聊天，那个老朋友叫什么来着？或者是在过马路的时候？有人向她举了举帽子？有人笑了，回礼了？不过现在这胡椒味儿是哪儿来的？要小心这满地的樱桃核。也许是有人故意把它们撒在这里的，好让你踩到上面，从这倒霉的车厢里滚下去。车厢两侧的门一直那么敞着，仿佛亘古以来就没关上过。西尔维娅·拉克利什不是在过马路吗？是的，那是在一个夏日，或者是冬日。人们那天穿得花枝招展的，轻薄的衣衫在空中飘摇。阳光炙烤下，遍布地面的水坑正慢慢消失。暖风中的你穿得那么滑稽，但其他人都穿得很得体。她仪态万方地走过马路。你当时是一个人吗？或许是跟帕夏留在一起？虽然正在过马路，她还是回礼了。有人向她打招呼的话，当然要回礼。不过是帕夏留还是另一个人打的招呼呢？随着她的声音响起，四周出现了一片空白，仿佛一道鲜活的光芒凭空乍现。仿佛在一个巨大的广场或十字路口，在一个空旷而荒芜的地方，只有一个女人孤身向前走着……

火车停了下来，装煤的麻袋被人提了起来，一片黑云将你与世隔绝。一下火车，你就把那个姑娘给忘了。那是六月二十一日的早晨，一年中最长的一天，看不出有什么不好的兆头。你的脚掌踩上了轨道间通红的煤渣，抬眼望去，灰色仓库的屋顶上，两个人正在用锤子敲打着什么。一只黑鸟在他们头顶上盘旋。

　　你看着那个装煤的麻袋，想从包里拿出根烟来，虽然你已经叼着一根了。你把它扔了，又点了根新的。你又见到他了吗？是的，也是在火车上。之前有一天，他进了药店，好像是买了颗止痛片，还问："能给我杯水吗？"没错，就是他。当时他没看见你，而你却在阿尔巴拉见过他。那时你正在过马路，模模糊糊地看到很多人。他当时好像有点儿害怕，没有一丝引人注目的地方，就像一只图书馆里的耗子，甚至连耗子都不如，更像一个游荡在女生宿舍的寂寞病态的男人。烟很苦，你把它扔了。火车停了，你被一片烟云笼罩着下了车。

第四章

"您好,安提帕先生!"一个身穿灰色工作服、手握长柄小铁锤的人说道。

"你好,"安提帕说,"出什么事了?"

"没啥事。有个茨冈人随地乱躺,这不合规矩。"

安提帕朝人群聚集处走去,而那个刚才在列车时刻表上解读自己命运的小伙子却离开了人群,慢慢向远处走去。在他脚边睡觉的茨冈人也想跟着他趁机开溜,但加什帕尔警长如影随形般地贴了上去,一把抓住茨冈人的宽腰带。小伙子在离他们两步之遥处停了下来。他没有回头,只是站在那里,好像被什么东西束缚着,无法动弹。难道这就完事了?人们笑着指指点点,一哄而散。加什帕尔警长把茨冈人带到站台的另一头。小伙子还是没动弹,他迟疑了一下,跟着他们走了几步,脸上浮现出一丝困惑和莫名的感伤。

* * *

"我搞不懂这种变化。"维济鲁法官写道(一本书背后的空白页上写着:一部在一九三〇年为阿尔巴拉市撰写的专著),"我不写东西的时候,会看看窗外的风景。我在搜集故事,寻找线索。我毫无来由地想起了俄亥俄州温斯堡市①的一位老作家,这种联想有着巨大的

---

① 舍伍德·安德森(1876—1941),美国作家。《俄亥俄州的温斯堡》是他发表于1919年的一部小说。

时间和空间跨度。那位老作家，也就是帕夏留口中的老学究请了个木匠来把自己的床加高，让他可以看到窗外的人群。我搞不懂自己为什么要写作，为什么要做这件事。也许是想弄明白安提帕到底发生了怎样的变化，才能让两个，或者更多的人存在于同一个躯壳中。也许别人会觉得这个问题太过荒唐可笑：他们是吃饱了撑的吗?！但是轮到你问自己这个问题的时候，就是另一回事了！不仅要把这些事做完，还得赶紧去做。只有当我写东西的时候，时间才不再对我构成威胁。它已经失去了抽象性，变得触手可及，甚至有形有质，就像一个长满毛发的巨型生物在我眼前抖动着一份协议，在我耳边低语（奇怪的是，它的声音很温柔、很友善，甚至可以说很谦和）：'开始写吧，还等什么呢？写吧，别停下……'"

＊ ＊ ＊

警察、茨冈人、火车站站长都停了下来，安提帕站在他们面前。那个面色阴沉、神情木然的小伙子则站在离他们两步远的地方。他的脑海中回荡着漫长的旅程，一种模糊的恐惧感将他钉在了原地。

"您好！"安提帕说。

"您好！您好！见到您真意外！"站长说。

"意外？"安提帕有些吃惊。

加什帕尔警长把手枪套往下推了推，皮枪套在腰带上滑过。他的腰带和那个茨冈人的一样宽，只是上面没有铜钉而已。突然，三个茨冈女人夸着翅膀怒吼着出现在他面前，她们肥大的长裙在狂风中鼓动，身上散发出一股酸臭味。其中一个女人膀大腰圆，另外两个却很瘦弱，跑动起来就像两头精壮的动物。

"让我们开始行动吧！"站长说。

"为什么要行动呢？"安提帕笑着问道，"你们最近怎么样？还好吗？"

"哦，很好啊。"站长气喘吁吁地回答，"非常好，谢谢！"

"听您这么说我真高兴。"安提帕说完，换了种语气问道，"您最近好像没怎么去摩西里尼酒馆啊，大叔。出什么事了吗？"

加什帕尔警长看着他们俩，手里还紧紧抓着茨冈人的腰带。他感到自己的衬衫领口油腻腻的，胳肢窝底下全湿了，后脖子和关节的部位一阵阵瘙痒，好像进了沙子一样，在满是尘土的靴子里，脚底板都快被汗水浸化了。站长在安提帕的注视下感到有些别扭，他似乎想要离开那里，又有点儿舍不得走。"快走！"加什帕尔警长说。安提帕看着顶棚上荡来荡去的花盆，笑道："昨天主席同志还问来着。""够了！"加什帕尔警长突然把手从茨冈人的腰带里抽了出来，大声喊道："以后别让我在这儿见到你们！还待在这儿干吗？！"

"这位是地方议会的安提帕同志。"站长介绍道。"当然，我们认识他。"加什帕尔警长说。"很高兴认识您。"安提帕答道。那个茨冈人跑得没影了。一个小伙子跟在缓缓出站的火车后面狂奔，他成功地跳到了车厢的脚蹬上，手里还抓着个装零碎东西的袋子。

"我干活去了。"站长说。

"我好像还欠您一扎啤酒呢。"安提帕提醒道。

"不对，"站长说，"是我欠您的。"

"好吧，好吧，"安提帕说，"那咱们什么时候喝去？"

"到日子了就去喝。"站长粗着嗓门答道。他目光冷峻，夸张地挥着手，然后像一个老戏子那样笑了起来。

"这座城市真是能人辈出啊！"安提帕感叹道。

"谢谢！"站长说。

安提帕回过身，面朝着加什帕尔警长，语调温柔，面容和煦："警长同志，我们怎样才能让这些人变得对社会有用呢？"（如果菲丽奇娅听到这话肯定会说："别开玩笑了！"老帽匠奥古斯特则会问她："你怎么知道他在开玩笑呢？"）

"工程师同志，我们可以用他们做很多事呢。"加什帕尔警长答道。他宽大的脸盘上浮现出孩童般的微笑，强壮的下颚和扁平的鼻子营造出了一种莫名的喜感,既滑稽又动人,如同一只彩蝶的生命般虚幻而又真实。加什帕尔警长很喜欢吹口琴和笛子,曾多次在部里组织的比赛中获奖,还参加过地方上组织的演出。他会在椴木上雕刻人和动物的头像,还会用瓶塞、大头针和小块毛料做成吹鼓手样子的人偶。"警长同志,你有孩子吗?"安提帕问。"两个。"警长回答。"祝他们长命百岁!""谢谢!""不客气。"

一刻钟过后,加什帕尔警长和站长站在虚掩的门后面聊天。门上镶着的玻璃上用白色写着"行动"。

"我跟他挺熟的,"站长说,"他在地方议会上班。"

加什帕尔警长一条腿向前伸着,单手叉腰:"好吧,好吧,我知道了。不过他在那里是做什么的呢?""也不做什么,亲爱的加什帕尔。整天就处理些文件吧。他挺讨人喜欢的。"

"是……吗?!那他为什么……"警长正了正肩膀,挺了挺肚子,一手握拳敲打着另一只手的掌心,脑袋转着圈,眉头和帽子一起皱了起来,"那他为什么总是颐指气使的样子呢?你倒是给我说说看,奥努先生?"

"呃呵,亲爱的加什帕尔,你怎么也问这个问题呢?"站长眼中隐隐闪过一丝带着恶意的快感,"他就喜欢这样。"

"是这样啊!好吧。"警长说,"如果是这样的话,那好吧,咱们走着瞧。"

"那些茨冈人哪儿去了?"他以鞋跟为轴转过身子,听到一阵钉马掌的声音,然后是马蹄铁掉到地上的响动。那个叫斯特拉图拉特的倒霉蛋简直是个废物,钉个钉子都不会。凄凉寂静的站台上,只听到马蹄铁的惨嚎声。

* * *

站长这会儿正在火车站楼上一间凉快的屋子里,心满意足地搓着手。红色的大盖帽朝天放在线钩的桌布上,帽子的塑料衬里上还有几大颗亮晶晶的汗珠。奥努太太拿来一杯冰镇葡萄酒,男人解开污渍斑斑的制服纽扣,贪婪地喝了起来。"我给了那个花花公子点儿颜色看看。他凭什么总是颐指气使的,跟个唐璜似的?这么装腔作势是什么意思?在这个地方,那家伙跟谁都瞎开玩笑,太不靠谱了。他算什么玩意儿啊?!"他的额头被太阳晒爆了皮,没有帽子遮挡的地方粉嫩粉嫩的,像是吃奶娃娃的屁股蛋儿,其他部位则跟他的大秃头融为一体,颜色就像切开的土豆。司机刹车时的叫嚷声和火车头换轨时的嘶鸣声传了进来。"你在说谁?"女人问道,眼中满是疑惑。车站后面种着几棵杨树,还有个小花坛。杨树的树梢在窗前随风摇摆,花坛中间则竖着一座纪念一九〇七年运动的方尖碑。"我在说一个在地方议会工作的家伙。"男人答道。"他怎么你了?""没怎么,就是装腔作势而已。""他怎么装腔作势了?别跟这种人计较,随他去吧。不过我挺想知道他是谁的。""还能是谁?安提帕先生呗,你听说过那个穷鬼吧?""安提帕啊?原来是他啊!前天有个帅小伙在大街上看见你,一个躬都快鞠到地上了,就是他吧?当时我问过你他是谁,你对他嗤之以鼻,然后我就把这事给忘了。现在我想起来了,那会儿我恰好遇见斯特凡内斯库太太,她不停地唠叨,我就忘了再问你了。是他吗?……"但这时奥努先生已经走出了门外,他狠狠地拧了下门把手,走下楼去。奥努太太看着杨树的树梢,窗帘在敞开的窗口鼓了起来,也许终于要下雨了。一头驴子在安静的广场上大叫起来,然后是一头猪哼哼唧唧的声音,在刷着白灰的高高的木栅栏后面,大雁也在啼叫着。"很讨人喜欢的小伙子,看起来文质彬彬的。"女人自言自语道,"很清瘦的小伙子。我知道为什么还记得他了。是因为他让我想起了当年我在鲁普什尼亚努蛋糕店的露台上,坐在遮阳伞下吃草莓冰淇淋的样子。哦,上帝啊!"门被推开了,门外是男人暴怒的脑袋。"把帽子给我!"他喊道。鬓角上的头发根根直立,再往上则是靛青的秃头。女人把帽子递给他,心想:"真像棵圆白菜。"这个想法并无恶意,她非常善解人意,而且多愁善感。男人急匆匆跑回家来,唤醒了她的母性。这是一种很动人的情感,让她想起了一部令人愉快的电影。那部喜剧片里有美味的奶油,有臃肿笨拙的男人,还有长袖善舞的姑娘。直到听见卢波伊卡太太的喊声,她才中止了遐想,跑下楼去,自己也开始大叫起来:"不!我的上帝!不……"楼下狭窄的人行道旁,奥努先生直挺挺地躺在垃圾桶边,一条腿还搭在人行道上,满满当当的垃圾桶已经被热气蒸干了。奥努先生一动不动。他妻子在听到卢波伊卡太太短促骇人的叫声,冲下楼梯之前,脑子里曾经出现过这一幕荒唐的场景。

* * *

站前大街上,安提帕迈着弹性十足、不紧不慢的步伐向市中心走去。不远处,一座房子的外墙上挂着块路牌,上面用白灰写着"迪米特里耶·斯图尔扎①大街";旁边的另一面墙上是"马特洛索夫②英雄大街"的牌子;高高的栅栏上挂着块崭新的金属路牌,白色的釉面上写着"站前大街"。这是条蜿蜒曲折的街道,两边的房屋很矮,很少有楼房。墙面或黄或灰,墙体都很厚实。零零星星的空地上有几片菜园,较大的园子里种着玉米,小一些的园子里则种着大麻、豆角和茄子,还有几棵色泽灰暗的树木。房屋的空隙间能看到几块长满野草的荒地,一直延伸到奥克纳河泛黄的河水中。城里的人们经常到河岸上庆祝节日,坐在草地上,就着啤酒吃烤肉丸子。他们把家里带来的毯子铺在地上,再铺上报纸,摆上萨拉米香肠、西红柿、奶酪和苹果馅饼,还有孩子们喝的山莓汁。木板搭建的简易舞台上,一个来自手工业合作社的小伙子正在跳勃尔布克舞③。大家听完教师合唱团的

---

① 迪米特里耶·斯图尔扎(1833—1914),罗马尼亚政治家,曾任罗马尼亚科学院院长。
② 亚历山大·马特维耶维奇·马特洛索夫(1924—1943),苏联士兵,因用胸口堵住德军机枪口而获得"苏联英雄"称号。
③ 音译源自德语,是旧时征兵时军队跳的一种舞蹈。

演唱后,还会去散散步。天气很凉爽,但阳光直射的地方让人觉得异常炎热。投射在地上的影子依然很长,壕沟里的露珠尚未完全蒸发。古老的木桥上,有几坨被卡车轮子轧扁的牛粪。一块黄色的招牌上用脏兮兮的绿漆写着"梳羊毛机,许可证号:237"。敞开的窗子上落满了苍蝇,里面传出女人的声音。桥下,铁制的桁架锈迹斑斑,散发出沼泽地潮乎乎的气味。抬头望去,天空纹丝不动,看不出任何变化。安提帕感觉自己浑身是劲,状态极佳,所有烦恼都烟消云散了。他现在灵台空明,对自己的力量充满自信,虽然他从未真正尝试过去使用这种对他有利的力量。他是个福缘深厚之人,如果生活在人们笃信奇迹的年代,他可以让一个瘸子重新站起来走路。当那个瘸子感恩戴德,因敬畏而哑口无言地跪倒在他面前时,他会说:"你走吧,别放在心上。我只是个小丑而已,你看,我现在就给你翻个跟头。"哦嗷,他之所以厉害,是因为他即使不需要这种力量,不把这种力量当回事,也依然十分强大。只有在这里,在迪亚卢-奥克纳,他才能将万物操弄于股掌之间。这让他,一个朝九晚五上下班的小公务员,觉得自己就是主宰,他身边的人也会通过不同方式感受到这一点。此时此地,他就是这样一个强大的存在,即使是条狗也应该知道这一点。那条灰狗刚刚在老客栈的屋顶下现身,它穿过垃圾箱,绕过了七十八号房前那个永不消失的绿色水坑。它的腿很短,脊柱却很长,粗糙的狗毛在关节处结成了毛球,一个个挂在那里。这个邪恶的杂种,是上帝用尽怨恨和鄙夷才创造出来的生物。"我也许认识你,"安提帕说,"这座城市很小,可是我怎么从没见过你呢?"当你埋头走夜路的时候,它会在经过你身边时冷不丁咬你一口(尽管行人小心翼翼地防范,那畜生还是会靠近他,伺机而动)。它就是这种狗,不过它吓不着安提帕(他的思维转变了方向,获得了更深刻的内涵,像利剑一般从头脑中破壳而出。安提帕感觉到这种变化,不禁大吃一惊。只要是人都会吃惊的,但这种惊奇立刻被一种来自地狱的陌生愉悦感所取代,而他只是这种愉悦状态掌控下的工具)。那条狗停下脚步,抬起了像猪拱嘴一样的吻部，目光温驯。它突然向后跳开，摔倒在地。跟跟跄跄地站起身后，它嘶哑地叫了一声，便撒开腿跑得没影儿了。

"狗先生，"安提帕说，"我觉得你碰到什么糟糕的事情了。太可惜了，我本来还给你准备了一块方糖呢。"他笑了，又变回了玩世不恭的安提帕，从衣兜里掏出一块黄色的方糖塞进自己嘴里。

通过提高劳动生产率来实现生产力的增长
时事新闻（摘自本小说自编《日报》）

色萨尔①矿场的矿工、工程师和技术员们为提前完成这个五年计划而辛勤工作，并在八月五日骄傲地宣布，已经完成了前八个月的生产任务。这应该归功于矿场对高效生产手段的推广；应该归功于对技术设备和工作时间的有效利用；应该归功于采掘面和巷道上每一位矿工的忘我劳动。必须指出的是，生产力的增长主要是通过提高劳动生产率来实现的。（……）竞赛中获得最好成绩的是青年共产党员、工程师 M. I. 领导下的二区小分队，以及 V. M. 和 Gh. L. 领导下的矿工突击队。

用节约下来的金属制造了六十五台织布机

不久前，特尔古-穆列什②的一家纺织机械制造厂出台了一项计划，力求今年减少两百八十一吨金属消耗。为了实现这一目标，他们改进了许多零件的制造工艺，广泛使用精密铸造技术，选择最佳尺寸的原材料，并大大缩短了实验和应用周期，使得各种节材新技术得以快速推广。通过一系列技术手段，将须加工的配件数量降到了最低。每生产十台梳棉机，节约下来的金属就能

---

① 位于罗马尼亚北部马拉穆列什县的一个村庄。
② 罗马尼亚北部穆列什县的县府。

再生产一台……

奥尔特①县、泰来奥尔曼②县、瓦斯卢伊③县的整体情况和几点意见：

夏耕情况决定着来年的收成——大家都知道耕种的期限，部长也在指示中再次强调了这一点。然而……秸秆仍然堆积在拖拉机前，而农户们还以为夏天会永无止境地延续下去。

（驻外地通讯员供稿）

---

①② 位于罗马尼亚南部。
③ 位于罗马尼亚东北部。

第五章

维济鲁法官把和安盖尔相关的事都记在一个厚厚的小本子上。本子用巨大的线圈装订在一起，就像挂历一样。扉页上用粗笔，或者说磨钝了的笔尖歪歪扭扭地写着几个大字："安盖尔专用本"。但是在写了一段文字之后，好几页纸被撕掉了。这是谁干的，没人知道。

自从发生了六月二十一日的那件事之后，维济鲁法官没再见过安盖尔。对此他有详细的记述："审讯是其他人做的，我不想再看到他了。后来我又想见他的时候，已经没有可能了。"按照他自己的说法，他们之前其实见过两次。头一次是维济鲁法官（当时还是检察官）和安提帕一起去钓鱼的时候，在岸边的槐树林里遇见了安盖尔。"我在这儿放了几个蜂箱。"安盖尔说。"他岁数不小了，"维济鲁法官这样描述道，"是个干瘪老头，但依然很强壮。他说话不多，总是护着安提帕，就像家里的老大哥护着最小的兄弟。"安提帕说："我想带检察官去泵站那里看看你种的仙人掌。""只能太阳下山之前去。"安盖尔说。"这让我感觉很奇怪，"法官写道，"太阳下山前是什么意思？但我当时什么都没说。这个安盖尔面色阴沉、不苟言笑的样子让我敬而远之。他到底是什么人？我想起了工程师多布拉尼什。他是社办工厂的厂长，象棋下得不错。有一次他半开玩笑地提到过安盖尔：'这个老头脑子不太好使。我们都管他叫农场主，其实他只是个看守泵站的。他是个很认真靠谱的人，但我觉得他脑子不太正常，不过我和泵站没什么过节。'我并没有忘记安盖尔，但也没再想起过他。第二次遇见他的时候，我就知道自己并没把他忘了。那次我还是跟安提帕在一起,安盖尔没有再摆出一副生人勿近的样子。他叫我们上他家去,也就是到集市旁边的泵站去。那是座方方正正的新房子,周围是半截埋在土里的混凝土井栏,还有花草树木。这就是安盖尔的家。蜂箱和仙人掌,我以前从没见过这些东西。他说有只蜜蜂比蜂箱还大,是只神奇的蜂王。这根本不足为信,但我当时真的相信他了!我在他那里觉得很舒服,他有瓶很棒的樱桃烧酒。我向安提帕看去,他还是一脸高深莫测的笑容,就像在自己家一样。我们是下午去的,一直待到了太阳下山的时候。泵站占地很广,被带刺的铁丝网、水泥桩子和铁门包围着。送我们出门的时候,安盖尔私下对安提帕说了一句:'周五我等你。'那天是周一。回家路上安提帕对我说:'他就是这个样子,你得接受。和他在一起让我感觉很舒服,他跟老帽匠奥古斯特完全不一样。同时我也发现,他和奥古斯特都有着不为人知的阴暗面。我不知道这么说你能不能明白,因为你不认识老帽匠,他是我父亲在阿尔巴拉的一个老朋友,也是我的朋友。我会带你去见他的。'我确实没听明白,不过当时没太在意。直到很久以后,到了我之前记载的那个场合,才见到了他。现在我开始明白了,不过这有必要弄明白吗?……安提帕还说:'有朝一日,我想让他们俩面对面坐在一起。而我则变成一只蜘蛛,藏在桌板的裂缝里听他们在聊什么。他俩其实是同一个人。'这个说法很奇特,妥妥的安提帕风格!"

维济鲁法官在记录中声称自己认识一位曾经照料过安盖尔的医生。这位朗布力诺大夫和很多心理医生一样,习惯搜集和病人行为相关的资料,并对其进行分类(不知是根据职业兴趣、创作欲望、无聊程度,还是把所有这些因素综合考虑)。据此,这位朗布力诺大夫认为安盖尔是个特殊的病例。他可以在窗口一坐就是几个小时,但只会偶尔动怒,总的来说没有攻击性。他只是喃喃自语,眼睛直勾勾地盯着医院后院(正对着他的窗口)洗车的地方看。那里有一道高高的斜坡,铁笼子里并排放着两个氧气瓶,就像两颗炮弹。这时他的神情很专注,甚至带有一丝愤怒(眼睛充血,嘴角泛出黄色的泡沫,肩膀抽搐)。话说回来,除此之外,他还是很淡然、很体面的。他管人要了一把圆头锹、一把方头锹,挖了一个坑又马上填平了。他精通园艺,以前做钟表匠时的手艺也没丢下,医院里的人都放心地把自己的钟表交给他修理。兴许有一天,他会用里面那些小齿轮做个布丁吃,不过在此之前一切还算正常。奇怪的是,他的症状有一点儿例外,就是并没有对性爱表现出偏执。"如果抛开我的职业身份和从业经验的话,"朗布力诺大夫说,"有时我都想把他放出去了。他不是病人吗?他是病人,这毋庸置疑。但说到底,除了一些人尽皆知的常识外,我对自己的健康状况又了解多少呢?"朗布力诺大夫在窗台下安了个拾音器,安盖尔就坐在那里自言自语。他把录音带上的内容转写到本子上,交给了维济鲁法官,并声明"只能看两天"。按照维济鲁的说法,他只想誊写看似安盖尔独白的部分,并没有想把朗布力诺大夫的点评也抄下来。令人好奇的是,维济鲁记录下来的形式很连贯,至少看起来是这样的,其中的主人公并不像个疯子,或许他不是个一般的疯子。当然,维济鲁法官和朗布力诺大夫都是正直的人,但有时候人的思想会背离他们自己。不管怎么说,这些文本又被誊写了一遍。(维济鲁法官提到一个故事:有一次,一个熟人向来自法莱里亚①的阿波罗多②询问有关苏格拉底③、阿尔奇毕亚德斯④等人参加阿加顿⑤宴请的事。其实这件事阿波罗多是从菲利普的儿子菲利普斯那里听来的,于是他回答说自己那时还小,而菲利普斯也是从某个不知叫什么的路人那里听说的。总之一切都是道听途说,以讹传讹……好吧,在维济鲁法官看来,我们可以通过这条信息链找到些什么,也许能找到一条关于存在的最伟大的真理。这么说可能有点儿夸张,但他真的

---

① 位于罗马以北35公里处。
② 阿波罗多(约60—125),希腊建筑师。
③ 苏格拉底(前469—前399),古希腊著名哲学家。
④ 阿尔奇毕亚德斯(前450—前404),古希腊政治家、演讲家、将军。
⑤ 阿加顿(前448—前400),古希腊悲剧诗人。

相信!)

*　*　*

下面是安盖尔的陈述:

我从前磨过镜子,也当过银匠。那可是门很古老的精细活儿,是我从中欧那座神秘的城市里学来的。我就是在那里突然发现了自己的价值,不过当时还不知道该何去何从。我在那里感知到了世界,头一次听到水银在曲颈甑里沸腾的声音,看到石头穹顶下的锅炉中升腾起滚滚的铅蒸汽。后来,我在东方找到了人生的真谛,但从没在那里见过像金匠巷中那样的金色黄昏。我曾经在长城脚下一条干涸的深谷里居住过,谷底长满了白蒿。低矮的土坯房四周有一圈土砌的围墙,墙边是一垄窄窄的田地,还不及布拉格小城那间作坊的橡木地板宽。我从《中庸》里学会了中庸之道。那本书是从一个可怜的轿夫那里得来的,如今他在夜兰园看大门。园子的主人是个贪杯的小官吏,每天晚上都会大醉,然后一大早就抱着个镶金边的瓷盆大吐,同时小心翼翼地积攒着前夜辛苦得来的收益。他说自己其实并不好酒,这样做只是为了寻求自身的精髓。只有当酒精在血管里充分燃烧的时候,他的精髓才会在肚子里凝结成核,才能被汇集到一个象耳铜樽里。他坚信,只要年复一年地不断在肉体深处加以凝练,并把它们在阳光下暴晒,他就能成功。然而在月圆之夜,必须关好盖子,让月光照射在盖子的中心位置,从而让星辰之力来影响结晶过程。

彼时我就在那座大都市谋生,在长安街上当钟表匠。我没有跟任何人学过这门手艺,似乎生来就会,或者说对这门手艺有过目不忘之能。就好像你在从一只蟑螂成长为一头巨大的骆驼的过程中,慢慢学会了说话。偶有闲暇时,我会去长城脚下沉思,谋划自己心中的宏图大志。因为那时候我已经知道自己要做什么了,那就是要去寻找一面镜子。

我在那座阴暗的金色之城里磨过镜子,当过银匠。那时我住在克劳斯犹太教堂旁边克伊拉·博赫姆·阿道夫师傅的家里。他是个博学睿智的人,和我一样都是单身汉。不过我和他绝交了,就像后来离开了那个轿夫,舍弃了那部《中庸》,抛弃了金匠布拉豪斯,和科尔内利乌斯医生分道扬镳一样,因为我发现了自己真正的使命——找到那面镜子。那时我经常去犹太教士罗尔[①]的墓地,四周是光秃秃的树木、灰色或红色的石头、黑洞洞的墓穴。这真是个适宜高尚灵魂安息的地方啊。无数颗碎石被安放在巨大墓碑的边缘,每一块碎石都代表着犹太教士崇高的思想。现如今,这些思想就寄居在犹大·罗尔·本·比萨列制作的泥人里。独一无二的犹太公墓啊,我已经把你们统统忘记了,金色布拉格城中阴暗的犹太老城区也已离我远去。如果我是胡斯[②]的学生,又会怎样呢?太阳照在屋顶上会生出金子来吗?我不信,我认为还是铅更值钱些。

金匠巷两边,房顶上窄窄的瓦片斜搭在一起,厚实的墙体中间夹着白色的高烟囱,里面的房间却很小。如果你仔细观察的话,会发现里面所有东西是陶土上釉后烧制而成的,釉面呈红色、黄色、橙色和蓝色。地面上则是被烤箱烤化了的、近乎玻璃状的沙子。金匠师傅们都死绝了,如今你在那里只能看到门槛前矮矮的栅栏,还有一些花,以及房子外贴面上的一圈腰线。有些腰线是水泥砌的,有的则用玉米糊粘了些铁蒺藜和碎玻璃在上头。

在跟玻璃、金属打交道和摆弄钟表的过程中,我对人有了更深刻的认识。何况我还怀着某种目的,冷眼观察那些硫黄、水银和钴的混合物,任其尽情地翻滚沸腾。而现在,我正在沉思。我背靠着一块木头或石头,茵茵绿草映入眼帘。烈日当头,一只壁虎用人性化的眼神

---

① 犹大·罗尔·本·比萨列(1512?—1609),捷克犹太学者,哲学家。善于制作泥人,葬于布拉格老犹太公墓。
② 扬·胡斯(1369—1415),捷克宗教思想家、哲学家、改革家。曾任布拉格查理大学校长,因否定教皇的权威性而被烧死。

望着我，乌龟看到我也不回避。人的灵魂是那么难以参透，却又是永恒不灭的。我无法看透女人，她们是些没有信仰的危险动物。相比之下，还是臭鼬更友善、更可靠些。公鸡打鸣了，我扭头向太阳落山处望去。每当吃完一个水果，把黑黑的、滑滑的果核攥在手心里的时候，我就会感觉到无穷的力量从体内迸发出来。我现在才明白这些，以前对此一无所知。我从没上过学，全靠自学成才，做事也全凭一己之力。佐塔神父来看我了，他来这儿是想用自己的学识换酒喝。我就看着他喝。我不爱喝酒，葡萄酒、李子酒都不喜欢，但我会酿各种酒，樱桃烧酒是专门用来待客的。跟佐塔神父聊天时，他说我被鬼附身了，然后又笑着说自己也被鬼附身了。掘墓人走了过来，拿着块圆形的骨头给我看："这是哪儿来的？是哪个部位呢？"他一边问，一边摸索着自己瘦骨嶙峋的身子，想给这块从土里刨出来的骨头找个归宿。不过他并没有找到，只得把骨头揣在长长的衣兜里，继续刨坟去了。

直到有一天，那些金属、玻璃、机械游戏变得毫无奥妙可言，我便舍弃了它们。也许在对它们有所了解之后，我变得更聪明了一些，但是那面镜子的下落仍然是个谜。从那时起，我就当起了冥河上的船工。这份工作和海关关员类似，可以把你送到彼岸。我把从那个关隘收来的钱币熔铸成一口大钟，把它沉到幽深、漆黑的河底。如今，当那些灵魂在河上往来穿梭时，就能知道船什么时候到河中央了。那里会一下子变得风平浪静，只听见鱼儿的影子敲击在我的大钟上，发出庄重、悦耳、沉闷的声响。有一次，我在你们那边的岸上等了很久，也没有任何人出现。不过我并不担心，因为卡伦提醒我说："北极的洋流是无法预见的，它们有时会变得狂暴无比。所以，灵魂会散落在荒凉的冰山中，迷失很长时间后才能抵达缴纳关税的地方。""你放心吧，安盖尔，"他又说，"我们的工作可不是无足轻重的那种。"他开的玩笑一点儿也不好笑，我是个满腔热忱的船工，从不敢拿自己的专长来开玩笑。开玩笑会让人消极怠工，如果你想实现自己确立的目标，就必须不苟言笑、刚正不阿。当然，这些话我没有对卡伦说过，但那时我发现自己可以比他更强，我也确实比他更强。我就这样倚在船桨上闭目养神。当我在半梦半醒间睁开眼睛时，看见河岸上有个小矮人。他长得不丑，也不算漂亮，身材不胖也不瘦，穿着件蓝莓色的燕尾服。在岸边灰蒙蒙的水光映射下，上了浆的翻领闪闪发光，一丝顽皮又轻佻的微笑撕裂了他胖胖的面颊。我抬起头，抽出脑袋下面发麻的双手，直起身子，船桨便轻轻划破了岸边的死水。只需这样一个动作，就让他前倨后恭起来。"我叫保尔甫·伊凡诺维奇·乞乞科夫，"他说，"是六等文官、地主，因私事旅行。"我又等了一会儿，没有人再来了。他垂着头默不作声。"你上来吧。"我对他说。他轻盈地跳上船，没想到这种身材的人能如此灵巧，船连晃都没晃。我还没来得及划两次桨，他就已经走到我身边了。他脚步沉稳地踏在船板上，仿佛一辈子都生活在船上一样，而不像其他人那样跌跌撞撞。此时，他的脸上露出一丝狡黠，眼睛一直在我身上瞄来瞄去。之前的沉默被打破了，取而代之的是不乏风趣的言谈。他从我的工作聊起，跟我搭讪，问我这份工作是否乏味、是否辛苦。随后，他又不失时机地把话题转移到了它们身上，向我询问它们上岸之后将何去何从，还问我它们坐船时言谈举止如何，上岸后最先做什么事，对岸要走多远才有人烟，它们对什么最感兴趣，最喜欢什么，最害怕什么，诸如此类，不一而足。我什么都没说，但这并没有让他住嘴，仿佛他能从我的沉默中找到答案似的。最后，他拿出张纸来给我看，上面满是签名和或圆或方的印章。他在我肩上拍了一下，让我再一次感受到了他的傲慢与贪婪。"这个，"他在我眼前扬了扬那张纸，说道，"比你的沉默值钱多了。"我把他留在了河对岸。真是个怪人，我不明白他到底想要什么，但他给我留下了深刻的印象，那不起眼的外表下面肯定隐藏着某种不可告人的企图。

世界那么小，死亡无处不在，而我的处世之道就是保持沉默。我原本应该是在找路。曾经有一段时间，我在海岸边徘徊，一直走到了多瑙河入海口。"你看看,"我对自己说,"我绕了一大圈。"现在,这个圈子已经合拢了。那时太阳刚刚升起,你的耐心正在经受极大的考验。风从多瑙河三角洲吹来,海水里挟着淤泥,让我的鼻孔刹那间充满了豆油的味道。这种味道似曾相识,让我想起了那些经常往王度①钟表店跑的日子。当我沿着天坛墙根走过的时候,总能遇见一个老瞎子,他用链子牵着只白毛猴子。每次经过他身边,我都会朝他手里扔一个带孔的小钱。猴子的肘部和膝部有几大撮白毛,就像几把软毛刷子。老瞎子时不时地用这些刷子去刷自己干瘪的眼眶,因为他的眼睛虽然失明了,却长年泪流不止。金枝玉叶、珠玑珍馔,这才是你该走的路。沿着这条路,你就能找到那面镜子。然而现在,我却在黑海边漫步。周遭风平浪静,不知多瑙河底甘甜的淤泥能否带来一些积极的影响。我早就知道,我会提前达到自己的目标。我沿海岸走着,一直走到离某个河口很近的地方。我穿过一片沙滩,那里像是随风起伏的金色田野。我经过城市的公墓,基督徒、土耳其人和犹太人在那里比邻而居,和谐共存。直到走过一条长满白色干草的小路,才能见到几座房子,看上去好像是木头搭的仓库。它们藏在青翠的玉米地里,间或露出一面面白墙。就在那里,我碰到了掘墓人。他长着红胡子,眼睛又大又亮,身材又高又壮,活像是利波维安人②眼中的上帝形象。"你是他们中的哪一个?"我问道。他笑着回答:"我既是土耳其人,也是犹太人,还是基督徒。我专管埋死人。每个人都有自己的死法,但他们只有一个掘墓人。""你叫什么?"我问道。"安提帕。"他对我说。"安提帕?"我说,"这算啥名字?""一个名字而已。"他说。后来,是的,后来我才完全了解了这个名字的含义。他岁数不小了,但依然很强壮。"我年轻的时候,"他说,"长得完全不是这个样子。那时候我又黑又瘦,眼睛也是漆黑的,头发像马尾一样硬。有时

---

① 中国唐代笔记《古镜记》的作者。
② 一个居住在多瑙河三角洲地区的民族,是俄罗斯族的一支。

候说起话来，声音就像是动物发出的长啸，特别有穿透力，把我周围的人都吓得够呛。也许我只是个唠唠叨叨、脑子不太正常的人，但对于刨个坑把人埋进去，这事我很在行。不过到了下半辈子，发生了一些让我自己都感到匪夷所思的变化。以前我是个黑黑瘦瘦、动作敏捷却总是病恹恹的小矮个。黑眼珠子油润润的，就像两颗用塞浦路斯食用油泡过的橄榄，整天色眯眯、懒洋洋的样子。忽然间，我就变成了你现在看到的样子：大高个、红头发，眼睛也变成了浅浅的牛奶色。敏锐的视觉改变了事物的内涵，让我能够洞悉一切。骨骼也变粗、变重了，让我的行动变得迟缓。从那以后，我百病不侵，把女人也给忘了，我的精力已经耗干了。我成了一个掘墓人，几乎学会了所有……"

掘墓人安提帕跟我谈起了那座多瑙河口的城市，说起了它的兴衰，还有前人留下的东西。当年，那座石头房子是多瑙河委员会所在地，房顶飘着很多大国的国旗，领事们经常衣着光鲜地从运河大坝上走过。

"一位领事？一位领……呃……事……"维济鲁法官正在念安盖尔的长篇大论时，帕夏留打了个长长的嗝。"要当领事，可得是个体面人。除了光鲜的制服、打理整齐的胡子或挂满前胸的勋章，还得有敏锐的头脑。当然，他可能拥有上述所有特征，可能具备一两样，也可能一无是处，就像个人尽可辱的稻草人。不过领事，哟嘿，只有像我这样的酒鬼才能告诉你领事到底是什么。这发音可真够拗口的：领事！一个怀旧感伤的阴影渗入了我们干涸的记忆中，它是从哪里来的？那么多人匆匆而过，只有我能告诉你，如果你再给我来一小杯朗姆酒的话。因为一位领……呃……事……"

大约就在那时，老安提帕，也就是掘墓人的爸爸，来到了多瑙河口的这个地方。他也许是从佛朗哥港来的,也有可能是从黎凡特①来的。因为这里是一个全新的世界,需要大量移民。于是他在公国定居了下来,从事倒卖少女、食用油、柠檬、桂皮、火药的营生。是的,那时候他应该还算是个人。现在我放眼望去,只能看到这两个氧气瓶,旁边是种着西红柿和卷心菜的菜地。用豆油炸鱼的气味仿佛长了一对铁丝般尖锐的翅膀,钻进了我的鼻孔里,舌尖上却是豆浆的味道。有朝一日,仙人掌会和蜜蜂交上朋友的,那时我会重新开始我的研究。你们看,这片云彩的样子就像个大脑,那片云彩却像是肝脏。风吹断了野草,老安提帕坐船沿多瑙河顺流而下,船舱里装满了来自波西米亚的瓷器、来自特里亚斯特②的硝酸银、来自马耳他的磷酸盐,还有一个来自阿陀斯山③的圣水杯。五十桶牙买加朗姆酒是带给英国领事的,此外还有一大箱子德国学者的专著。那时候,来自希腊和西班牙的帆船在熙熙攘攘的运河里顺流而上,你还能看到长着两条大粗腿的荷兰人,他们胖胖的脸颊上挂着扫帚一样的红胡子。趾高气扬的土耳其人穿着臃肿可笑的裤子,他们很会打架,手腕上戴着很粗的黄铜镯子,佩着弯弯的匕首,刀把上镶有一颗玛瑙、一颗红宝石和三颗蛋白石。他们还都配发了长枪,银质的枪托是在安纳托利亚④加工生产的。没错,希腊女人的皮肤像丝绸般光滑。大批希腊人聚集在河岸上、房屋中、帆船里,以及低矮的咖啡馆里。骰子敲击着木制骰盅的盅壁,人们用极快的语速不停地说着话,交易着水产、小麦、水果、地毯和琥珀。赶紧睁开你们的眼睛,看看那些满身烟灰色的英国蒸汽巨轮吧!一个戴着金耳环的黑人站在高处,背靠舱壁心不在焉地看着水面。意大利人和法国佬身穿礼服,闪亮的纽扣和金丝缓带是权

---

① 历史上一个不太精确的地理名称,指中东托罗斯山脉以南、地中海西岸、阿拉伯沙漠以北和美索不达米亚以东的一大片地区。
② 意大利东北部边境港口城市。
③ 位于雅典以北249公里,是东正教的圣山。
④ 又名小亚细亚或西亚美尼亚,是亚洲西南部的一个半岛。

力和身份的象征。捕鲸船上的亚美尼亚人、塞尔维亚人、保加利亚人和新英格兰船长是被莫名其妙的海风带到黑海来的。船长有只手是用鲸骨做的,自从被刮进直布罗陀海峡①之后,他就无法辨认和掌控风向了,于是顺风漂到了多瑙河口。在这里,他那些装着鲸蜡的大桶根本无人问津。

难道说,我苦苦寻找了那么多年,都是在白费功夫吗?我正处在起点和终点之间的位置,但是我本该回到出发的地方,本该离那里更近一些。我在一座丑陋的城市中醒来了,四周是枯草遍地的丘陵和郁郁葱葱的高山,很多年前我就是在这里出生的。那件事应该就是这里发生的。我是走了多远的路,才最终回到迪亚卢－奥克纳啊!我知道了,要找到那面镜子,就该把它忘掉,然后静静地等待。也许,我就是庄子梦见的那只蝴蝶吧,到底是庄周梦蝴蝶,还是蝴蝶梦庄周呢?于是,我又回归到与世无争的生活,七年来一直在多瑙河口默默无闻地做着同一件事,照看我的仙人掌和蜜蜂。我不着急,长期以来所做的准备和漫长的等待正在对我产生作用。在这座泵站里,我就是主宰。水泵不停地转动,我时不时掀起井盖,朝那个水泥洞口看一眼。一切都有条不紊地运行着。我孤身一人,这样挺好的。我知道那件事必然会发生,但我不知道会如何发生,这让我既紧张,又暗自兴奋,我必须小心翼翼地控制这种情绪。人们都说我是个平和的人,头脑迟钝,但内心敏感。这帮傻瓜!疯子!我在这座丑陋的城市里待了太久太久了!时间长得足有一百年了。为了忘掉这一切,也为了让别人忘了我,我没有再去干自己的老本行。我当过园丁,也像我在多瑙河口的那个老朋友一样,当过掘墓人。我还照看过磨坊(关闭了茶馆之后,我在多瑙河三角洲照看了很长时间磨坊),最终来到了这座泵站,感觉这里就像天堂一样。我的仙人掌在各地都很畅销,这里的草地比其他地方更加青翠茂密,水也更甘甜。四周无比宁静,巨大的蜜

---

① 位于西班牙最南部和非洲西北部之间,沟通地中海与大西洋。

蜂让我躲过了很多无妄之灾。我的耐心,不就意味着权力和专制吗?可是我已经大限将至了,不得不出手了。前路依然混沌模糊,我在漫长的等待中得以重生,成为一个与从前的自己截然不同的人。我变得强大而沉稳,一改从前弱不禁风的样子。昭昭日月下,我回首往事,发现之前所做的一切,包括举手投足,都获得了全新的内涵。无论是手势、话语,还是从前显得怯懦或暴戾的行为,都有了别样的意味,为长长的证据链添加了新的环节,支撑着我继续工作。

  本该发生的事终于发生了。一切都始于一个玩笑!不过我,从来都对插科打诨和声色犬马不屑一顾。哦,你看,上帝啊!我现在才领会到,随着时光流转,已知的东西可以变成未知,而且还在一刻不停地变化着。是的,我需要思考一下,看看问题是否就出在这里,或者是否真的就该这样。不过我并没看出什么问题,只是又出现了一个链条上必不可少的环节而已。也许我该再等等,继续两眼盯着氧气瓶,监视那个剪草坪的人的一举一动。现在,如果把这一切都当作玩笑的话,可以说这都不是真的,但我认为这也能算是一点儿收获,让我离那面镜子更近了一步。因为我在迪亚卢-奥克纳遇到了安提帕,我是说真正的安提帕。他那时还不知道自己潜藏的力量,我必须给他指出来。他就是那个能帮我实现目标的人,他看起来一无是处,许多人都是这么认为的,事实并非如此。这个卑微的小公务员体内蕴藏着巨大的能力。当我听到他对自己的玩伴们说"这个人要死了"的时候,还曾对他嗤之以鼻。"你从哪儿知道的?""我就是知道。"结果那个人三天后真的死了。他拿这种事跟别人打赌、开玩笑,但我必须告诉他,这是个真实的游戏。其实他对此心知肚明,他知道自己不是个坑蒙拐骗的预言家,他就是天意!他跟人打赌的时候,摩西里尼酒馆里的人们哄堂大笑,而当那个人真的死了的时候,没有人笑得出来了。从那时起,我就开始追随安提帕,只有变成他的人,才能让他为我所用。"你瞧,"我对自己说,"他就是那个能预知未来的人。"当然,他无疑知道自己能够,或者有朝一日能够预见自己的未来。但他看到的是什么呢？他看到了死亡，他拥有预知自己的同类何时死去的能力。那么，他也肯定有预知自己死亡时间的能力。他有这种能力，或者说我必须让他，甚至逼着他去发现这种能力。有朝一日，当他成为那个叫苏绰的老头，学会求签打卦的时候，就说明镜子在他那里。我终于找到了出路！没有什么能阻止我。这样的想法让我变得强大无比。我找到苏绰了！那时我才明白，为什么自己之前不喜欢安提帕这个名字，觉得它怪怪的，因为他真正的名字应该叫苏绰。他会带我找到那面镜子的，它能让我肆无忌惮地运用自己的能力。我能感觉到这种能力的存在，但它需要外力的激发。因为那面镜子只是一个镜像而已，真正的力量在我的体内。谎言造就真理。我必须达到的目标就是，让安提帕预言他自己的死期，并且让它成为现实。到那时，镜子自然会落到我的手中。我还得等多长时间呢？一年？十年？十五年？一百年转瞬即逝，五十年就过得更快了。安提帕才三十三岁。在过去一百年间，这个地区还没出现过活过百岁的人，安提帕能活那么久吗？这对我来说意味着还要等七十年。我倒是能等，反正已经等了那么多年了。到那时，我就可以成为主宰了吧？当我意识到自己正受到命运的眷顾时，就很在意那时候在人们的口中，我的头脑有多么迟钝、内心有多么敏感、胳膊有多么瘦弱，有时候说得连我自己都信了。于是，我就跑去杀那个老太婆。她住在城郊，她家就在黏土矿坑附近。我经常从她破破烂烂的小屋前经过，每次都会对自己说："她对任何人都没啥用处。"但是当我赶到那里时，发现她已经在三天前死掉了。难道是我弄错了？难道是命运欺骗了我，不愿给我一次机会？她的狗坐在门口，那是头高大凶猛的畜生，我不费吹灰之力就把它宰了。这是个很好的开端。狗就是那个老太婆，不但眼神和嘶哑的嗓音一模一样，就连在夏日午后坐在椅子上休息的姿势都一样。狗就是那个老太婆，安提帕就是苏绰，事物都是普遍联系的。这时，我又想起了自己不共戴天的仇人。在我还很年轻的时候，他就巴不得我死，但我必须活下去。那时我给自己定了个目标，为了苟全性命，必须把他宰了，但一直未能如愿。有一天，他离开了那个地方。我一直跟着他，因为他的离去实际上是个诡计，他想要谋害我。我最终没能杀了他。我并不恨他，但他对我恨之入骨。他的仇恨对我来说如同附骨之疽，只有杀掉他才能摆脱。三年来，我一直在他身边逡巡（也许是下意识地想给他提供个机会，让他杀了我），对他的生活习惯、行为举止了如指掌。我衣兜里总是揣着一把短刀、一块石头和一条三角巾，但一直没机会下手，总会有什么东西隔在我和他中间。于是我对自己说，必须用另一种方式来逃脱。我逃跑了，躲到了平原上的一座城市里。但还不到一年，他，我的死敌就出现在了那座城市里。他还给自己买了座四周都是葡萄园的宅子。我知道自己已经走投无路了。突然间，我把他给忘了。我再也不用躲着他，再也不怕受到他的威胁了。有一天，我看见他死了，被人拉着向自己的墓穴走去，就这样寿终正寝了。那时我就在旁边，没觉得高兴，也没感到难过。看着那条狗被敲碎的大脑袋，我心想："之前我确实为那个人的死亡做好了某种准备，在他即将长眠之地耐心地等待着他的到来。我的等待能说明什么呢？"

* * *

一卷千疮百孔的帛书似乎被酸蚀过一般，轻轻一碰就会化作飞灰。帛书上写满蝇头小楷，墨色在岁月的侵蚀下，变得灰中带黄。打开它，便呈现出一个破破烂烂的长方形。这卷帛书和维济鲁法官的笔记本放在一起，笔记本上的内容是照着朗布力诺大夫的录音转写下来的。在帛书原本旁边，还附有一段德文的译文（从旧书上撕下来的一页纸），其中记载着《古镜记》的故事，作者是中国唐代一个叫王度的人。

王度在书中写道：

其年冬，兼著作郎，奉诏撰国史，欲为苏绰立传。度家有奴曰豹生,年七十矣。本苏氏部曲,频涉史传,略解属文。见度传草,因悲不自胜,度问其故。谓度曰:"豹生常受苏公厚遇,今见苏公言验,是以悲耳。郎君所有宝镜,是苏公友人河南苗季子所遗苏公者。苏公爱之甚。苏公临亡之岁,戚戚不乐。常召苗生谓曰:'自度死日不久,不知此镜当入谁手,今欲以蓍筮一卦,先生幸观之也。'便顾豹生取蓍,苏生自揲布卦。卦讫,苏公曰:'我死十余年,我家当失此镜,不知所在。然天地神物,动静有征。今河汾之间往往有宝气,与卦兆相合,镜其往彼乎?'季子曰:'亦为人所得乎?'苏公又详其卦,云:'先入侯家,复归王氏。过此以往,莫知所之也。'"

豹生言讫涕泣。度问苏氏,果云旧有此镜。苏公死后亦失所在,如豹生之言。故度为苏公传,亦具其事于末篇,论苏公著筮绝伦,默而独用,谓此也。

第六章

　　沿站前大街走个百十步，向左转，就到了佩内什·库尔卡努尔①大街。街角两边的墙壁是浅黄色的，腻子已经脱落了。地窖的拱门上方，依稀可以看见用斯拉夫化的拉丁字母书写的招牌"酒窖"。厚重的墙上有扇方方正正的窗户，窗框上挂着块"回收玻璃瓶、玻璃罐"的纸板。字迹干瘦，像是用磨秃了的毛笔，或是咬掉了磷头的火柴棍写的。路中间是一棵枝叶繁茂的空心栗树，巨大的叶片上落满尘土，旁边停着辆装了四个卡车轮子的平板大车。车辕横在下水道口，宽大的车身上铺着秸秆和榉木板。一只公鸡在窄窄的车架上展翅欲啼，但嗓子里什么声音都没能发出来。瘦骨嶙峋的灰猪噘着长长的拱嘴，在磨平了的轮胎上蹭痒痒。一辆黑色伏尔加轿车绝尘而去，从车轮底下崩出个空罐头来，弹到包着绿铁皮的百叶窗上，把迎面驶来的拖拉机吓了一跳，喘着粗气一头撞到街边一栋房子的三级石阶上。驾驶室里身穿蓝汗衫的小伙子想把拖拉机挪开，他头顶上就是那栋房子的门牌号，搪瓷底板上写着白色的数字"59"。年轻人竖起耳朵，向四周望去，幸好没人瞧见。但是在街道的尽头，面包师的学徒，也许是面包师本人正飞跑着穿过马路。他并没有被长长的白围裙绊倒，两条又白又短的胳膊在肩膀上呼扇着。

　　安提帕在一口集水井边停下脚步，目不转睛地盯着一只瓢虫。它

---

① 佩内什·库尔卡努尔（1854—1932），1877年罗马尼亚独立战争中的英雄人物。

想沿着井筒爬到布满水滴的芭蕉叶上。安提帕用鞋尖碰了碰芭蕉叶，大水滴便散成了很多小水滴，在滚动中越分越小，变得像水银一样暗沉。路面上铺着方形的石块，路边有一扇对开的大门，高高的门槛被设计成波浪形，盖着窄窄的镀锌瓦片。巨大的铸铁合页饰有粗花边，用铁钉固定在门框上。门板的木料虽旧，却很耐用。也许是从牛棚大门上拆下来的，或是从马厩里弄来的，也有可能是来自一截木桩子，它从爷爷那辈起就被扔在院子里。房主想在老旧的围墙上开扇门，于是找了个木匠来，把这些木料仔细拼接起来。然后又找了个黑黢黢的铁匠，熔了一辆大车的铁架子，用来打造成合页、插销和锁头，看起来像是在做一套捕狼的陷阱。他看着自己的门，摇了摇头，在暮色中穿过猪圈，进到小院里。拴好牵拉在西红柿架上的绳子，听着池塘里传来的蛙鸣，这种感觉既不像在城市，又不像在田间。不过在这个黄昏，他并没有想这些，而是寻思着该把那些小木桶从地窖里搬出来，放到水里浸一下了。走进屋子，里面的家具包浆厚重，还有一座铸铁壁炉。

  早上太阳还没升起，他就从屋里走了出来，身穿一套灰色的连体工装，手里攥着个破破烂烂的塑料文件夹。没人知道里面塞了什么，也许是从食品店买的面包、香肠、果酱，也许是衣物，反正鼓鼓囊囊的。他就这样挤上了工厂的班车。男男女女在车里挤作一团，开了一个小时才到厂子。那人在一台复杂的设备上干活，他一点儿也不喜欢这份工作，因为没什么需要他做的。设备自动运行着，而他必须非常仔细才能让自己安心一些。他盯着表盘上指针的读数和管道中液位的高低，脸上挂着淡淡的笑容，心想："这些聚合物就像是古怪而敏捷的小动物，在密闭的管道里结成了无穷无尽的长链。这简直难以置信！可是你看，在生产线的尽头，白色的颗粒正被自动分装到尼龙袋里。"

  有一次，从首都来了位社会学家，要搜集资料做一项重要的研究。当他来到迪亚卢-奥克纳这座城市的时候，那个冲着佩内什·库尔卡努尔大街开了扇大门的人便成了他的考察对象。"难道不是这样吗？"社会学家说，"乡村元素很快就会融合到城市的现实之中。这种现象比比皆是。"他指出："那个业主不但拥有一座带两间卧室和一间狭长的客厅的老房子，还有个七公亩的院子。他还养了一头猪、十只鸡，旧牛棚后面则堆放着一袋袋木炭，打算用来烧壁炉——森林是属于全体人民的，要是在壁炉里烧柴火，就意味着窃取公共财物！此外，他还有一把锄头、一把镐头、一把铲子、一把锯子，还有七只羊寄养在老丈人家里，翻过山走个三公里就到了。""而且，那人不仅是化工设备的操作员，"社会学家进一步指出，"从前还当过建筑工人，别人确定房屋选址后他就在地上挖沟。他早先只是个近郊的农民，到迪亚卢-奥克纳来干些技术含量很低的工作。获得资质后，他就搬到了那里，并没有搬到厂里的小区，住进四五层的板楼里。""所以说，"社会学家总结道，"这个人就是个基本要素。"

这时，一匹短鬃马从门里探出身来。它是怎么出来的呢？马头先从两个门扇中间挤出来，然后是弓起的脖子，最后才是枣红色的马身。它直挺挺地站在两扇门板中间，晃了晃脑袋，鬃毛四处纷飞。前半个马身露在街面上，靠两条细长的、骨节分明的前腿稳稳支撑着，后半个身子则藏在那人的宅院里，谁都看不见。半匹马和两扇包着铁皮的大门。

安提帕停下脚步，感觉体内突然充斥着某种东西，让他产生了强烈的尿意。一秒后，他的内心就被汹涌的排泄欲所占据，完全无力挣脱。他想要找个没人的地方，却未能如愿。这时他才意识到，自己所在的街面就在光天化日之下。烈日当空，而钟表的指针还没到七点。这时，身后的一扇窗子打开了。他回过身，看见里面伸出一只手来，抖着一块花抹布。太尴尬了，必须得离开那里！撒尿可不能让人看见，这个念头变得比尿意更为强烈。还是找个地方躲起来，让别人只能看见一股金黄色的液体从隐蔽处喷射出来吧。就像窗帘后头的那个女人，别人只能看到她的一只手一样。她躲起来必然有个缘故，可能是不得已，也有可能是有意为之。不知怎么搞的，膀胱里的压力忽然消失了。没有为什么，也没去管自己在什么地方放的水，他现在只想抽根烟。仅剩的一根烟就在衬衫胸前的口袋里，深吸一口，是那么惬意，那么舒坦。无忧无虑是你力量的源泉，你真的不焦虑吗？烟雾在燥热凝滞的空气中很难散去，浓浓地飘在那里，却不会消失。残垣背后有座孤零零的房子（坊间传闻，可能会把它和周围的房子都拆了盖一栋大楼，或者建一片绿地。当地政府是什么想法呢？到底是盖办公楼还是建小花园呢？），屋后的庭院郁郁葱葱，在烈日照耀下更觉深不可测。一只巨大的蜜蜂不知从阳光中、杂草里、花蕊处，还是从碎砖烂瓦中飞了出来。它的身影滑过街面，掠过墙壁，向着太阳越升越高，把巨大的阴影投射在地面上，将其完全覆盖，又倏忽不见了踪迹。

　　一棵老榆树冒了出来，就像人行道中间的那棵栗树一样。人都上哪儿去了？还看不出任何要下冰雹的迹象呢。佩内什·库尔卡努尔大街上的房屋一座挨着一座，都很高大，从前在这里居住的都是犹太和亚美尼亚商人。不过这条街并不宽，这座城市虽然不大，但这儿离主干道还有很长一段路。想要到那里去，得有足够的时间和耐心。房屋通常只有两层，很少有三层的。墙体很厚，相互挨在一起，墙面上好几处的腻子脱落了，但墙砖依然很干燥。旧百叶窗上的合页显然已经动不了了，不过还有几扇保存完好的百叶窗，厚重的橡木块被铁条穿在一起，从前做的东西可真耐用啊。那时候，波普莱克老头还没有创办波普莱克银行，人们都把钱装在铁盒子里，然后埋进墙里。之后才有了波普莱克银行、哈斯银行和他们的子孙后代。再早些时候，小偷还都是真正的小偷。他们或是拉帮结派，或是独来独往，只在偏僻处下手，从不往人堆里挤。这些可怕的家伙丝毫不以自己的职业为耻。百叶窗、窗环、插销，还有散之不去的霉味。到处都是银色的苔藓，在黑夜里闪着光，像蜗牛留下的黏液被晾干了一样。跨过石门槛，高高的台阶一直向下，通到半地下室的小杂货铺。当你推开门，牵动那个小铃铛，屋子尽头的另一扇门就会打开。玻璃门被纱帘挡着，上面织有菱形的叶片和花卉。杂货铺里到处是鲱鱼和变质的咖啡味，咖啡豆是多年前烘焙的，卖得很便宜。除此之外，还有食用油的哈喇味、羊油烛的膻味和桂皮味从里面那扇门里蹿出来，飞旋着混合在一起。咖啡豆的气味、煮卷心菜的蒸气和女房东臃肿的身影、粗野的吼叫构成一朵褐色的云彩，飘浮在空中。再往下还有几个台阶，石头都被磨光了，木地板也裂开了，被蛀得千疮百孔。食盐、木炭、棉布、纽扣、酥糖、煤油、丝绸、玻璃、石灰、彩色橡皮泥、头巾、靴鞡鞋、镰刀、铁链、挂锁、钉子、气泡水、皮带、橄榄、柠檬、石蜡、角豆、锯条、水果糖，都被堆放在一起。房子的阳台已斑驳不堪：生锈的细铁栏杆下面是灰蒙蒙的木地板，其中有一块从中间翘了起来，也许是断成了两截。阳台紧贴在外墙上，当你站在上面，关上身后的门，就会变得茕茕孑立，无所依托。你仿佛站在天地间的一块无主之地上，在虚无中变得宽容、淡泊。

　　从前的杂货铺现已成了民宅，冷清的大房间被刷成温润的颜色，冰凉的墙壁则被藏到了条纹壁纸和全家福照片下面。旧吧台跟核桃糕一个颜色，上面放着台宇宙牌电视机。更远处是一台阿尔巴卢克斯牌洗衣机，搪瓷盖板上遮着块纱线钩的白桌布。那是女房东、女房东的妈妈，或者她们的某个朋友自己用钩针编织的。桌布中央有个鱼形的玻璃摆件、一头瓷象，还有个木花瓶。花瓶是从索瓦塔①带回来的纪念品，聚酯漆面油光水滑，里面插着一束五颜六色的人造纤维。更远处的窗台下是件传家宝——忠心耿耿的歌手牌缝纫机。机身像只铁铸的猫，上半部的手轮像帆船的舵轮，台面下的轮子转起来则像磨刀的砂轮，或是彼得大帝牌机床。墙角有座带两根立柱的旧壁炉，窄窄的炉台介于赭石色和浅绿色之间，修长的炉身则是赤陶做的。"哦嗷！嗬！哟嘿！他的赤陶炉子真棒！""我也这么觉得。"他和自己兄弟这

---

① 罗马尼亚中部城市，位于穆列什县境内。

样商量后，决定把它保留下来。屋里除了沙发床和抽水马桶外，还有一幅格里戈雷斯库①作品的摹本，好像是《汲水的女孩》或《牛车》。"我们还临摹过卢基安②的作品，但托尼察③的画只临摹过那个《大眼睛的女孩》。"车棚下有时会停放一辆（二手或三手）摩托车，不知是JAWA牌、MZ牌还是IJ牌的，上面盖着两个（从工厂里顺来的）撕开的尼龙袋。当年，报纸上经常会显示生活水平提高的统计数据，用百分比呈现某年卖出了多少台摩托车、多少台电视机。只要把那些数字相减，就能发现人民群众的生活水平逐年提高，从来就没下降过。其中当然得包括一定数量的摩托车。"换言之，我购买摩托车为整体生活水平的提升做出了贡献，所以说我是个发展要素，比多瑙河德兰科瓦④段的水文报告还厉害！"阿戈布说，接着又说道，"我就是伟大的阿戈布！摩西里尼！""来了，来了！"摩西里尼叫道。"没错，"阿戈布说，"我有一颗理论家的头脑。尽管我只是个做女士手包和贴花的倒霉鬼，没什么崇高的理想，但我的头脑堪比从前的理工科大学生……你们瞅好了！甭管那扇门有多沉，只要我一头撞过去，它就会关上。那个叫摩西里尼的养蜂人就没法拿着咱们的酒瓶子，像一阵风似的钻进来了。他得停下来，用牙咬着门把手把门推开。不过他不会骂我的，他可不敢骂我。"阿戈布往后退了一步，稳稳地站住，然后上身略微后仰，脑袋朝前伸着。又沉、又高、又宽的大门向他缓缓移去，他伸着脖子等在那里，然后用额头猛地撞了过去，发出干涩沉闷的声响。门是实木的，这里可是奥约格酒馆，门是好门，酒也是好酒。门重重地撞上了，锁舌一下子就被撞进了锁肚里，众人都鼓起掌来。你们没见过这一出吧？人们伸出手指头去摸阿

---

① 尼古拉·格里戈雷斯库（1838—1907），罗马尼亚现代绘画的奠基人之一。
② 斯特凡·卢基安（1868—1916），罗马尼亚著名画家，以花卉见长。
③ 居古拉·托尼察（1886—1940），罗马尼亚著名画家，以人物见长。
④ 罗马尼亚西南部的一个村庄，位于卡拉什-塞维林县境内，此处的多瑙河河段以水流湍急著称。

戈布的额头,没起包,也没裂口子。"喂!你的脑袋是啥做的?!""最强合金。"阿戈布说。"它还能算数吗?"勒敦格博士问。"只会加法和乘法。"阿戈布冷笑着说。

旧杂货铺的地板又宽又厚,被踩得千疮百孔,木疖的地方被磨得油光锃亮,像一个个切开的鸡蛋,让人联想起水流长期冲蚀的石板。地板上铺着碎花布拼成的毯子和机织地毯,女房东把这些玩意儿晾在栏杆上拍打,加醋刷洗的时候会说:"这可是波斯地毯。"杂货铺已经从佩内什·库尔卡努尔大街上消失了,如今这里仅存的买卖就是烟草。没有了大型出口商行,没有了穿着背带裤、叼着雪茄、挽着袖子、压着帽檐,在笔记本上不断写写画画的职员,没有了漂荡在锚地的帆船,也不再会有穿着白布长裤的黑人跨过被烟草包压弯的跳板,把身影投射在油腻腻的水面上。照帕夏留的说法,"这都是因荒唐的想法而产生的危险幻觉"。这当然不是幻觉!而是一个时代留下的印迹!现在只剩下些烟店了吗?是的。那些房间都不太大,里面只卖香烟和火柴。这座城市的商业中心近几年已经迁到了从前赶集和卖牛的地方(这里的建筑和阿尔巴拉很相似,在楼宇间开辟了一个很大的广场,五一节的时候还会用铁架子搭建一个贵宾观礼台)。

这件事说来话长:帕夏留曾在阿尔巴拉的报纸上写过一篇有关迪亚卢-奥克纳新建筑的报道。他在盛赞当地政府兴建住房的同时,也骂了设计师的娘,因为"现在的市中心既看不出设计师的创意,也无法体现市政府的威严,它单调沉闷,令人沮丧"。他就把这些话白纸黑字地交了上去。主编把部门主编叫过去,说:"我可没创意来刊发这种稿子,你倒是挺有创意的,还把它交给我审。你说说,咱俩到底谁更有创意呢?嗯?!你是想要掂量我的创意来着,是吧?他这说的什么话!各位都挺有创意的,等上班的时候我得会会他,他可是带着创意来找我的。好像他自己那座城市不是个庸庸碌碌、缺乏创意的地方似的。库库同志就是从那儿来的,你问问他去,然后再来告诉我。你认识那位设计师同志吗?你不认识!要知道他不需要创意,因为他的创意足够多了,明白吗?他不需要你这篇稿子的作者来教他什么是创意。你好好想想,这关于创意的蠢话该从何说起呢?这和建造高楼的热情又有什么关系呢?我要把你下放到基层的制革厂去劳动一年,好好跟工人师傅们学学该怎么遵守纪律,用剧毒的鞣革剂把你他娘的好好清洗清洗。报社不需要你这种搬弄是非的人。""主编同志,"部门主编说,"如果把那句蠢话删掉的话,那篇文章其余的部分看起来还行。""哪篇文章?"主编问。他身体强健,身材魁梧,用两只粗壮的大手不停地揉着眼睛。他的手白得有点儿反常,手指僵硬,用手背揉眼睛的样子就像小孩子突然醒来,在阳光下睁不开眼似的。他的视力一直不好,最近情况更糟了。"您必须得配眼镜了。"大夫说。"我试过,但是不行。""什么叫不行?"大夫问。"我总是把眼镜弄坏,医生同志,只要一戴上就会把它弄碎,到现在已经打碎三副眼镜了。跟您说实话吧,医生同志,您是我们党内的大夫,我也不瞒您。不好意思,戴眼镜会被人笑话的,因为工人阶级和贫下中农从不戴眼镜。要知道,医生、教师戴眼镜还说得过去,但工人决不能……"困惑和恐惧在他的近视眼里闪烁,和高大威武的身材极不相称。这就是他的想法。他怎么会这么想呢?……如果你不反驳的话,他就像上帝的面包一样仁慈……"就是那篇文章,"部门主编说,"只要把那个词删掉……""哪个词?""就是您刚才看的那篇文章里的。""哪篇文章?……"在帕夏留眼中,这场争论持续了足有五十个小时,中间只有短暂的间歇用来睡觉和吃饭。"如果来杯白兰地的话,"帕夏留说,"我能把这个故事讲成发生在另一个年份的版本,譬如说一九五六年,或者你想听哪年的都成……谁能把瓶子递给我?"鬼知道是怎么回事,即便在迪亚卢-奥克纳的官方报告里也没个明确的说法。"这你做何解释呢?"文化宫的消防员向工人电影院(从前叫幻想电影院)的放映员问道。后者一边听,一边隔着裤兜摸自己那个足有鸭蛋大小的疝气,"你觉得为什么这座城市有七家烟店，其中四家在佩内什·库尔卡努尔大街上呢？是太多了还是太少了？"也许就是在这个地方，维济鲁法官在某个笔记本上记录了下面这段话："一些小事，会使天真的目光变得焦躁或愉悦，也会让狡诈的灵魂仿佛置身另一个世界。"

第七章

烟店老板名叫约尔达凯,但大家都管他叫克莱姆老爹。"您好,安提帕先生!"他打着招呼,又说了声"吻您的手"。"他在跟谁说话呢?"安提帕心想。不过他并没有回头,只是张开鼻孔,通过口腔和牙齿后面的气管去感知,克莱姆老爹烟店的气味冲入脑海:既有混合了烟草、腻子、木料和人类皮肤气味的干燥的酸臭味,也有一股甜甜的、苦苦的湿润气息,就像是耗子和猫留在旧墙体中的气味。克莱姆老爹常说:"如果说那些猫是我养的,那么耗子自然也是我养的。"这时,一丝女性的气息飘进屋子里。左手的墙上挂着本一九三〇年的教历,年份是用红字写的。它后头藏着个洞,也许是扇圆形的窗户,透过纸背依稀可以看出窗沿、窗框和玻璃来。这面墙把这间屋子和整座房子隔开了。对面的墙上则挂了张老照片,是彼得鲁·格罗查[1]博士的肖像,灰色窄相框里的相纸已经泛黄开裂,玻璃上污渍斑斑,落满灰尘和苍蝇。克莱姆老爹时常会面带微笑说:"啊,有些照片比这更老。绿的、红的,嘿嘿,还有黑的,想要啥样的都有……"他的笑容有点儿像从前的约西佩斯库上校(其实是在冷笑。这种冷笑曾救过他一命,最终把那个成天在阿尤德[2]殴打他的卫兵送进了疯人院),

---

[1] 彼得鲁·格罗查(1884—1958),罗马尼亚政治家,罗马尼亚农民阵线、罗马尼亚共产党、罗马尼亚工人党成员,曾任罗马尼亚王国首相、罗马尼亚社会主义共和国部长会议主席和大国民议会主席团主席。

[2] 罗马尼亚中部城市,位于阿尔巴县境内。

只有那个自杀了的老飞行员把它叫作微笑。"今天真热。"安提帕刚接上话茬,就又听到一声"吻您的手"。一回身,便闻到了火车里她的味道。"啊啊啊……你好!"他说。"我把你弄丢了,真对不起,你是在哪儿不见的呢?其实咱们下火车的时候还在一起呢,当时人也不多,谁承想……我还是把你弄丢了。"西尔维娅·拉克利什说,"我在车上可算见识了你有多不讲理了。""不讲理?!"安提帕笑了,"我连想都没想过。"烟贩子克莱姆老爹坐在椅子上打量着他们俩,神情既促狭又谦卑。他微微耸着肩,用胳膊肘支着身子,让胸口远离柜台,就像挂着副拐杖一样。木制的假腿倚在柜台后面的墙上,连接假肢和躯体的皮带垂在那里,像一把把褐色的长刀。豪雨过后,克莱姆老爹会出门晒晒太阳,吃上口白煮菜花,喝上杯菊花茶,再掷上几把骰子。他下双陆棋的动作干净利落,落子和滑动一气呵成。一边下着棋,他一边跟人讲述自己如何在战争中失去了那条腿,如何在波兰的某家医院里度过一整年,又是如何在那里跟一帮军官,包括上校、大尉和朝气蓬勃的年轻中尉一起打牌的。在病床间穿梭的都是上流社会的淑女,她们身穿白大褂,小手香喷喷的,玉指修长冰凉,掌心却是滚烫的。淑女们坐在病床边,久久凝望着你,一言不发。你和所有军官一样,兜里揣满了钱,纸币沙沙有声,硬币叮当作响,用一个镶金嵌银的细把水晶杯当茶具。能在这样的医院里享福,上战场出生入死也值了。"我虽然残废了,"克莱姆老爹骄傲地说,"但我有个当工程师的孙子,还有个女儿在阿尔巴拉的综合诊所工作。我身子很弱,所以需要她照顾。"

"没错,就是不讲理!"西尔维娅·拉克利什说。不管怎么说,她现在已经找到这儿来了,就站在你身后,不是吗?她身材高挑,不及肩的短发偏分成两绺,露出一张气色暗沉的长脸。两个眼窝深陷,瞳孔(是紫色、灰色、深蓝色,还是金色的?)周围的白眼珠有点儿多。对了,她的步态!没错,现在你想起来了。她过马路的时候,你和帕夏留曾在背后评头论足:"她走路怎么风风火火的啊?膝盖好像在往下拽着身体,但你看她脚掌着地的时候那么干脆。用这种步伐走路,怎么还能控制住自己呢?"帕夏留不停地打着酒嗝。外面天晴气爽,凉风习习。然而在克莱姆老爹这里,在这间小屋里的气味的熏蒸下,汗水不断地从体内涌出来,让人浑身湿透,怎么也晾不干。克莱姆老爹的内心深处,不断闪过她的胳膊、腿、脖子,还有在坤包上摸索的手指头。一道弧线划过红色的皮袋,镀镍的细框便被拨到了一边。从前,女士们都会带个麻袋、褡裢,或者拿个羊毛、草绳、银线编织的袋子。袋子通常是圆形的,袋口用装饰绳系着。女士们总是喜欢往手袋里藏东西,譬如饰物、杂物、防身武器什么的。当她的手指头活动起来的时候,凉鞋里的脚指头似乎也焕发出生机,被一种期待已久的舒缓声响激活了。她的脚掌那么窄,肌腱那么修长,肯定有非凡的支撑力。

"来盒斯纳戈夫①。"她边说边从坤包(或者说袋子、褡裢、陷阱)里掏出一堆七零八碎的小东西。这些东西在精神上也许是虚无的,但对于嗅觉和视觉而言却无比真实。"只有在约尔达凯先生这里才能买到正宗的硬壳斯纳戈夫牌香烟。""克莱姆老爹,"烟贩子约尔达凯纠正道,"叫我克莱姆,小姐。"他的脸意味深长,像个干瘪的水果。方格衬衫下瘦削的肩膀一高一低,左腿的残肢藏在柜台面板下的椅子上,像是一截裹着破布的炮筒,总是在瞄准门外熙熙攘攘的大街。突然,那截一息尚存的残肢抬了起来,撞在正上方半开的抽屉上,发出了双腿健全者无法理解的声响。桌上则出现了三盒斯纳戈夫牌香烟,白纸盒外面还有层塑料薄膜,商标是斯纳戈夫湖面上的两片风帆。"在阿尔巴拉买不到,"西尔维娅·拉克利什说,"记在我账上。"

一头驴边走边嚎,木轮和轮箍之间偶尔发出一声响动。你知道的,这种车的辐条很细,轮毂是黑色的,整辆车的构造会让人联想起

---

① 位于罗马尼亚首都布加勒斯特北部的一个村庄,这里是香烟牌子。

沼泽中的荒路。前方大雾弥漫，头顶上则是湛蓝的天穹。走在这样一条路上，你会觉得地球是那么小、那么圆。"噫——哈！噫——哈！噫噫噫——哈哈哈！"那头驴叫着。穆耶丁咳了几声，吐出一口浓痰。他是个园丁，没人知道他是什么时候到这里来的，也没人知道他是从哪儿来的。也许早在土耳其人统治时期，他就来这里了。也许他根本不是土耳其人，那他的名字是怎么回事？安提帕还是小孩子的时候，他就在阿尔巴拉做园丁了，现在则是迪亚卢－奥克纳的园丁。和安提帕扒在四轮马车后面玩的时候相比，他并没怎么变老，也没变得更年轻。那时候，安提帕总是喜欢直接坐在车厢弹簧上，藏在盖着黑油布的大筐后面搭顺风车，嘴里还嚼着根生胡萝卜。座箱上的车夫一边抖缰催马，一边跟乘客聊着天。乘客倚在一个很硬的靠垫上，身上的毯子散发出牲口棚里的臊味。穆耶丁从不戴土耳其圆筒帽，也不穿灯笼裤，更没见过他往地上铺条毯子向麦加朝拜。他个子很高，走起路来晃晃悠悠的，留到领口的长发被染成了砖红色，身上的衣服也是砖红色的。他的衬衫、外套、裤子、绒衣、鞋子、大衣，从冬到夏的所有衣服不是砖红色就是土黄色。皮鞋上的鞋带很宽，系成两个蝴蝶结。穆耶丁牵着驴子的辔头，低着脑袋默默地走着。车厢里是装树苗的箱子，车夫的位置上则坐着个壮实的红头发姑娘，印花布裙下面穿着条运动裤。红褐色的驴子一瘸一拐的，也许是因为掉了一块蹄铁，或是患上了老驴身上常见的毛病，比如，风湿、痛风、前列腺炎啥的。

　　安提帕当时刚巧跨进烟店的门槛。啥时候变得这么热了？头顶上的洋槐树叶被晒成了卷儿，猫嘴里叼着只又白又肥的耗子，钻进了右边的廊道。墙壁投下的阴影极短，半小时前市政厅刚用水管子喷洒过街道，现在早就干透了，烟尘漫天。车轮滚过，穆耶丁扭头向那扇大门望去，门上棕色的招牌用绿色笔迹写着"烟店"。"您好，安提帕先生！安盖尔先生让我向安提帕先生问好！"土耳其人难道就是这样说话的吗？他嘴里没有任何一个音节，甚至没有任何一个微弱的发音听起来像是先知的口吻。"好的，穆耶丁！"安提帕说。他身畔是西尔维娅·拉克利什顾长的身影,她的皮肤很光滑,上面没有一丝皱纹或阴影,也没有一滴汗。她轻轻拨开面前的一大绺卷发,又长又顺的发丝像绸缎一样。一丛短短的、色泽暗沉的杂草从腋窝深处突兀地钻了出来,虽然没有出汗,却从隐秘处带出了一股散发着龙涎香气息的蒸汽。"我受够了。"西尔维娅·拉克利什说,"每天都要坐这班火车。""没错!"安提帕附和道。"咱俩同病相怜。"西尔维娅·拉克利什说。她抽出一根烟点着,愤愤地深吸了一口就扔了,一股青烟弥散在滚烫的空气中。"你起码比我小十岁。"安提帕说。"差不多。"女人答道,"如果我还不算太老的话。""没错,"安提帕说,"我知道你下周就七十二岁了。"这时,他们来到了一栋房子跟前。这栋房子比这条街上别的房子要大一些,阳台的顶棚原本是用彩色玻璃拼成的,如今只剩下一块橙色的碎片,上面落满了灰,像是瓦砾下一枚被铁锤砸碎的徽章。"没错,同病相怜,"安提帕心想,"但我们为什么要同病相怜呢?"他听到她笑了起来。她止住笑,说:"太棒了!"他看着她,发现对方也在看着自己。她个子比他还高吗?"你是想说,"安提帕的声音响了起来,"简直妙极了,是吧?咱俩这样站在马路中间,真是天设地造的一对?挺般配的,对吧?!""太棒了!"西尔维娅·拉克利什说这话的时候,处于一种非常罕见的状态(安提帕看着她,心想:"她为什么一个劲儿地说'太棒了'呢,真是见鬼……"想着想着,这些想法就飘走了,消失了):有时女人会找准时机,把自身巨大的能量聚集起来。她并不会把周遭的一切都烧毁、烤干,而是用一种温和友善的方式将身边的男性包容进去。这种感觉是如此奇妙,如此出人意料,能让粗鲁笨拙的男人在善良和恭顺中实现升华,并且惊奇地发现,即便是死亡也无法将一对风华正茂的男女分开。"这种状态确实存在。"帕夏留说,"如果这话不是出自我这个可笑的酒鬼之口,你们肯定会相信的,尽管你们从未接触过这种状态。"他伸出脏兮兮的手指头向前一戳,冷笑道:"别去触碰这种状态,你们这群可恶的骗子!"随后他又露出谄媚的笑容:"如果再给我倒一杯的话……"

铺着瓦片的屋顶上方，一只巨大的蜜蜂拖着阴影掠过。安提帕紧挨着西尔维娅·拉克利什做了个手势，还说了句什么，她闻言回了下头。两人并肩走过被烈日灼烧的街道，消失在由光和热构成的炽热的巨核之中，不见了踪影。

第八章

安提帕飞奔起来，一口气跑回了佩内什·库尔卡努尔大街。可是西尔维娅·拉克利什去哪儿了？也许已经到市中心她工作的那家药店了吧。她是什么时候到那儿的？是怎么到那儿的？也许这会儿她已经打开了门锁，在那里照镜子了。当安提帕把整个身子贴在克莱姆烟店的大门上，使劲往里推时，满脑子都是西尔维娅·拉克利什的口头禅："你知道吗……"这听起来像个疑问句，但并不是想问什么，其实这句话没有任何含义。可是她的声音锲而不舍地在耳边萦绕，就像一只被夹在两层玻璃间挣扎的飞虫。他记不起她还说过什么别的了，也许只是些平淡无奇的话，但其中包藏着一股躁动，唤醒了你内心巨大的虚荣和诡异的狂热。今天一开始不是好好的吗？怎么会突然有这种想法？寂静的街道上，只听到一个女人在问时间，另一个女人在虚掩的门后答道："快八点了。""见鬼！时间怎么过得那么快？"之前问话的女人惊呼，"我四点起的床！""你七点就该打开办公室，坐到自己桌前，把文件从抽屉里拿出来了。"烟店开门了。如果让西尔维娅·拉克利什看到这一幕，她一定会满心怜悯、不解、遗憾，还怀有一丝女人特有的怨毒：因为她心里一直惦记着安提帕（阴暗的药店里满是棕色的旧货架，上面放着从前用来装药的瓷罐，收款台上有个像电茶炉一样的机器），完全为这个男人的淡定与冷漠倾倒，甘愿在爱怨交加中焦急地等待十二点的到来。此时此刻，这个安提帕却像只不知所措的大马猴，又像个胆怯焦虑的书生。之前在阿尔巴拉遇见他的时候，他岁数已经不小了，身畔的老婆风韵犹存。在她正值芳龄的年代，西尔维娅·拉克利什没准还在校庆日围着篝火唱少先队员之歌，在露天跳哥萨克舞呢。这两口子真不般配！也许她是在大马路上，偶尔经某人介绍才认识菲丽奇娅的。也许在阿尔巴拉的时候，她和某人谈起过安提帕。也许是在大学放假的时候，有个瘦高个儿、腹部平坦、肩膀笔挺的小伙子一直隔着蛋糕店的玻璃窗盯着菲丽奇娅看，西尔维娅·拉克利什见状说道："得了吧，小子，她已经很老了，得有三十岁了吧？"也有可能是别人谈论菲丽奇娅的时候，她凑巧听见而已……不过现在，西尔维娅·拉克利什正身穿白大褂，听着蓝色的火焰在玻璃烧瓶下沉闷地呼啸，看着烧瓶里绿色的液体轻轻翻滚。她瞄了一眼表，已经快八点了。向门外望去，只见一个身高不足七拃的驼背老太婆倚靠在扫帚把上。

"克莱姆，"安提帕说，"我落了些东西在桌上……"

"您没落下什么东西。"烟贩子说。他的笑容极为阴险，似乎随时准备翻脸："您甚至没忘了约那位小姐出去吃个饭。我说了不知您信不信，她长得有点儿像一个在军队医院时坐在我床边的姑娘。我从被窝里伸出手去的时候，她连眼睛都没眨一下。""你想干什么？"安提帕问道。烟贩子神情肃穆地抠着鼻孔，表情就像阿尔巴拉圣母教堂里的那个乞丐，他可以几个小时一动不动地盯着教堂的穹顶："我什么都没干。"安提帕向前蹽了两步，又以脚后跟为轴转过身，朝门口走去，一直走到百叶窗边的阴暗角落里。那里堆着一摞装鞋和饼干的纸盒子，一直码到了天花板。有些盒子上写着"古班①"，另一些盒子上则用银色的斜体大字在红色背景上写着"可可味"。难道克莱姆还走私古班皮鞋和饼干？！"弗朗古。"克莱姆轻声说。除了墙洞里的大耗子和毛毛虫，没人听得见他在说什么。克莱姆可以在柜台后面一坐就是几个小时，丝毫不觉得厌烦。他会抓住一只（绿色、蓝色或黑色的，有时候还长着颗红色脑袋的）大苍蝇，把大头针扎进它的脑

---

① 一个创立于1937年的罗马尼亚女鞋品牌。

袋里。飞不起来的苍蝇只能像一扇磨盘那样，嗡嗡地打转，有时还能绕出漂亮的螺旋形，那根针则在它的脑袋里不停地上下穿插，像一架套在它身上的木犁，或是某种实验器具。柜台的木台面被克莱姆的胳膊肘磨得锃亮，他严肃而紧张地盯着那只动个不停的苍蝇，时不时冒出句莫名其妙的话："弗朗古。"他头脑中有些东西亮了起来，表情也随之变化，仿佛正在发送或接收某种信息，就像从土星的光环上抛射出一道道长长的迷雾。克莱姆蜷缩在自己狭小的囚笼里，渺小得如同地上的一粒沙尘，嘴里还在嘟囔着："弗朗古。"奇怪的是，先前安提帕脸上的自卑已经无影无踪，取而代之的是一脸的傲慢。如果帕夏留看到这一切，一定会醉眼蒙眬地冷笑："此时的安提帕就像是个断开连接的危险的机器人，而你这个怪胎，这只科罗拉多甲虫让他觉得害怕了。现在该轮到他来吓唬你了，他会满不在乎地用粉笔在你那坚硬的后背上写满污言秽语。"

克莱姆还在说"弗朗古"。他抬起半边脸，另半边脸抽着，伸出巴掌掸掉了桌上的苍蝇。半开的抽屉里有块面包，用墨迹斑斑的报纸包着。他伸进手去，用指头从面包芯里抠下一小团，轻车熟路地揉捏起来（在战争爆发前，他双腿还健全的时候，两只手总是不听使唤，甚至连鞋带都系不好。现在他却能徒手把黏土或面包芯捏成各种形状，比如，昏昏欲睡或如临大敌的动物，甚至还能捏出熟人的面貌来。大家都说他捏得很像，并把那些黏土和脏兮兮的面包块珍藏起来，和别的纪念品放在一起，坚信这些东西能让人回忆起悠长的往事），然后把面团朝安提帕扔了过去。安提帕对此视而不见，好像瞎了、哑了、聋了一般。克莱姆坐在椅子上没动弹。安提帕站在门口，显得更高了。他缓缓转过身，抬起巴掌在脑门上拍了一下，表情又回复到了平日里在迪亚卢-奥克纳的样子："哦嚯！我想起来了！不是在这里，我把它落家里了，今晚就能找到。"在克莱姆眼中，安提帕是这个样子的："天晓得他丢了什么，他看着我干吗？不过我还是毕恭毕敬地用残肢撑起身子，说：'太好了，再见，安提帕先生，找到就好。'"克莱姆的手藏在身后,手指相互搓揉着,所有在嘴里嚼过、浸湿的面团都必须清理干净,不能让人瞧见。看见这只手了没,手指头干干净净的,我啥都没干过,现在必须神不知鬼不觉地把藏在抽屉里的那块面包扔掉。"再见,安提帕先生。明天我会弄些好烟,您可别错过了。"安提帕走出门去,克莱姆坐回到椅子上,如释重负。他从衣兜里掏出一块手帕来,终于可以踏踏实实地擦手了。先把手指头伸到嘴里舔了舔,然后用手帕擦了起来。昨天奥努先生说啥来着:"安提帕先生真是个彬彬有礼、气质高贵的小伙子?!"他这间烟店里见不着香烟,只有些他老婆用来存放女人东西的纸盒子。克莱姆没有拄拐,而是呼扇着双手,单脚跳到了门口,凝望着安提帕的背影。曾几何时,忠诚的奴仆就这样注视着自己主人的背影。"安提帕先生!"他叫道。安提帕回过身,站在墙壁阴影下的人行道上,露出了没心没肺、人畜无害的微笑。"我给您准备了一个惊喜,明早,可别忘了……""可怜的好心人,"安提帕心想,"他喜欢看我高兴的样子。肯定只是些微不足道的小东西,譬如,一包美国或希腊产的香烟,但还是会让我很高兴……"安提帕举起手,冲烟店门口的瘸子摆了个关爱的姿势,让瘸子备感欣慰。安提帕用指甲刮了刮粘在衬衫上的一小块湿面团:"这是从哪儿来的呢?……"

专家走上劳动生产第一线
时事新闻(摘自本小说自编《日报》)

  本报通讯员报道 "我们热切期待着设计工程师们的到来,他们所做的贡献现在将真正发挥作用!"化工、石油和矿山设备制造厂厂长对我们如是说。
  工厂处处都是一丝不苟的劳动氛围。从红色格里维察工厂[①]

[①] 位于布加勒斯特的机车制造厂。

抽调过来的劳动者们组建了这家新厂，现在宣布开始试运行。一方面，对工程师和技术人员进行合理调配，且有大批熟练工人返厂；另一方面，厂里的大量管理人员被分流到生产部门。这样做确保了工厂三班倒的每一个班次都有足够的人手，并将逐渐使生产力得到更好的运用。大家一致认为，无论是在新组建的工厂，还是在人员调出的企业，产业部门组织机构的精简都将提升领导团队的效率，管理层级的削减便于让领导者更加贴近生产，让受过高等教育的工程技术人员和专家们在生产、设计和研究工作中找到更多用武之地。

第九章

安提帕登上七级石阶。那栋大楼在第一次世界大战刚结束的时候就建成了，粗粗笨笨的，墙面上布满了窄窗和阳台，再往上则到处是飞檐和圆顶。跟迪亚卢-奥克纳的其他房子相比，它有点儿卓尔不群，仿佛来自另一个时空。它是从哪里来的？又属于哪个时代呢？这里被称作"市政大楼"。当地人从不会说"我要到地方议会去"，而是说"我要去大楼办事"。开会时，地方人民议会主席经常会训斥手下的人："这座大楼里，就没个好好干活的！"公务员们则在会后交头接耳："这座大楼里的母猪都会上树了。"无论是在双月例会上，还是在重要节日的早间短会上，只要时间富余，第一书记就会在上主席台前抽空喝上杯王牌黑姑娘葡萄酒①，吃上片腌熊肉，或者野鸡翅、熏鳟鱼啥的，然后拍着地方议会主席的肩膀说："听说在你那座大楼里，有人每天在十至十二点之间用壁炉里的炭火煎肥肉，或者煮鸡蛋吃。有这事吗？""也许冬天炉子里生火的时候有过，第一书记同志。"众人听到主席的回答，哄堂大笑起来。大领导来希波泰②保护区打猎时，大书记曾对小书记说："你们在那座大楼里都做些什么呢？不觉得那个地方对你们的人员数量来说太大了些吗？我想跟你要过来，把它改造成一个商场，或者文化中心。""您拿走好了，第一书记同志，"小书记说，"不过您得让我盖一栋合适的办公楼。"杰哈

---

① 一种产自费泰什蒂（罗马尼亚东南部葡萄酒产区）的葡萄酒。
② 罗马尼亚东北部的一个镇，位于雅西县境内。

克检察官对年轻的维济鲁检察官说:"维济鲁,给自己买杆猎枪吧。"

多年后,曾经的维济鲁检察官这样写道:"也许,如果不是接手了安提帕的案子,我现在会成为一个真正的猎手。""你更喜欢猎杀安提帕。"在维济鲁的记录中,帕夏留应该是这样说的。他醉醺醺地狞笑着,让人把他的杯子斟满:"如果你给我满上,我就给你篇文章。""什么样的文章?""一篇关于迪亚卢-奥克纳的文章,记录的都是那个年代的事,那会儿我还在给报社写稿呢。我给你的都是原稿,从没发表过的。"帕夏留打着酒嗝说,"你用帕夏留的名义把它发给科学院,能挣好多钱呢。你别看我打嗝!"

"实际上,"曾经的维济鲁检察官接着写道,"那是篇原想在《阿尔巴拉日报》周日版上刊登的文章,对迪亚卢-奥克纳进行了专门报道。我不知道这篇文章有什么价值,不过我还是把它保存在安提帕的卷宗里。"(今天看来,这篇文章的风格可笑至极。遣词造句如同喧天的锣鼓,而作者拍马屁的水平,用摩西里尼的话说,简直是在给一条木头腿做按摩。奇怪的是,主编并没有把那些稿子退回去,更没警告他。他不但收下了这些稿件,还不断地向帕夏留约稿。主编虽然没警告他,但也没登他的稿子。帕夏留给这篇文章起名为《为一位文学巨匠所做的辩护》。)

帕夏留在文中是这样写的:"这座今天仍被称作市政大楼的建筑是一部史书、一个标志。这里曾是市政厅、法院、和平法庭,上次世界大战中军队撤退的时候还做过医院和孤儿院。一九四七年至一九四九年间,这里成了党校,教室和宿舍都在里头。那时,以人民名义自诩的新政权在那里开设为期一个月、三个月、六个月的短期理论课程,培养狂热的积极分子。那些人看似无所不晓,其实一窍不通,而我们不得不把国家交到他们手里。这是个小国,但是有待处理的事务,哟嘿,堪比一个大帝国!他们是党的耳目,无处不在。后来又选出来一批人,分化了一批人,有人上位,也有人倒台。人们起初还对他们怀有信任和好感,但要达成一个目标就必须经受无数的艰难和愤怒,最后就只剩下仇恨、怀疑和混乱了。历史在传言中迷失,高高在上的宝座则被一片红云所遮蔽。希冀尚未离你远去。人啊,你终归还是善大于恶的吧?你想要彻底地改变吗?尽你所能吧,你的价值就在于想要做得更多吗?我这么说并不是要为你辩护,而是要把你推上前去。农民是社会的基础,而正是这些农民想要摆脱务农的命运。那么把他们都赶走吧!建立一个新的秩序,需要多少人付出生命呢?农民到城市来谋生,然后建设城市,慢慢向前推进。农村人和城里人一直在相互戒备,彼此试探。城市引诱着农民,农民则企图去驯服城市,让它顺从自己的意愿。于是,农民留了下来,适应了城市生活,但他自己还剩下什么呢?看吧,这就是一群在窥探、仇恨、暗战中诞生的人。他们是一首赞歌,一曲安魂弥撒,任凭他人嘲笑打趣。迪亚卢-奥克纳的市政大楼既是一个产生于旧时代的地方,同时也注定属于新时代。归根结底,它只是一座房子而已,有厚厚的砖墙、铁皮屋顶,还有数不清的窗户、走廊、房间,以及一个巨型地下室。但是,它更像是一本书,或是一座博物馆,讲述着人的故事……"

* * *

安提帕登上宽楼梯的最后一级,来到楼上,面前是一扇扇厚重的屋门。烈日暴晒下,一只巨大的蜜蜂把影子投射在左边古老的教堂上。楼下,一群司机正等着送领导们去各地进行每日的例行视察。其中一人说:"这他妈是只什么鸟?整天在这里转来转去的,像只长着蝙蝠翅膀的老母鸡。""滚蛋吧,你!"另一个说,"你没瞧见那是只火鸡吗?"先前说话的司机笑了起来。第二个司机接着说:"这会儿又不见了,我觉得是只老鹰。""我想要只老鹰,"又一个人说道,"我会用秸秆喂它。啊哈!如果我今天去默尔吉内尼的话,可别忘了给我的兔子弄只老鹰回来。""它吃秸秆吗?""不吃,我只是把秸秆垫在笼子里。"安提帕想起了帕夏留给阿尔巴拉《新道路报》写的一篇文章,内容就是关于这座该死的市政大楼的。那是篇观点偏颇、逻辑混乱的玩意儿。主编米哈拉凯对贝奥贝·弗朗泽拉鲁书记耳语道："评价一下这些小伙子……""很明显，完全是胡诌八扯！"安提帕对新闻写作并不感兴趣，况且这篇稿子能不能发表还不好说呢。帕夏留跑到这儿来，和头头脑脑们喝顿酒，然后就写了篇没人给发的稿子。不过他并不在意，接着又写了一篇。如果这篇也发不了，他还会再写一篇。"你知道吗？"帕夏留曾对他说，"是你引发了我的这些思考。""什么？！真是胡扯！他脑子里怎么想的？！格加①才会思考呢！""当然，"帕夏留说，"是你和你老婆引发了我的思考。""你听说过马索克②先生吧？"安提帕微笑着问道。"当然！"帕夏留说，"我找他给我装过电池！他是电工吧？！""啊，不。是个小说家……"进门之前，安提帕朝四周看了一眼。一群鸽子笨拙地飞起来，从左侧屋顶上开着的两扇天窗里飞了出去。屋顶的形状像个棺材盖，被漆成了浅绿色。最远处的街角有一栋又窄又长的楼房，底层商铺的橱窗里摆着个自行车辐辘，四周还有些亮晶晶的小东西……教堂的穹顶闪着金光。天空高远而空旷，丝毫看不出要下冰雹的迹象。从这里还能看到桑拿浴室低矮的屋顶。浴室的蒸汽是用石头烧出来的，现在越来越少见了，即使在加利西亚也找不到，也许还能在伊斯坦布尔③见着。"那儿也没有了。"摩西里尼说。每周五十一点左右，他就会回到自己的酒馆，满脸通红，双手绵软，指肚泛白，头发还是湿乎乎的。他搓着手，把一杯掺了气泡水的凉葡萄酒灌进嗓子眼儿，来回溜达半天也没给自己找到个座位。他会时不时地带着一种做作的、近乎陶醉的满足感长叹一口气，醉眼蒙眬地嘀咕道："这浴室，这浴室，上帝啊，多棒的浴

---

① 罗马尼亚民间故事中的反面人物，常用来指代政客。
② 利奥波德·范·萨克-马索克（1836—1895），奥地利作家，以描写加利西亚（位于西班牙西北部）生活的文章和浪漫小说闻名。他的姓氏"马索克"后来成为"受虐癖"的代名词。
③ 位于土耳其西北部，是该国的政治、经济、文化、金融、新闻、贸易、交通中心。

室，多棒啊……"人民议会的书记以前在理发馆当学徒，后来成了军官，现在是函授大学三年级学生的老师（考试轻松极了，有分量的其实是考试期间送出去的装在短颈瓶里的葡萄酒，还有圣诞节、复活节时半扇半扇送出去的猪肉和羔羊肉。仁慈的上帝啊，老师也是人嘛，让人联想起雅金特执事①迈着窸窸窣窣的脚步，小心翼翼地走下大教堂的四级台阶，消失在图书馆里）。他还很年轻，留着一头浓密的深灰色短发，脖子僵硬粗壮（红彤彤的脸蛋上，隐约有纤细的血管顺着笔挺的鼻梁向耳边或嘴角延伸）。他是个雄心勃勃的大人物，昨天刚去过安提帕的办公室。出来的时候安提帕走在前面，书记在后面关上了门。他的语气不再像平时那么生硬，而是带着市政大楼里极为罕见的喜悦："我没法生您的气。"（"听见没？'您'！"门卫赞菲尔在保安队长格罗维伊耳边轻声说，"平时他只用'您'称呼主席同志。""还有安提帕大叔。"格罗维伊说。"是安提帕同志。"门卫纠正道。"安提帕大叔。"格罗维伊嘟囔道，"我一周给他送三次酸奶，每次他都像条蛭蛇一样，把罐子舔得干干净净。他对我很好，就像对待一个可爱的小男孩。他特别有学问，为啥这里总有些人要对他说三道四呢？我想怎么称呼他就怎么称呼，因为我真心尊重他。""该说'同志'。"门卫还想争辩时，安提帕和书记从他俩面前走了过去。门卫就像当年剃着平头参加骑兵部队，听到分队长的行军口令一样，立刻打了个立正："您好，安提帕同志！"格罗维伊则喊道："您好，书记同志！"门卫突然害怕了起来，他当然也应该向书记同志问好，而不是向安提帕问好。于是他打算重新说一遍，再次把两只靴子的后跟一靠，喊道："您好，安提帕同志！"话一出口，他吓得脸都垮了。不过，安提帕凑巧在书记耳边说了句什么，逗得后者前仰后合，脑袋晃得极富戏剧感。安提帕在门卫肩上轻轻捶了一拳，立刻让这个看大

---

① 罗马尼亚诗人图多尔·阿尔盖齐（1880—1967）诗歌中的人物，此处用来指代道貌岸然的伪君子。

门的小伙子满心感恩和幸福,这种感觉刻骨铭心。格罗维伊感觉到自己手心里全是汗。安提帕和书记勾肩搭背地下了楼梯。"安提帕同志。"格罗维伊轻声说。门卫赞菲尔的脸上则浮现出近乎残忍的满足感:"当我管他叫'同志'的时候,你还是叫他什么'大叔',对吧?!")书记接着说道:"亲爱的安提帕,这份报告您收好,每天都要做些补充。"安提帕:"没问题!""明天第一时间就要。现在咱们一起去视察一下展会吧,看看能给那四分之一头狍子打几分。"安提帕答道:"那还用问?肯定是满分!我们一年才办一次美食周。"两人一边说着,一边快步走下楼去。

第十章

　　安提帕走进门去，便看到一个很高、很大的大厅。沿墙根放了一排凳子，中间有张矮腿大圆桌，桌上的花瓶里插着纸花。墙角放着个漆面双耳木桶，用黑色的铁箍箍着，一棵巨大的榕树矗立在桶中。榕树的叶片又黑又重，用一架靠在墙上的木梯支撑着它的树干。木桶底下有个大托盘，盘子边沿趴着只脑袋上有斑点、尾巴上带条纹的灰色大肥猫。猫是食堂里那个女人养的。只要她一做煎蛋和火腿，整座大楼，连同院子里都会弥漫着一种说不出让人厌恶还是喜欢的味道。"这是我自创的菜式。"那女人说，"地方上的书记同志们来这里的时候，从不上饭馆吃饭，而是到我这儿来，让我给他们做一份肉排，再配点儿奶酪和鲜奶油。"圆桌下面铺着块浅黄色的地毯，大厅的马赛克地面闪闪发亮，但墙角总是有些烟蒂和纸屑。两把罩着油布的单人沙发空在那里，纤细的木质扶手带着弧度，漆面油光水滑。墙边的凳子上一个挨一个坐满了等着办事的人。尽管酷热难当，那些老谋深算的城里人仍旧穿着毛料外套，衬衫扣子一直系到没打领带的领口，双手放在膝盖上。女人们则围着花头巾，把手提包放在脚踝处。退休的老人经常在市场上和她们讨价还价，为了几根黄瓜、几个甜椒或一把大蒜争执不下。老人们抱怨道："甭管是城里女人还是乡下女人，都一条腿伸进村子里，另一条腿踩在市场上，往我们头顶上尿尿。"有个少妇正在奶孩子，旁边几个农夫把帽子挡在膝盖上一声不吭。还有一个人用皮帽遮住耳朵，就像在隆冬时节一样。一个士兵把后背挺得笔直，脖子一动不动，敞开的制服里面套着件粗毛短裤或白色的绒衣，几颗硕大的纽扣用黑线缀在上面，靴子上满是尘土。汗味、烟草的酸臭味，还有熬酸菜的气味冲天而起。厕所的小门贴着远处的墙根，只要一打开，整个大厅就会充斥着刺鼻的氨水味。人们乱哄哄地说着话，但只要楼梯旁的某扇门一开，就会立刻安静下来。左右两边分别有一道宽阔的楼梯，顶端汇合在一起，形成一个半圆形的阳台，站在上面可以俯瞰整个大厅。

在人们耐心的注视下，一个清洁女工拎着污水桶，扛着把T字形清洁工具走过，杆上还搭着块灰色的湿抹布。当她拖着沉重的脚步走过一位老妇身边时，后者立刻站了起来。她的关节嘎巴作响，血液近乎凝滞，冷风吹过骨缝，侵入疏松的骨髓，宽松的长裙簌簌作响。上帝啊，她塌陷的鬓角周围居然闪烁着一圈冰冻的光环！清洁工停下脚步，大大咧咧地跨立着，油渍麻花的污水在桶里来回晃荡。她仰起又黄又宽的脸盘，皱着眉头盘问着什么。虽然没怎么张嘴，但能觉出她的口气很严厉，还带着讥讽。老妇人手足无措地听着，小声回答，把腰弯得更低了。提水桶的女人活动了一下强壮的手腕，脸色渐渐变得温和起来。她当然能说上话，即便她只是个在这儿打杂的。在这座大楼里，只有她手里攥着所有办公室的钥匙，别人还能有谁进得去呢？清洁工上楼去了。种着榕树的木桶边，一个壮实的农民毕恭毕敬地站在那里（他脚蹬军靴，咖啡色的裤子，裤缝笔挺，宽腰带上钉着铜钉，身穿一件砖红色的背心），听一个戴着眼镜、卷着衬衫袖口的干瘦小伙子训话。小伙子的头发很蓬松，头顶中间高高地竖起来一小撮。农民俯首帖耳地听着，手里捏着根长长的铅笔，还拿着几页打字机里打出来的纸，用曲别针夹在一起。见他频频点头，小伙子用大拇指把帽子往后脑勺上推了推。那是顶浅绿色的帽子，上面没有系缎带，而是系了根绿色的手编饰带。

安提帕踏上楼梯，清洁女工在他前面踢里踏拉地走着。到楼梯分岔处，他向窗外望了一眼（楼背后有个大院子），立刻觉得一股燥热从脑仁和五脏六腑中爆发出来。一轮白日依然高悬在岗亭上方，但乌云已经从槐树后面升了起来，仿佛是某种飞禽投下的影子，这是要变天的兆头。在这漫长而酷热的夏至日，玻璃窗被晒得滚烫。安提帕回过身，用瞄准投炸弹的姿势俯瞰着脚下的大厅。安盖尔饲养的巨蜂从窗前掠过。安提帕伫立在幽长的过道里（高温令人窒息。尽管马赛克地面被擦洗得很干净，湿乎乎、亮晶晶地延伸到过道尽头被百叶窗遮住一半的窗子底下，但凝滞的空气中仍然飘浮着潮湿的腻子味、碘酒味、氨水味、酸菜味），不禁想起了穆耶丁的话："……安盖尔让我向安提帕问好……"当一个人听到坏消息时会是什么反应呢？暴君会从宝座上拍案而起——他的宝座可能是用黄金和名贵木材制成的，也可能是石头雕的，或者只是在土台子上盖了块羊皮——指着使者说："杀了他！他带来的消息激怒我了！"于是，使者的头颅落到了他脚下，在大理石地面、木地板，或是被烈日暴晒的泥地上滚动。"不过我不在乎。"

帕夏留抠着鼻孔（那时他正和安提帕一起在河岸上散步）说："我就是那个暴君，我是个战士！"可是，那个叫穆耶丁的园丁所说的话又是什么意思呢？一间办公室的门敞着，里面很亮堂，风鼓动着窗帘，把接骨木的香味和汽油味吹了进来。除了静止和运动的世界之外，你还时刻置身于一个由各种气味构成的世界。无论你身处何方，都会用巨大的鼻子和两个纤细的鼻孔去感知和想象世界。真正的坏消息不会每天都有。街上响起了汽车引擎声和主席的司机——特拉杨的声音。不一会儿，你就会看见主席钻进他那辆区委会的嘎斯专车，动身到下面视察去了。你坐在自己的办公室里，耳听八方。有些场面今天你虽然没法看到，却能透过敞着的窗子听到：先是门卫的脚步声，他在门口的马赛克地面上一溜小跑，迈下第一个台阶就在那里站住了。然后传来一个嘶哑的声音，是那个叫特拉杨的司机正在和勤杂工说话，他提到了主席同志。收到司机一本正经的指令后，勤杂工咚咚咚地跑开了。司机其实是在传达上级的命令，而这个命令来自更上一级。当然，特拉杨在那个地方可不仅仅是个司机，这世上的司机多了去了。引擎发动起来了，先是爆响，然后像短促的咳嗽，再噼里啪啦一阵后，变成了轻微的呼噜声。"这台发动机非常可靠。"那是主席和蔼中带着一丝慵懒的语调。后来，他的声音颤抖了起来，开始大喊大叫。勤杂工又喘着粗气，咚咚咚地跑了起来。现在听不到脚步声了，他好像是在踮着脚尖跑。然后是司机特拉杨擤鼻涕的声音，还有轻微的喘气声。嘿，哥们儿！也许我以前告诉过你，这是主席的喘气声，但你总说我在开玩笑。现在他平静下来了，用温和的语气问道："咱们得多久才能到那里，特拉杨？"司机毕恭毕敬地按了下喇叭，说："我催催他们，主席同志。马上！"车门撞上了，开着的车窗里传出叫喊声，排气管嗒嗒作响。这是一个由声响构成的世界，各种声音此起彼伏。巨大的耳郭像个蜿蜒曲折的漏斗，让世界在里面迷失了方向，跟蜜蜂似的嗡嗡乱撞。

　　安提帕坐在办公桌后面的椅子上，从衣兜里掏出一串钥匙，找到其中一把，转动钥匙拉开了抽屉。他的动作十分缓慢，仿佛时间停滞了一般。墙角的挂衣架看起来就像小孩唱新年贺词时挥舞的花棒①，其中一个分叉上挂着顶带耳的皮帽。如果说它预示着冬季的到来，这到底算个无耻的谎言，还是算一种蔑视呢？安提帕用一块白手帕擦了擦额头。那是块浆洗、熨烫得很齐整的布头，擦汗的时候还窸窣作响。菲丽奇娅的双手漂洗着衣物，然后把手指放到熨斗的把手上。滚烫的底板接触到潮湿的织物，升腾起了一片水雾。安提帕双手在抽屉里翻找着，把卷宗和纸张都拨拉到了一边。

* * *

　　"天气突然就变坏了，"维济鲁法官写道，"连着两天的闷热之后就下起了雨，然后又下了冰雹，在阿尔巴拉市找不到个安稳的地方。

---

　　① 罗马尼亚传统风俗，过元旦时孩子们会手拿各色假花和圣诞树叶子缠成的花棒，唱着歌挨家挨户拜年。

报纸上说，经过细致的规划，这座小城将会被一座工业城市取代。嘈杂、肮脏、拥挤也会随之而来。到处都在大兴土木，尽管由清洁工组成的大军一大早就扛着扫把骄傲地走上了大街，但水泥的粉尘依然在空中飘来飘去，像令人窒息的迷雾，垃圾则填满了排水沟。老城区被千篇一律的新村围在中间，成了一个由柏油马路、预制板、玻璃和水泥构成的'市中心'。喷泉有气无力地冒着水（这是喷泉开放的时间，其实大多数时候都是干的），路面上镶嵌着几何形状的花纹。不远处，还有一片用水管子浇灌的草地。老城区面积很大，但房屋都不太高，凄凄冷冷的。它就像一个被提到括号外面的公约数，早晚都会消失，但早就说好要出现的新东西却迟迟不肯露面。总之，在漠然流逝的历史中发生着一些毫不起眼的变化，而老城区就是这些变化的核心，也许某个石匠或作家会为之神魂颠倒。林立的尖塔和穹顶遮掩不住关口那座古老的集市，尽管它像个精疲力竭的人那样，带着屈辱拼命捍卫自己的身躯。在郊区新开发的土地上，工厂冒着黄色、绿色的浓烟，臭气熏天。人们疯狂地追求物质财富（不管好坏、多寡，来者不拒），包括私家轿车这种遥不可及的奢侈品。为什么不呢？要买房子的话，就得买人们说的那种别墅，里面得带楼梯，还得有方方正正的大厅。改善生活条件的欲望脱胎于资产阶级的穷奢极欲。不过，报纸上说（一个志愿通讯员写的）这种情况越来越少见了，只要给人们分配一套公寓楼里的住房就可以消弭社会差距。由公共汽车构成的公交网络会像个无底洞一样，不管多少人都能装下。整个城市还有三四辆被叫作小车的出租车，车身上喷着黑白格子的腰线。只要你需要，它们就可以迅速把你送到火车站，或者某个居民新村去。人们老是抱怨市面上的产品千篇一律，毫无特色，但商店里、街道上、学校里到处人山人海。到了考试期间，气氛就会变得肃穆起来，让大家心急如焚。毫无疑问，这座城市将来还会修建很多公园和花园，把工业区分隔开来，幽静的生活区里到处都是雕塑。

"不过我，维济鲁法官，是见不着这一天喽。上帝啊！人们会慢慢进入状态的,就像用小火慢炖一样。这可是一出大戏(此处引用安提帕的说法)。人永远都不会变,不过这话没法说出来。也许是因为恐惧(普什楞迦大夫就是这么认为的),既害怕当局,又害怕那些满怀希望的可怜虫。尽管无法在悲惨的命运中体面地生活,聪慧的两足动物总是能找到借口。(帕夏留曾引用叔本华的说法:'如果让人来选择毁灭自己还是毁灭宇宙的话,我可不会告诉你们天平的哪个托盘会突然下沉。')新闻媒体和国家机关正在持之以恒地和个人主义思想开展斗争,而草率决定的代价,就是用国家贷款建成的房屋被人用来投机。一旦集体良心发现,就会做出个正面的评判,对自私自利的行为大加鞭笞,将无私奉献的行为发扬光大,对玩忽职守的行为进行清算。在共产主义的责任体系中,绝不容许粉饰太平,这在现实中可以找到具体的例证,集体的意见总是会受到重视。白雪落在田野里是件好事,要是落在交通线上就另当别论了。当那些受审查的人接受了别人提出的意见和建议,他们的热情就不会熄灭,而且会做出成绩来证明自己无穷的潜力。每当你自问'今天在青年账户里存了多少钱',就会愁眉不展。有必要和惯例和常规过不去吗?当然有必要!开会的时候可以据理力争,不过……滥权的时候也有你一份。只要让酗酒的病人自己支付住院费用,就可以有效阻止挥霍浪费。人类总是那么谦卑,会用一大车的好话来说一件小事。在那些善于优化数据的高手嘴里,谣言能值好几百万,蜗牛也能装上……倒挡。兄弟同心,其利断金。工厂就是最好的谋士,它能把仓库里的货架直接变成废铜烂铁。氛围是宽容的,围墙是狭窄的,星球运行的轨道同样也是窄窄的。这座工厂就是罗马尼亚钢铁业界的一颗明星,但它的事业心在舒适的婚姻中被消磨了……报纸上的这些标题展示着时代的变迁,以及人们在时代中的变化。

"我没有预言能力,我的眼瞎了。我无法看透未来,我知道自己只是个渺小而又卑怯、疑神疑鬼的人。尽管有那么多可笑的缺点,但我从未放弃探寻真相。也许我只是个可怜的目击者,因为是干法律的,所以能够提出一点儿粗浅的意见:'我知道多快能从证人席走到被告席'。我知道在这里说这个没意义,但还是写下来了。我知道,之前也说过,像我这样的倒霉鬼是看不到慢慢酝酿中的本质变化了,所以只能抓紧处理自己的案子,也就是安提帕案件。你瞧瞧,由于这几天热得让人动弹不了,我没有出门,也没找到什么可写的东西。没想到在这么热的天气里,我突然被一个寒夜包围了。我住的公寓是长方形的(我从一个老太太那里租了间房,她儿子刚结婚,好像是个公务员之类的。他笑着告诉我,想勒紧裤腰带攒钱买辆车。那个老太太从我这儿收的房租相当可观,小两口每天都去自助餐厅吃午饭,还开玩笑说那是上帝大发慈悲。他们每天早上都喝茶,周日喝咖啡,晚上则是酸奶。房东老太太说,每年十一月左右她都会用大缸给他们腌半头猪,'猪是我乡下的姐姐养的,够小两口吃到夏末。我另一个姐姐的丈夫则给我提供泡菜和酸菜,他在铁道家属院有个地窖。小两口每个月存进储蓄所的钱连一千列伊都不到,不过他们大概已经攒了八十个月的钱了。您瞧见没?现如今如果没有辆车,是会被人笑话的。'),两边的墙面上不是窗就是门。风轻易就能吹进屋子里,朝屋门刮去,鼓荡着薄薄的地毯,让人联想起从前的帆船。

"当然,这些念头转瞬即逝。我现在想说的是,那些还没有被我释放出来写在纸面上的文字,怀着深深的敌意将我包围了。它们拥有巨大的力量,那份协议的阴影就落在我的书桌上。伴随着丁零当啷、嘎吱嘎吱的响声,飘来一阵阵诱人的香味:那是风吹过一家客栈铁门上的招牌,把破旧的门轴撞到了石墙上,客栈的老板娘在昏暗的清晨醒了过来。墙角处笨重的酒柜上面,女房东放了一台旧钟,柜子的木门中部挂着两把圆形的小锁头。旧钟的指针又粗又黑,前端像两个钢笔尖,停在泛黄的表盘上,像个树杈。树杈中间是个顶着大烟囱的黑色火车头,驾驶室曼妙地扭曲着,让我忍不住想叫她玛丽-珍、贝琳达或苏-安妮①。灰色

---

① 三个都是女子名。

的灯罩下，灯光却是惨白的。安提帕绝不会坐以待毙，关于他的事情我只有一个飘忽不定的想法，就像天上的浮云。一头公山羊在我窗下咩咩地叫唤，这是怎么回事？我不会去开窗查看的，因为我确信外面什么都没有。隔壁公寓有人在冲马桶，水流似乎要冲破墙壁，浇我一头一脸。水声渐缓，我听到最后一股水冲了出来，马桶水箱咕噜咕噜上完水之后，一切又重回静谧。这时，我楼上房间里的人开始在床上辗转反侧。床架子也许上过油，没有发出任何响动，所以我能听到那人在梦中深深地叹息。也许在梦里，他正坐在牛奶河与蜂蜜河①的交汇处，把自己的毛腿当作钓竿垂到河里钓鱼。他不时抛撒着鱼饵，俯下身子冲这里嘟囔几句，冲那里嘟囔几句。我打开一本旧书念了起来：'如果有人基于上述证据来做裁定的话，那么他会相信事实就像我所陈述的那样。相信我就不会犯错，事实必须符合真相，不能轻信诗人辞藻华丽的吟唱，或史学家哗众取宠的阐释。诗人和史学家口中的故事是不可控的，而且随着时光流逝，大多数都变成了匪夷所思的神话。他会相信，我所说的一切都源于确凿的证据，对很久以前发生过的事情都尽可能地进行了考证。'太巧了！古希腊人修昔底德②的话在我脑海中响起，而我这个可笑的家伙还厚颜无耻地加了一句：'看哪！他那个睿智的额头跟我的一模一样。''小狗爱罗曼卡，'帕夏留从前总是对我说，'它喜欢摇着尾巴小声叫唤着、哀嚎着，用前爪在樱桃树的根部挖洞。'

"'你看！'爱罗曼卡对阿尔古斯说。小狗阿尔古斯却蹲坐在那里，扭过头去捉一只苍蝇，像灵猫那样用舌头抽打着空气。'你看，我想跟你说这么个事儿：平安夜之前的那天，圣皇大教堂的见习神父赫勒博尔来了，问大家谁是否愿意接待神父。他们这样做是为了不打

---

① 俄罗斯童话中有"牛奶河、奶酪岸"的典故，隐喻穷人梦想中的幸福生活，此处的"蜂蜜河"应为对"牛奶河"的仿写。

② 修昔底德（约前460—前400?），古希腊史学家、文学家。

扰别人。如果你愿意的话，就汪汪叫两声，如果不愿意就让他继续上楼。见习神父知道哪家有人哪家没人，他听我汪汪地叫了两声，就敲响了菲丽奇娅太太家的门。我善良的女主人把他迎进屋子里，说："当然，让神父来吧，为什么不呢？就算安提帕不在家他也可以来，我会在家里的。"她给见习神父赫勒博尔倒了杯李子酒，见习神父却掀起了桌上罐子的盖，罐子里面装着橄榄。"天哪！"菲丽奇娅太太说，"赫勒博尔先生，我真是糊涂了，居然没想到给你拿颗橄榄下酒。""没事，女士，我自己来就行。"见习神父含着满口橄榄说。他一边往嘴里塞橄榄，像吃樱桃那样吐着核儿，一边把剩下的橄榄紧紧攥在手里，就像抓着一把瓜子。"昨天我也去那个自选柜台排队了，但轮到我的时候，橄榄已经卖完了。"见习神父说，"也许下个月还会进货。"其实我想给你叫唤点儿别的听听，阿尔古斯。但是我跟你说啊，当你坐在这里，像现在这样看着我的时候，我嘴里叫出来的话就走了样。唉，我还听到了见习神父跟神父的谈话（那是第二天了，我正在楼下的门厅里，按照咱们约好的那样，在楼梯底下的垃圾桶里找你留给我的信息）。那时神父正打算去斯登丘列斯库太太家，他在门厅里停下来整理衣服上的圣带。我听到见习神父对他说："神父啊，我说，神父，咱们别去楼上安提帕家了吧。""为什么呢？"神父问，"他是异教徒吗？怎么可能？""昨天我去他们家的时候吃了些橄榄，他们从哪儿弄到橄榄的？这还不算什么，当时小屋的门敞着，我看见在那面墙上，在墙角原本该挂圣像的位置，却放着一件反基督教的异端才用的鬼东西。屋里有一张茶几，还有个窄窄的、不是很高的小柜子，柜子上摆着那件不知是铜还是铁的鬼玩意儿，鬼知道是啥。上帝啊，饶恕我吧，那东西丑陋无比，还会发光。墙上还挂着本挂历，也许是一幅画。上面画着一架红黑相间的天平，一边的托盘里有个瘦女人，另一边则是个胖女人，但两人一样沉。天平就像在最后的审判中那样，不偏不倚。两个女人都在狞笑，头顶上各有一条头巾在飘扬，上面分别写着：冬至、夏至。字母周围绘有生肖图案，中间还用很小的字写着经文。我没有凑近去看具体内容，但除了撒旦的经书还能是什么？""见习神父，"神父微笑着说道，"你应该善待这个世界，你可不是招摇撞骗的老巫婆。听着，见习神父，你太迷信了。上帝啊，我们尽到自己的义务就可以了。如果人家喜欢在自己家里挂一幅画，那和撒旦有什么关系呢？快去敲门吧，让我过去。如果人家欢迎我们，我们就进去。我们的义务是把上帝的话语传播到四方，然后接受一点自己应得的心意。"可是他们两人谁都没动弹。你明白吗，阿尔古斯？见习神父看着神父，一边的肩膀往下塌着，双手捧着圣水壶。神父则攥紧了拳头拼命揉眼睛，把眼睛揉得通红，像条疯狗。上帝啊，他都把自己揉得泪流满面了，眼睛肯定刺痛得厉害……'

"现在我要坐到桌前开始写字了，我觉得我现在可以写了。"

第十一章

安提帕靠在椅背上,拉开的抽屉好像直直插进了他的肚子里。此刻一片宁静。一只蜜蜂在轻薄的窗帘后嗡嗡飞舞,一道奶黄色的污渍,从窗帘杆的铁圈处一直流淌到靠近地面的地方。安提帕取出一个文件夹,摊开放在桌上。他翻过几页,用一根铅笔在表格上做着标注。点燃一根烟,一天的工作开始了。他慢条斯理的,反正没什么要紧的事,着急上火可不好。门响了,一个身穿格子外套和砖红色衬衫的中年男人走了进来。白发在他的大脑袋周围飘飞,好像太阳穴旁不断有轻风拂过。"这不会是老帽匠奥古斯特吧?"安提帕猛地向后缩了下脑袋,满脸喜色。他张大了嘴,眼珠子都快对上了,但这个表情刚完成一半就戛然而止,像是玻璃试管里的水受到了一股微不足道的外力,液面突然上升了一下就立刻回落,再也无力上涨。安提帕朝桌子一挺身,用肚子把抽屉关上了。他躲在香烟的浓雾里,看着站在那里等候的人。"怎么可能是老帽匠奥古斯特呢?!这个念头太可笑了。"那人好像是来求安提帕办事的,安提帕先是说"不",后来又答应了。随后那人又拒绝了安提帕,安提帕也对那人说了"不"。除了拒绝和同意之外,两人好像没再说什么别的话,而且他们都没在意这一点。最后,那人心满意足地走了,满脸期待的神情。一个刚走出公务员办公室的人,一个迪亚卢-奥克纳人。也许他在家庭、心灵方面还有所困惑。那扇门关上之后,他是如何踏过长长的走廊,走下楼梯的呢?在大街上,他会是哪一位路人呢?他眼中的希冀又是什么样子的呢?是否就像一个从沼泽地里冒出来的气泡,终将破灭在阳光普照的岸上？今天他会有何际遇？明天早上又会有什么事等待他呢？他身体健康吗？肝没毛病吧？会不会有什么隐疾？他的精神状态离发疯还有多远？他算是个宇宙公民吗？

安提帕又抽出根烟，用牙咬着过滤嘴，不让嘴唇碰到它，划着了火柴。在他还是半大小子的时候，有个自称阅历丰富的小痞子教会了他用这种特别的方式点烟。"你知道吗？"那个见多识广的小子说，"整个年级的高中生都这样点烟。"安提帕深深吸进第一口烟，耳边响起了那个怠懒小子的声音（年少的安提帕弱不禁风，大大的耳朵、细细的脖子、窄窄的肩膀。那个蓝眼睛的小痞子却又高又壮，吊儿郎当，却精力充沛。一个夏日的午后，两人紧挨着坐在窗后的一块彩色地毯上，地板和窗玻璃越来越热，空气中满是干燥的尘土，葡萄叶的影子投射在窗口，门口放了一堆黄色的梨子，一只蜜蜂围着它们飞舞，他俩则在如饥似渴地吸着农夫牌香烟）："安提帕，你这叫什么名儿啊？我从没见过这样的名字。听着，你就不能叫菲利克斯吗？就叫公猫菲利克斯怎么样？你这两只耳朵是怎么回事？"

安提帕的上身一动不动，只有两只手在刚刚打开的抽屉里翻找着。明察秋毫的手指头在阴暗处摸索，像灵活的钳子，等着那张纸自己跳出来奔向它们。对于一个坐办公室的人来说，他可笑的想法就像一朵郁金香般婀娜和柔弱。此时此刻，哦嗷，在他的脚底下，蛀虫们正在啃食着木地板。抽屉里的两只手被插回到肩膀上，然后是他的脑袋和腿脚。全须全尾的安提帕是个裁判者，是个高僧，掌握着律法和圣光。只要克制住自己的弱点，他就能变成石头基座上那个刚正不阿的石头人，就像一只装腔作势地孵着蛋的巨鸟。一头驴子叫唤着，肆无忌惮地拉着屎。安提帕把那张纸放在桌上，那是一份死亡证明。表格里是安提帕用墨水填写的字迹，还有日期什么的。这是迪亚卢－奥克纳火车站站长科斯塔凯·奥努先生的死亡证明。死亡日期……尚未填写，登记编号和公章的位置也是空白。市政大楼的钟声传来，那个大钟位于主阳台的正上方，用螺丝固定在外墙上。钟声响了十下，安提帕看了眼自己的手表，慢了三分钟。他想要把表调准，但手指头上有汗，老是在刻着纹路的表把上打滑。

德鲁伊格工程师开门进来，一屁股坐在椅子上，双手无力地垂着，胳肢窝底下有两大块汗渍。"你老人家对这大热天做何感想？如果摩西里尼酒馆今天还没有冰块的话，我就要让马泽雷大尉去那里检查一下，吓唬吓唬他们了。连冰块都没有，算怎么回事呢？没有冰块也就罢了，算不上什么罪过。不过为了我们几个，你总可以去找几块来吧，对不对？就算我们人不多，好歹也有三四个吧，对不对？弄块冰来有啥大不了的呢？啊……维济鲁这人也是个软蛋。在这世上如果连卑微的酒保都不把他当回事，他又算个什么东西呢？这只能说明他没有威信，或者名声欠佳，不是吗?!我听说今天早上奥努死了？一出家门就被门槛绊倒，摔死在水沟上了？你怎么了，哥们儿，不舒服吗？"（安提帕手一抖，纸张、证明、证据就悄悄滑进了抽屉。）"你怎么啦，先生？脸色怎么那么难看？啊……肯定是热的，准没错儿！你要找什么，先生？铅笔吗？卷笔刀？你看，就在你鼻子底下呢。这高温总是降不下来，咋回事呢？昨晚上那个骗子又在扯谎，说会下很大的雨，还会有宜人的轻风，可还是这么热。先生，这都什么人啊?!该吃吃，该喝喝，啥都不管不是挺好吗？他身体那么壮，一看就是高干子弟，谁料到出门给火车放行的时候居然就死了！昨晚我还跟他唠了几句来着，一点儿都没看出他会完蛋。算了，人都走了，咱们摩西里尼见吧，你别放我们鸽子。行了，把手放下吧，回头见……"

安提帕的脸色缓了过来，手指捏着铅笔在卷笔刀里转动。薄薄的红色木屑从铅笔上脱落，像是小心翼翼削下的苹果皮。走廊上传来后勤管理员伊里梅斯库的声音："明早一上班就来，弗拉德，你先回去吧……"楼下的广场传来压缩机的响声，把他接下来的话盖住了。一年前，伊里梅斯库把地区议会的保安队长开除了，原因是他当队长八个月以来没有惩处过任何下属。"这说明你对他们缺乏管控。"伊里梅斯库说，"他们千方百计地吃拿卡要、浑水摸鱼，不惩罚他们就说明你失职。""但这八个月里我没发现任何违规行为。""这不可能！你是睁眼瞎吗？难道一封投诉信都没有，可能吗？八个月啊！我搞不懂。""也许他有点儿小题大做了。"据说地方议会的大领导这样评价他，"可能确实是这样，不过他是个很好的组织者。"组织者这个词有一股说不清道不明的强大气场，默默庇护着伊里梅斯库。房门被粗暴地推开了，撞在墙上。德鲁伊格工程师的手搭在门把手上，伸着脑袋，上半身探了进来，双脚却留在走廊上。安提帕的笑容像一只蝴蝶般飞过，落下，滑走了。巨型蜜蜂的阴影遮蔽了窗户（办公室里的公务员们不用把目光从文件上移开，就感觉到光线刹那间暗了下来，好似乌云压顶，就像晴朗的夏日里突如其来的暴雨一样。这种雨对收成有好处，可是办公室里的某位领导却皱起了眉头，"这场雨是怎么回事"），压缩机突突突的噪声戛然而止，一只绿头苍蝇在天花板上慢慢移动。"喂，你个猪狗不如的家伙！"德鲁伊格工程师说道（他的语速比平时更快了，满脸狡黠的神情，其中不乏愤恨、欣赏、担忧的意味。这些情绪掺杂在一起，不断变换着，毫无违和感），"你就是头骡子！非驴非马的玩意儿！竟然敢当面欺骗我?！火车站长……根本不在名单上。你只是随手勾选了几个名字，骗取我们对你的信任。你要是敢搞阴阳文本，我会掐死你的……""他在名单上。"安提帕说。"他不在！"德鲁伊格工程师大吼一声，冲进了安提帕的办公室。在他身后，刚被撞开的门仿佛被一股浑厚的气息牵引着，竟慢慢关上了。安提帕瘫坐在椅背上抽着烟。"他在，"安提帕说，"你忘了而已。你看！"说罢，手腕一抖，那份前任火车站长的死亡证明就被他从抽屉里取了出来。"我忘了。"德鲁伊格工程师说。"滚吧！""我怎么就忘了呢？"他嘴里念叨着，身体却不受自己的控制。他探着脑袋，眼睛死死盯住安提帕手里那张纸，但身体的其他部位——手、脚和大肚子却掉转方向，朝门口挪去，活像一只螃蟹。他的脖子拧巴着，但它能伸多长呢？他的脚步很细碎，踟蹰不前。直到身子贴近门口，后背撞在高大的门框上，他的脑袋还留在那张纸跟前。安提帕乐了：

"你他妈怎么了,老家伙?开个玩笑而已,别当真了。"德鲁伊格工程师攥着拳头揉了揉眼睛,他的手看起来那么小,像侏儒的手一样,"您说得没错,先生。""你害怕,只是因为你可笑的困惑。笨蛋!"安提帕心想。一种无力感从他内心油然而生,带着莫名的感伤,他觉得这就是善良。他可以成为一个善良的人,把邪恶碾死在脚下,好比碾死一只臭虫。臭虫体内飙射出绿色的汁液,像一口痰。这种感觉让他的双手颤抖起来,幸好没人看见,德鲁伊格工程师早就走了。(临走前,他还闭上眼睛留下一句话:"别人早忘了这件鸡毛蒜皮的事了,只有我还记得。你说得没错,我们只是在寻开心。我以为你也忘了呢……")这会儿,也许他正一边吹着口哨在烈日下行走,一边咒骂着炎热的天气:"这该死的雨都下到哪儿去了……"

安提帕把铅笔屑小心地抖进烟灰缸里。他一手捏着文件,用力吹干净桌面,把削好的铅笔放进金属笔筒里。里面还有很多红色、蓝色的化工铅笔,都削得尖尖的。塞满烟头的烟灰缸散发出一股刺鼻的酸臭味,里面积攒的烟灰足以用来给银烛台抛光了。对于没有及时清理烟头这件事,可以给伊里梅斯库找点儿事做,让他去惩罚清洁女工。为了表示感谢,他会派给你一辆嘎斯牌小轿车,让你坐着它去默尔吉内尼镇。坐着嘎斯车去,你会显得高人一等,可以用仨瓜俩枣的钱买到很多东西。只要付一公斤的钱,想装几箱苹果或葡萄回来都没问题。不过现在水果还没熟,得等到秋天。所以你得装作什么都没瞧见(就像伊里梅斯库说的那样装傻充愣),等到烟灰缸里的烟头攒到秋天时再大喊一声:"谁负责打扫这里的卫生?"安提帕皱着眉头,看着挂在墙上的长方形硬纸板,上面用圆体字写着"敬请吸烟,但是别毒害他人"。下面有红字标注"本办公室禁烟"。安提帕轻车熟路、不紧不慢地在火车站长的死亡证明上填写着"一九六……年六月二十一日"。然后他把纸面翻过去,用橡皮擦掉了几个淡淡的铅笔字迹:"今天,一九六……年五月二十九日,打赌……"就是二十六天前的事,时间过得真快!现在指望不上他了!不过游戏终归是游戏!

明天，也许就在今天下班之前，安妮什瓦拉·奥努太太会过来。还会有几个亲戚陪着她，应该是两男一女。所有人都戴着孝，女人身穿黑色连衣裙，头戴黑巾，男人则只是在衣服里子上用别针挂了条黑布。女人们已经精疲力竭了，她们面色灰败，眼袋发紫，鼻孔通红，焦灼和迷茫的目光下藏着深深的恐惧。等女人们开口说话的时候，络腮胡子一直长到眼睛下面的男人们紧挨着站在一边。他们毕竟是家里的男丁，想要尽快处理完后事。在高温下，遗体很快就会腐烂，还得四处花钱打点。这是一次突如其来、不期而至的漫长旅程。他就躺在桌子上，让人难以置信，昨天还生龙活虎呢。没人能想到，哦，不对，安提帕会默默拿出一张空白的死亡证明表，郑重其事地开始填写。他会向逝者亲属表示哀悼，然后像逝者生前非常尊敬和欣赏的人那样，受邀参加葬礼宴请。"谢谢你们，真是太不幸了。简直难以置信，他去世一小时之前还跟我在站台上聊天来着。"他们离开的时候，兜里会揣着科斯塔凯·奥努确已死亡的证明。安妮什瓦拉·奥努太太下楼时，对两个默不作声的男性亲属（他们正在往湿乎乎的手帕里擤鼻涕。攥在嘴边的手帕上缝了一条细细的黑线，她是什么时候给缝上的？）说："说实话，我有点儿受不了那人，但可怜的科斯塔凯却真心喜欢他，说他很能干。我不太清楚他在单位负责什么工作，只知道他们经常一起喝啤酒。上帝啊，原谅他吧。咱们一起去面包房，看看订的那些面包圈怎么样了。"他们离开后，安提帕会拿出那张开玩笑时填写的旧证明。正如他对德鲁伊格工程师所说的，真的是在二十六天前填写的。哟嘿！你想想看，尽管是个玩笑，那张死亡证明可是货真价实的！即使是个无足轻重的小公务员，他的抽屉里也有个叫订书机的特殊机器。安提帕会用这个机器在那份证明的边缘打两个小孔，把它和其他类似的文件装订在一起，然后再装进一个普通文件夹里，用硬纸板封面下的小铁片固定住，标注上第×号卷宗。抽屉的钥匙会被安提帕装进衣兜里。他得给这本书（"可怜的安盖尔就是这样称呼这些狗屁不通的文件的。"安提帕笑道，"书！"）另外找个地方存放，也许明天他真的能找到个地方，尽管很难想象有人会用到这些文件。谁会相信这些玩意儿呢？明天！那将是新的一天，另一个世界，一切都是崭新的。正如帕夏留所说："明天，自打从床上睁开惺忪的睡眼，就会有一堆事情要做。全新的一天有它自己的生命，会贪婪地盯着你，不断向你提出新的诉求。这就是明天！"安提帕把胳膊肘撑在桌子上，眯起了眼睛，嘴却张得老大……"明天，你们这些怠懒的无耻小人，毫无信仰、只会摇尾乞怜的狗东西！"帕夏留打着酒嗝说，"连杯葡萄酒都不给我！你们这地方最好的葡萄酒顶多就值两列伊！给法官把杯子倒满，好好斟酒伺候他！赶紧掏钱买酒，我就会宽恕你们所有的骗局！兄弟们，明天白天会变短，之后会越来越短，冬天会逐渐取代夏天。你们这些小狐狸，给我听好喽！严寒即将来临，白天会越来越短，对黑暗的恐惧将深入你们的骨髓，吓得你们大喊大叫。兄弟们，只要你们再拿瓶酒出来，我就给你们出个绝妙的主意。赶紧给我满上，你们这些利欲熏心的饿死鬼，跟我没两样！哟嘿嘿，可笑的人啊！严寒的核心处就是酷热的初始，忘掉寒冷吧，躺在家里、人行道上、开满鲜花的原野上享受酷热吧！嚯！这才是正理。今天死了谁，或者明天死了谁，有什么要紧呢！嗯哼？你们告诉我，那个瓶子里还有酒吗?!……"安提帕把胳膊肘撑在桌上，手掌交叉托着额头。他抬头笑了起来，"这就是帕夏留的演说！"还有两个公务员和安提帕共用一间办公室。他们的桌子（办公桌）一左一右，把安提帕夹在中间，从侧面看构成了一个很体面的 U 字形，让你觉得安提帕就是这间办公室的头头。公共办公室里的桌椅摆放是很有讲究的，等级森严。无论你是谁，哪怕只是个过客，在进入这种地方之前，都很有必要了解这些细枝末节。

不过，安提帕并不是那两个人的领导。这简直太奇怪了！三个人在这里办公，其中居然没个办公室负责人。他们显然都有自己的领导，无权自行其是，只是领导们在别的屋子里而已。因为在这座市政大楼里，公务员的人数比房间数量多得多了。来自不同部门的人只能被随机分配，混合办公。所以，如果你看到来自财务处的会计和来自路桥处的工程师，或是来自资产处的经济师、来自劳资处的计划编制员一起办公，也就不足为奇了，这只是最常见的情况。曾经有一段时间，法务处的法律顾问就在副主席办公室的前厅办公，身边还有副主席秘书和财务处的会计。这样的例子不胜枚举。所以说，要求地区政府提供资金来修建一座新的大楼以适应国家的整体发展速度，并不是无凭无据的。等到新楼建起来的时候（"你看，"有人会对负责相关事务的同志说，"下周打野鸭的季节就要开始了。你用心安排好所有事，我再找对路的人提一下这件事。仔细点儿，就得这么办事。"），应该是一座漂亮宽敞的白色建筑，会有很多楼层和楼梯，办公室和会议室的层高很高，幽长的走廊上铺着厚厚的地毯，踩上去悄无声息。这才像个样子，才能展现地方权力机关的威严。不过在此之前，我们就凑合待着吧，别发牢骚了。

就这样，安提帕不得不和两个地方政府的教导员共享一间办公室。不过每个月有二十五天办公室里只有他一个人，因为那两个人到各个乡镇去了。只要看他们几乎整月都在下基层检查、指导工作，到真正需要他们的乡镇亲力亲为，就知道都是些小喽啰了。等月底回来的时候，前两天他们会一言不发，皱着眉头奋笔疾书。他们用胳膊肘撑着肩膀，脑袋歪在一侧的肩上，面皮紧绷，抽着烟写长篇累牍的报告。腿脚时不时在桌子底下活动一下，关节就会发出响声。夏天能听到鞋跟敲击地板的声音，冬天则是靴底铁掌发出的声音。其中一个人老是咳嗽，另一个人则把两个手指头伸进衬衫的扣子间，抓挠着绒衣下的胸口。做这些动作的时候，他们一直在埋头书写，眼睛都不抬一下。此外还有个奇怪的发现——从来没有人见过他们架二郎腿。这是为什么呢？很难说清楚。他们还穿着下基层时穿的衣服，很厚，很结实，胡子拉碴的。等第三天的时候，他们会换上深色的西服套装来上班。西服是一个彬彬有礼的裁缝师傅制作的，针脚特别细密，肩膀处用了很多硬衬和厚厚的棉垫，用大量蒸汽熨烫过。挺括的毛料十分平整，只是袖子靠近肩膀的地方有些褶皱。这是难免的，不管怎么说，手总是要活动的。裤腿很肥大，因为窄腿裤只会为世界主义推波助澜。两人的胡子刮得干干净净，喷的古龙水都够用来洗脸了，指甲也精心修剪过。两双曾经操作车床、舞弄锄头的大手越发粗壮了，手指变得更加笨拙，泛着淡淡的黄色。古龙水的香味，还有在衣柜里存放了很久没有晾晒的毛料气味，构成了凡人的气息。让人想起从前诚实的劳动者们，一到宁静的周日就是这种气息！

那二位的举止也与众不同，让人不由联想起穿着便装的军人。他们愉快地闲聊着，闲庭信步般地走过所有办公室。他们也会皱着眉头讲述各种乡村趣事，对国际热点政治事件保持密切关注，当然是官方允许的那种。其中一个人从衣兜里掏出个中国产的金属烟盒来。烟盒又大又轻，一端是固定打火机的地方。他给你敬了根烟，还打着火递了过来。他们快要放假了。他们对安提帕很友好，甚至可以说很热情。尽管他们总是用"你"来称呼所有比自己职位低的人，但从不这样称呼安提帕（他们俩一个又高又壮，一个矮墩墩的，但都比安提帕年长十多岁），也不一本正经地叫他"安提帕同志"。他们找到了一个折中的称谓，用略带戏谑的语气称呼他"安提帕大叔"。用这种方式，你既可以称呼一个年轻人，也可以称呼一个老年人，出不了什么大错。这二位的工作，和外交官有些相似。在一个冬日，安提帕初来乍到，把桌椅放置在那里的时候，这二位（那是一个风雪交加的寒冬，他们刚刚回到城里）表现出明显的不满。不仅仅是因为办公室里又被安插进了一个陌生人，更因为那人可以不用下基层，天天抱着壁炉取暖。奶绿色釉面的陶制壁炉里，火焰呼呼作响，焦煤的臭味充斥着整间屋子。那两人说："算了吧，反正新楼快要建成了。那时我们就不用和别人挤在一间屋子里了，会有自己固定的位置。没错，固定的！"安提帕把埋在抽屉里的脑袋抬了起来（那会儿他正在埋头大嚼奶酪面包和洋葱，还贪得无厌地惦记着菲丽奇娅亲手做的奶油蛋糕。蛋糕包在一张油纸里，旁边的大头针盒子里则装着盐。所有吃食都摊在一张报纸上，藏在半开的抽屉里），说了声"好吧"。他透过雾蒙蒙的窗户，凝视着静静飘落的雪花，似乎并不是在回答那两个人。鬼知道是怎么了，窗帘被窗棂中部插销上的把手钩住了，好像女人涉水时撩起的裙裾。"好吧。不过你们想过没有，到时候在新的大楼里，我也会有自己的办公室。我也会坐在自己的位置上，那个只属于我的位置，你们没有想到过这一点吗？"他忧心忡忡的话语仿佛带着无尽的威胁，让那两人面面相觑，如梦初醒。他们似乎悟到了什么重要的事情，难道是在电光石火间发现真理了吗？他们把脑袋久久地埋在尚未完稿的报告中，却无法找到自己最熟悉的词句，对曾经自认为轻车熟路的工作束手无策。笔记本的留白处满是铅笔做的记号。这个年轻人乍看上去平庸至极，但他的话里到底包含着什么玄机呢？一个屁股整天粘在椅子上的穷光蛋，没完没了地填写各种表格，显而易见是个毫无政治抱负的没出息的家伙。果真如此吗？他想说什么？他的话算是回答、提问、预言，还是挑衅？他究竟是敌是友？让我们拭目以待吧，不要急于下结论，再多看看，多听听，多问问，先别表态。我们可以用手势来沟通，用我们心照不宣的方式来交流。随着时间的推移，两人的耐心变成了懒洋洋的窥探，最终在基层事务中消磨殆尽。对他们而言，安提帕的问题逐渐变得具有普遍意义，使他们有望再次提升在日常环境中日渐麻痹的警惕性。不过，那个和他们坐在同一间办公室里的年轻人，最终证明自己是个有血有肉、讨人喜欢的人，特别是他有个很厉害的本领：一份报告只要扫上一眼，就能看出哪里应该删减，哪里应该强调，目光犀利至极。只要有人进来，看到安提帕居中而坐，被二人拱卫着（即使屋子里只有他一个人，那两人的桌子还是一左一右闲置在那里，椅背紧紧贴着桌板），就会不假思索地认为："这人是个领导。他的手下被派到城里、地方上，或者其他县处理各种事务去了。"不知不觉间，这种普遍的看法也影响到了那两个人。这是一种神秘的影响力，如同水系，或者森林，不断影响着生活在周边的生物一样。没人知道从什么时候开始，那两人管他叫"安提帕大叔"了。见到那位来自阿尔巴拉的年轻人对这个称谓很满意,那两人也觉得很高兴。

门左边放着个金属挂衣架,像小孩子过年时玩的花棒。花棒的一根横杈上,本该挂着苹果或梨子的地方,却挂着顶带护耳的皮帽子。帽子已经在那里很久了,无论冬夏都没人去碰它。一年,或者两年前,春光明媚的四月突然下了场暴风雪,变得严寒彻骨。下基层的那两人正巧在那天回到迪亚卢-奥克纳来撰写他们的月度报告。他们俩都戴上了带护耳的皮帽子。帽子还没送进商场,根本等不到上市,就被他们直接从仓库里买来了。几天后,严寒突然间消失了。人们在正午时分就感觉到天气突变,阳光开始暴晒。到下午三点左右,在远处蛋形山的顶峰,有个牧羊人脱下了羊皮袄,躺在大石头上晒太阳。其中一位从基层回来的干部在炎热的天气中高兴得忘乎所以,临走时忘了把帽子戴在头上。第二天,他想把帽子塞在塑料文件袋里带走,但里面已经装满了文件(还有几个核桃、一个大苹果、一条裹在尼龙袋里的金色大鲤鱼。鲤鱼是从大楼院子里的食堂买来的),根本放不下帽子了。于是安提帕没头没脑地说了句:"不如把它搁这儿吧。"那人略带尴尬地看着他,干咳了几声,试着用粗壮的手指去抓一根落在鼻孔上的头发(好像是从一个包里带出来的)。他在屋里走了几步,把帽子挂到衣架上,就不再过问了。这件微不足道的小事之后,他和那个一起走基层的同事也许在讨论中有所发现,但没人听他们谈起过这件事。不过他们肯定谈论过,这一点毋庸置疑。

第十二章

　　整个走廊，从一端的墙壁到另一端的墙壁，都铺着绿色的地毯，安提帕踩在上面悄无声息。绕过主楼梯向右一拐，走廊就变窄了，马赛克地面上盖了层油毛毡。左边是黑漆漆、静悄悄的屋门，右边是脏兮兮的窗户。走到油毛毡的尽头，再向左一拐，便直接踩在破败不堪的马赛克地面上。墙边有个装着沙子的扁盒子，周围满是烟头，还有无数干透了的黄色痰渍。一个窗格被涂上了灰白色的漆，另一格上的玻璃碎了，用胶合板挡着。一道狭窄的楼梯忽然出现在你脚下，最上面的几级水泥台阶上覆盖着又碎又干的垃圾。一股潮气从下面涌上来，酸菜、碘酒、霉斑和老鼠洞的气味扑面而来。底下，在整座楼房的地基下面，有个开放的地下室。几年前有个人吊死在那里，过了很久才被人发现，尸体已经干瘪了，麻绳看起来并没有紧绷着。这很正常，但如果当时麻绳没有绷紧的话，那人根本死不了。他会开开心心地在那里荡来荡去，玩累了就跳下来，该干吗干吗去。现在那条绳子缩成了一根褪色的藤条，看起来有点儿像编大蒜用的蒲草。那时候，这件事在大楼里，甚至在整个城市都引起了不小的轰动，因为据说那人是中央某位大员的爸爸、老丈人，或是叔叔，那位大人物是从阿尔巴拉走出去的。有一天，那个老人突然离开了县城。他经常酗酒，根本不把他儿子（或女婿或侄子）的担忧当回事。由于是当地名流，头头脑脑们都很维护他、照顾他。于是，他坐着辆地方政府的小轿车，好像是辆嘎斯，或是伏尔加，回到了老家阿尔巴拉。见他走了，迪亚卢－奥克纳的人都松了口气，（可能他们经常要用诸如此类的方式应对质疑："啊，他走的时候身体好着呢，我亲自开车送的他。后来出啥事我就不知道了，那不归我管。"）还会在背地里骂他一顿。有人回忆起了他们一起在乡下度过的童年时光，心里却在用一些老掉牙的方式诅咒他，巴不得他早点儿死。别人如果能听到他们所用的字眼，一定会觉得很可笑。但是别人听不到，诅咒当然也不会成为现实，即便是鬼神也不可能知道人们内心的想法……他失踪后，警犬、警察、军队、安全部门全都出动了，掘地三尺地找。当他们把那吊死鬼从绳子上解下来的时候，简直吓坏了："副书记同志非扒了我们的皮不可！这点儿小事都做不好，连个退休老头都照顾不了！"不过这事最终风平浪静了，回想起自己当时吓成那样，他们现在都会哈哈大笑："那人根本就不是那个失踪的老爷子，而是个居无定所的流浪汉，连收容所都不知道他是谁。就这么个家伙，让那么多人瞎忙活一场，结果是个臭要饭的。那位老爷子得知别人以为他死了，便大发雷霆，到处告状，搅了个天翻地覆。事情其实很简单：那位从前在阿尔巴拉当过邮差的可敬的老人家，是去布加勒斯特找大夫看病去了。而不是像某些人污蔑的那样，说他去一个守林人家喝了几天几夜的酒……"那件事过后，老爷子突然有一天高高兴兴地出现在酒馆里。他大笑着说："他跟我说别给他添乱了。我才不在乎呢！不管他混成啥样，我都是他长辈！"

……如今，巨大的地下室被用来存放地方议会的档案和各种破烂，包括朽烂的家具和破碎的布娃娃。还有几大块凑不成对的木板，上面的红木贴皮裂成了细绺，一见光就灰飞烟灭了，但珍稀木材独有的高贵光泽却久久驻留在灰烬上方的空气中。

不过安提帕并没有进地下室，而是从大楼的后门走了出去。那里有个铺着柏油的院子，还有个小食堂。公务员们可以在那里吃到煎蛋、煎香肠、奶酪、奶油、鱼、杏子酱什么的，还可以喝到柠檬汁、啤酒和矿泉水。太阳越来越晒，阳光下白茫茫的院子空无一人，只有几个短短的影子纹丝不动。安提帕从楼梯间的阴霾和臭味中走出来，满意地眨了眨眼睛。刚才还被他咒骂的酷热，这会儿正温柔地拥抱着他。你感觉到阳光的温度正缓缓透入骨骼，而它们正需要温暖阳光的抚慰。在耳朵的最深处，你听到了关节破碎声，好像有什么东西正在解冻。如果这一切不是衰老的征兆，你就不用害怕，好好享受它吧。

食堂里空荡荡的，从敞着的大门看进去，一张张餐桌上铺着的油布，颜色像是开心果或是橙子。让人觉得有一棵开心果树从软腭下的舌根长了出来，上面挂着颗橙子。突然，地方电台主持人的声音响了起来，食堂终于安上扬声器了。咖啡色的音箱挂在冰柜上方的墙面上，冰柜有一扇很宽的斜面玻璃门，说话和唱歌的声音透过音箱上浅黄色的网罩传了出来。食堂服务员奥尔加出现在门口。大家都叫她奥尔加同志，很少有人叫她奥尔加太太，管她叫奥尔加夫人的就更少了。她会从每个人那里都得到恰当的称谓，如果不合适的话，她就会自己提出来。她很清楚某人应该怎么叫她，而另一个人就该换种称呼。即使搞错了，她也会心平气和地说一声："你错了，不过没关系。""你错了"的意思实际上就是"我不想听，我不喜欢，别再说错了！"提醒别人的时候，她那种风轻云淡的语气会产生奇异的效果，好似一剂灵丹妙药，能把你彻底治愈，下次再也不会说错了。你会用最得体的方式称呼她，既符合你的地位，又能让她称心。"没人能对我指手画脚。"她说。奥尔加一动不动地站在门口，大白天刺目的阳光勾勒出一个中国式的剪影。这女人四十来岁，骨骼粗壮，关节像是一把把木锁。白色的工作服浆洗得一尘不染，尽管她整天趴在灶台上煎肉，但衣服上一块油污都没有。漫步在几张餐桌之间，白色的工作服犹如缤纷的羽毛般招摇。只有在那个放着红色磅秤的短柜台后面等人点菜的时候，她才会显露出颐指气使的样子来。而当她在餐桌间穿梭，就会变得异常敏捷和热情，贴心得甚至有些谦卑，高大的身材也刹那间变得讨人喜欢起来。她去各处亲自选购肉、蛋、奶的时候，是个令人生畏的女王，所有屠夫都闻之色变。"把最好的肉都给我！"她向那些手握刀斧的红头发傻大个儿命令道。她还告诉他们说，没准儿哪天吃这些肉的同事们就会突然造访这间肉铺子。至于到那里有何贵干，屠夫们无暇问及，只顾着巴结她，希望她买完赶紧走人。他们已经不止一次因为她的投诉而被处以重罚了，尽管每次他们都亲自为她挑最好的肉，甚至还帮她装筐，再把筐子搬到议会的蓝色面包车上。奥尔加坐在马路牙子上，双手叉腰冲他们喊道："快点儿！快点儿！你们这群懒汉！"司机从车里探出脑袋和一个肩膀，朝开着的车门扭过身问："好了吗？"屠夫们心甘情愿地交了罚款，只盼着奥尔加赶紧离开他们那间放着石头条案和血淋淋砧板的铺子。之所以对她敬而远之，是因为没人敢去设想另一种更凄惨的下场：这个肩负如此重要政治任务的女人再也不踏进他们破旧的门槛，用手指点着她想要的肉块了。而在她的身后，那辆面包车的车门像两个小翅膀一样，呼扇着一去不回。奥尔加离开门口，向安提帕走来。在闷热的天气里，她庞大的身躯让人感到神清气爽。她每天早上都用香皂和海绵搓澡，浆洗后的工作服让人联想起阴凉下装着冰水、冒着雾气的长颈玻璃瓶，还有轻轻敲击在瓶颈上的银质小刀。

"今天不吃了，奥尔加夫人。"安提帕说着，并未停下脚步。"哦，"那女人说，"今天不吃了？（有一天早上，她对第二小学的宿舍监管员说：'他每次叫我夫人，都会让我很开心。我听到这个字眼儿就浑身酥麻，好像有人用草茎挠我的后脖子。'）今天我刚买了新鲜猪肝和猪蛋，真是太可惜了。一小会儿就能给您做好，别饿着肚子走啊。""下回吧，奥尔加夫人。"安提帕说。"太可惜了！"女人说，"很快就能做好的。再过半小时同志们才开始过来吃东西呢，来得及……""明天吧。"安提帕说。"好的。"女人说罢，看着他的背影破碎在浓重的热气中，弥散在铺着柏油的院子上方。在便门和正门之间，保安的岗亭忽大忽小。一只巨大的蜜蜂离开了楼顶，把阴影投射在车库旁边的柏油地面上。"这老鹰犯什么毛病了？怎么飞这儿来了？"女人扬起两条胳膊，使劲摆动着肩膀，跺着脚喊道："嚯——哩哦哦……哟……嚯——哩哦哦哦……哩哦哦……咿——哈哈啊……

哩哦哦……"她在院子中间跳着脚大喊大叫,追逐着那个飞来飞去的影子。从阿尔巴拉那边的山上可以看到,远处有一片乌云消散了,但是从迪亚卢－奥克纳这里什么都看不到。地壳冒着烟,迷雾舔舐着地表的弧度。时光好像是被各种金属的神秘能量掌控着:镍对太阳的影响是显而易见的,而在它的对面,水银则掌控着月亮。随着白天越来越长,无论是铁、银,还是铂,都给紧贴地面的苍穹带来了负面影响。女人急匆匆地奔向厕所,厕所在一座高大的库房后面,墙上刷着白灰。

第十三章

三张桌子拼在一起,盖上块布就成了一张长桌。酒馆里日常的喧嚣这会儿还没传进这间小屋子里。摩西里尼接待要客或常客的时候,会管这间屋子叫包间,而当他和密友私聊的时候,则会管它叫笼子。不过,阿戈布有别的叫法:"给我那间牛棚,房费我来出!"挂在窗口的呢子窗帘又厚又硬,已经掉了色。黄铜窗帘环和窗帘杆上锈迹斑斑,爬满了苍蝇,常年生活在窗帘杆里的蟑螂已经很大岁数了,可能会因此患病。当你从阳光普照的室外走进去的时候,会立刻陷入一片漆黑。"真热,先生,热死了。"一个声音说。"是很热,扬库先生。"另一个声音答道。一只手动来动去,用一块被汗水浸湿的大手帕擦着额头和后脖子。两只手一拧那块手帕,汗水就滴落到木地板上。抖开的手帕哗哗作响,就像刚从洗衣盆里捞出来的衣服一样,只是没人把它晾到晒衣绳上而已。"如果你倒上点儿酒精,"一个人说,"它就成了块医用敷料。"阵阵轻烟带着刺鼻的汗味,从人们脑袋间的缝隙冒出来,时而呈浅浅的酒红色,倏忽又变成浓厚的牛奶色。如果有人咳嗽了,会把痰吐在地上,再用鞋跟擦掉。一只蜜蜂在桌面上飞来飞去,但谁也没有注意到它。

门开了,光明伴着摩西里尼涌了进来。阳光起先是三角形的,随后成了梯形,最后变成一块不规则的光斑,普照着整间屋子。摩西里尼拿来一台绿色扇叶的迷你电扇,他从墙角一人高的三脚架上,把一个闪亮的花瓶小心翼翼地拿了下来,瓶子里插着塑料花,然后又小心翼翼地把电扇往三脚架上安。现在可以清楚地看到,桌布上印着橘色的大方格。在之前昏暗的光线下，那橘色看起来就像沼泽地的棕褐色。"需要我帮你们把灯打开吗？"摩西里尼问。"不用，不用，"长桌边的人们说，"把门关上。""眨眨眼睛你就适应了。"有人说。"抱歉，您生我的气了吗？我明白，"摩西里尼说，"不过，难道我就该知道你们所有人的想法吗？""必需的！"一个声音答道。"这样可不好。"另一个人说。摩西里尼的笑容，就像是有人在一颗光蛋上好心好意地划了道口子。"该死的蜜蜂！"德鲁伊格工程师说，"它撞着我的眼睛了。我饶不了它！""我去把糖罐子拿来。"摩西里尼说，"蜜蜂飞啊飞啊，就会停到糖块上面。然后我去把养蜂人叫来，让他用网子把蜜蜂抓走。"等眼睛渐渐适应了黑暗，摩西里尼就知道自己确实不该开灯，更不该把窗帘拉开。把瞳孔调小，说话人的身形就显现了出来。"摩西里尼，你也带上把枪吧。"有人说。"如果我有持枪证的话，我也想要一把。"摩西里尼说。"你还想要什么，老兄？"德鲁伊格工程师问。"工程师德鲁伊格先生，"摩西里尼答道，"我想要的东西您都用不上，如果我有的东西能帮上您就好了。"普什楞迦发出低沉的笑声，勒敦格老师的笑声则又尖又细。

笑声戛然而止，摩西里尼手里还攥着那台小电扇。

"阿戈布上哪儿去了？"勒敦格老师问。他短促而突兀地咳了一声，试图掩饰刚才问话中的不安和烦闷，结果欲盖弥彰。

"老师，你觉得他不会来了吗？"德鲁伊格工程师说。他上唇的左边突然掀了起来，露出一颗大白牙。

"算了，算了。"勒敦格老师说，"你也别假装天使了，你的爪子都露出来了。"

"尾巴尖儿还冒着烟。"普什楞迦大夫笑道。

"哟嘿！呵！"德鲁伊格工程师叫了起来，"我并不比别人傻，我只是更现实而已，呵呵呵……"

"说到底，"勒敦格老师说，"我们为什么都去吹捧那个哗众取宠的家伙呢？"

"哪个哗众取宠的家伙?"普什楞迦大夫惊诧道。

"就是那个!"勒敦格老师只觉一口怒气憋在嗓子眼里,噎得他翻起了白眼。虹膜在白眼珠上滑动的样子,像一颗重重的大球在水里沉了许久,不知何故突然被释放,向水面漂去。

"就是!他不来又咋啦?!"德鲁伊格工程师说完,露出了真诚的笑容。

"不说他了,先生们。"普什楞迦大夫说,"纯粹是浪费时间。啤酒都热了,咱们赶紧喝酒吧。"

"去他娘的!"勒敦格老师嚷道,"你们这帮倒霉的伪君子!活该被那狡猾的家伙看不起!天生的奴才!只要给杯啤酒,你们就上赶着去拍他的马屁……"他从椅子上站起身来,被怒火裹挟着冲到屋子中间,高举双手,肩膀簌簌发抖……"哈哈!"他大笑,"你们就是一群愚蠢的羔羊!哈哈哈!只要羊倌放个屁,就够你们闻上一整年的,还咩咩咩地不住叫唤:'再放一个吧,阁下!再放一个,尊敬的领袖!万岁!为了我们的灵魂,您就再放一个吧!我们衷心地感谢您。味道越是浓重,我们就越感恩戴德。请您允许我们把鼻孔张得更大一些,嘴巴吸气再深一些,不要浪费了它的美味,辜负了您的好意。如果您愿意大发慈悲脱下鞋子,并容许我们怀着深深的敬意闻您的袜子的话,就更好了。'呵呵,容许我们怀着深深的敬意,你们干的就是这种事!整天咩咩咩咩叫个不停。不过,你们现在还是一群没有羊倌看管的羔羊,得有人把你们从天堂入口处的草场带到越冬的牧场上去,你们这些满身虱子的小家伙!"

他浑身僵硬,步履蹒跚,一条腿仿佛被铁链拴在树桩上,只有另一条腿是自由的。两条腿相互磕绊着、撞击着,向德鲁伊格工程师冲了过去。后者根本来不及从椅子上站起身,脸上的笑容凝固成扭曲的皱纹。他没能跑掉,而是慢慢瘫了下来,从桌角和椅背的缝隙间溜了下去。那个椅背好像用螺丝固定在地板上了。突然,勒敦格老师改变了方向,怀着满腔怒火跌向普什楞迦大夫。不过,他并没有碰到大夫。

普什楞迦大夫看直了眼，等到对方无助地用拳头猛砸桌面时，他才开始感到害怕。装啤酒的小瓶子，以及或满或空的杯子从桌上跳起来。一个瓶子滚落在地，摔碎在桌腿边。"勒敦格！"大夫大叫着从椅子上跳起来，及时抓住了老师的胳膊。勒敦格紧绷的身体软了下来，但重量却增加了。德鲁伊格工程师从门边的一个小桶里拿出瓶苏打水。大夫被勒敦格的体重压得摇摇欲坠，他想把勒敦格扶到一把椅子上，结果两人一起摔倒在地板上。德鲁伊格向他喷出了一股白色的气泡水。

勒敦格老师瘫坐在椅子上，双腿岔开，两手搭在椅背上，胳膊抟挲着，像是玉米地里的稻草人。普什楞迦大夫用手帕擦着脸说："怎么会这样呢，老师？怎么会这样呢，朋友？你怎么能把玩笑当真呢？这都哪儿跟哪儿啊？怎么会这样呢！我们只是开个玩笑就……""别再开玩笑了。"勒敦格老师气喘吁吁地说，"别再开玩笑了……"他在椅子上挣扎了一下，但只能勉强撑开眼皮。虹膜已经看不见了，只剩下油腻腻的白眼珠子。他的身子动弹不得，但全身有好几个部位痛苦地颤抖着，仿佛一头黏糊糊的巨兽被电流击中了。"你安静一下。"大夫测着他的脉搏说。大夫神色迷茫，松开的领带结滑落到领口下面，外衣敞着，衬衫下摆有一半露在裤子外头。另一个大夫喘着粗气从人群中钻了过来，"让一下，让一下，我是医生。"他拿着个滑稽的包，哦嚯，看起来是个不合时宜的老派大夫。这种大夫总是在赶路，他们坐着四轮马车或两轮马车，或干脆步行，或骑在马鞍上，在黄昏时分黑黢黢的山岗上沉沉睡去。"他一定得来啊，我们都等着他呢！""是的，那个医生，就是我们都管他叫大夫的那个人，正站在人行道的路牙上，为躺在旁边的人测脉搏。人们静静地等着，警察却吓得不敢靠近……""怎么可能啊，朋友？"普什楞迦大夫说，"我们开个玩笑你就当真了。这都哪儿跟哪儿啊，亲爱的兄弟？！你坐下来静一静，歇个几分钟你就能喝口啤酒，再过半小时就能吃肉排了。不会有什么危险的。不过，你要是再没完没了地这么折腾，我们就要让你加入心脏病协会了，好不好？你老老实实待着，别再扫我们的兴了。让我们喝啤酒,吃肉排,你一边儿待着去!你得明白,扫我们的兴一点儿好处都没有……"

勒敦格老师没有答话,只是一个劲儿喘粗气。他的手动了动,把两条腿收回椅子下面。德鲁伊格工程师的面孔舒展开来,困惑和恐惧了无踪影。他挨个掰响自己的指节,然后左右手依次握拳,抵在另一只手的手掌上,让指节同时发出一声脆响。"这就对了,兄弟。就这样,你醒醒!见鬼,你快吓死我了。你居然干这种事!算了吧……"他的快乐不是假装的,两眼射出满足的光芒,"来吧,小兄弟!我们不会为这点儿事介意的。好在我们活过来了,现在都健健康康的,还能在这间屋子里喝酒。摩西里尼!摩西里尼!老板!你上哪儿去了?""他来了!他来了!我听见酒馆老板的声音了。""他去哪儿了?啥时候出去的?刚才不还在屋子里,拿着个小电扇吗?"他猫着腰出现在门口,像护着宝贝似的捧着那台绿色扇叶的小电扇,然后坐到椅子上,背挺得直直的,两条腿伸出老远。勒敦格老师仰头把一杯啤酒灌进嘴里。他一个胳膊肘撑开,另一只手则像拐杖一样支在膝盖上,慢条斯理地吞咽着。身边的两个人紧张地看着他,盯着杯中的液体和他下巴底下蠕动的小球,也就是喉结。他们情同手足,担心是很正常的,那些关于人和动物的感人故事滑稽而又真实,能让他们心有戚戚。他们俩坐在那里的样子,就像父亲或长兄在等待家里的老幺从考场出来。勒敦格老师把空杯子放到桌上,没有表情的面孔显得高深莫测,脑门上全是汗。那两人更紧张了。勒敦格忽然微微一笑,脸色也变得活泛起来,但眼中的恐惧仍未褪尽。无论如何,他又活过来了,生命的活力又回到了这个可怜人的身上,让他永远战无不胜。直到此时,身边的两人才把心放下。杯子里倒满了酒,干了,又满上。摩西里尼悄无声息地忙活着:他把小电扇安在木头三脚架上,把螺旋桨对准桌边的客人,调整到合适的位置,很快就能让所有人公平地享受到闪亮扇叶吹出的习习凉风。他的动作诱人遐想,让人痴迷。就像从前摄影大师在摆弄着自己神奇的相机:他把头扎进黑色的布罩里,开心地挥着手,从黑暗中低沉而又谦卑地发出指令。男士们戴着硬顶帽子,被紧身胸衣束缚的女士们则飘浮在巨大的千层裙上。她们裸露着脖颈,头发或梳成高高的发髻,或任由几绺鬈发从太阳穴上垂落到耳边。手或是放在裙摆上,或是抚着一本书,或是搭在一个花瓶上。男人们威风凛凛的小胡子和女人们的酥胸相得益彰。"就这样,就这样,好!"摩西里尼一边说,一边按下白色的按钮,普什楞迦大夫头顶上稀疏的白发随风飘扬。他闭上眼睛,挠着头顶,发出愉悦的呻吟。"免费享用。"摩西里尼说。"免费个屁!"阿戈布在门口大叫。"哦嗷!"德鲁伊格工程师喊道(他从座位上跳起来,上前迎接),"欢迎你,阿戈布!我刚才还跟老师念叨呢:'咱们的艺术家上哪儿去了?'""免费个屁!"阿戈布埋怨道(他向德鲁伊格工程师伸出一只软绵绵的手,德鲁伊格握住它使劲晃了晃。阿戈布抽回手,龇牙咧嘴地抱怨:"我最讨厌那些杵人家手指头的家伙了。"这些话从牙缝间挤出来,犹如一声长啸)。"快来,阿戈布!都等着你呢。"普什楞迦大夫说。勒敦格老师虽然没有回头看门口,但也愉快地附和着:"你好,阿戈布!"摩西里尼一动不动。"别说什么免费。"阿戈布接着说,"怎么能说是免费的呢?你什么都没给我们。空气还是那些空气,只是被螺丝钉改变了方向而已。我懂机械,这个电扇可以说是最大的骗局了。我这人够浑蛋了吧,也没发明出这么个鬼东西来。"摩西里尼咧嘴大笑,但没人听到他的笑声。见桌边有人招手示意,他便低下头回应,然后又隔着敞开的门回应餐厅里客人的招呼。"好的,"他说,"可以,都没问题,没有做不了的,怎么会做不了呢?""蓬皮丽娅找我有事。"阿戈布说,"你们接着喝,我马上回来。"摩西里尼走了出去,阿戈布也跟着他出去了。

"蓬皮丽娅啊。"德鲁伊格工程师叹道。

"畜生!"勒敦格老师说,"我真想照着他的屁股踹上一脚!"

"你踹他干吗?"普什楞迦大夫说,"他又不咬人。你消停会儿,勒敦格。"

"想想刚才那个心肌梗死的人吧。"德鲁伊格工程师也劝道。

"去他妈的!"勒敦格老师说。

"老师,别扫大伙儿的兴。"普什楞迦大夫说,"也不知是怎么了,我们都那么紧张干吗?安提帕没来,佐塔神父也没来,如果都不守规矩的话,我们可怎么办?"

"你看,都过了十一点一刻了。"

"算了吧,反正你也没多大损失。"勒敦格老师说,"能损失多少?一百、两百、三百?狗屁!不过给你家送过一桶红酒,或者一只肥鹅、一块猪肉、一桶奶酪什么的。你说说,亲爱的大夫,如果不把该送的东西给你,你下回还会给他看病吗?跟那位放射科的科斯塔凯斯库大夫说好的事情还作数吧?你送去做透视的人远远不止十个了吧?回扣也该往上涨涨了吧?超过二十个人的话,能提成百分之三吗?如果超过三十个人,能提百分之四十五吗?我说得对吧,大夫?如果你打发一个老农去做透视的话,他的病就等于好了一半了!对吧?!然后可爱的放射科大夫会对他说:'老大爷,过一个星期你一定要再去找一下普什楞迦大夫,他得给你复诊一下。我该做的都做了,得嘞,老大爷,咱都是一样的人,你慢走啊。'等过了一周,呵呵,大夫,你又会对那个老农说什么?'我觉得你还得去找科斯塔凯斯库大夫做个透视。'呵呵,得让他知道健康是有价的,不是大马路上捡来的,不然他永远不懂得珍惜。必须得让那个乡巴佬明白这一点!你有什么必要在家里设诊室呢?还得上税,还得应付各种麻烦事?!这样就挺好,家里只有储物间和车库,别弄什么诊室。诊室就该设在综合诊所里,干干净净、漂漂亮亮的,国家知道该怎么做……"

"哟,得了吧,老师!"普什楞迦大夫说,"你打住吧!我不用往细了说,你看满世界都是每天上午和下午都上学,准备考试的孩子,对不对?!'孩子,祖国的未来!'你们的圣人斯皮鲁·哈雷特①难道

---

① 斯皮鲁·哈雷特(1851—1912),罗马尼亚数学家、天文学家、教育家。

不是这么说的吗？不用扯别的，你就说，给学生补课是不是让你盆满钵满？只要是我辅导的学生就能通过考试，因为考卷就是我出的。至于不想参加补习的学生，我会亲自批改他的卷子。是不是这样，老师？只要是我辅导的学生，都能通过考试。这事儿太靠谱了！即使是阿戈布大师也捞不到那么多好处，比方说，坤包、鸡蛋，还有里面会下雪的、装着城堡的有机玻璃球什么的！高中入学考试就能收那么多礼品，高中毕业会考也能收那么多，那么大学入学考试该收多少呢？也许有难度，但不是没有可能。我们已经毕业太多年了，连个在大学里当讲师的朋友都没有。""至少得是讲师！"德鲁伊格工程师说。大夫和老师刚才还一个在说，一个在听，这会儿两人一起回过头去看他。工程师饶有兴致地听着大夫高谈阔论，神情就像是个贪看动画片的孩子。他更想知道结局，对片子里那个下颌粗壮、剃着短发、身穿棒针衫的主角的离奇经历兴味索然。那两人又把头扭了回去，恢复成面对面的样子。墙外，一头驴子在窗口嘶吼，有人发动了一辆摩托车。"这样的话，那个讲师得了外快就能确保我们上大学。"普什楞迦大夫接着说，"之后，得依靠一些很靠谱的同盟关系：如果你让这几个通过的话，我就让那几个通过。要录取五个你的人，就得录取五个我的人，就像交换俘虏那样公平公正，完全是费厄泼赖。哟嘿！什么事都有可能发生，所以你得时刻留个心眼儿。比方说吧，乡下有个表哥来找我，塞给我五千列伊，说：'表弟啊，帮我找个熟人，把钱给他，只要能让我闺女进高中就成。'我要是跟你很熟的话，就会想：'我才不会把钱给那头蠢猪呢。还不如我自己留着，让他帮我把事办了就行。'因为我们是朋友，我就跟你说了这事。于是你会说：'成啊！没问题的，大夫，包在我身上！'你根本不会怀疑那个女孩儿的父亲给过什么。'你知道吗？'我还会解释几句，'他们家挺穷的，没啥拿得出手的，你明白我的意思吧？生了一大堆孩子，只盼着这个能有点儿出息。''大夫，你把我当什么人了？！'你说完就拂袖而去，手里还捧着一束花。年终庆典刚刚结束，孩子们恨不得把你埋在花丛里，特别是你当班主任的那个班的孩子。经过我身边的时候，你心想：'这该死的家伙真抠门儿！家里的钱都快长毛了，还要从他表哥那里贪下可怜巴巴的五千列伊。在储蓄所和自家地板底下藏那么多钱还不够吗？我得把他表哥的孩子刷下去，绝了他的贪念！'你确实这么做了，我不得不把钱还给表哥。在这个城市里，办不成事没什么不好意思的。我还是给自己留下了一千，对他说：'我请一个小老师喝酒了。总得和导演商量一下这出戏演什么、怎么演，对吧？表哥，我实在是帮不上你了，你能理解吧？'我在心里痛骂着你，但也有点儿佩服你：'见鬼，他怎么知道那五千列伊的事的呢？而且不多不少正好五千？说正经的，他作为一个老师，嗅觉极其敏锐。'是这样吧，老师？试题里有没有猫腻呢？比方说口试题目：'我国南部的邻国是不是保加利亚？多瑙河是不是两国的界河？'这是典型的送分题，我是从哪儿看到的来着？是这样的吧，老师？"

"我当年怎么那么傻啊？"德鲁伊格工程师说，"我老婆老是埋怨我：'你要是当个大夫或者老师就好了！'这样的话，我也能成为一个知识分子，不用为技术问题头疼了……"

"打住吧，大夫。"勒敦格老师说，"看在工程师先生的面子上，咱就别再吵了。"

"就是！"普什楞迦大夫说，"咱们根本看不上技术专家。"

"干杯！"

"为健康和财富干杯！"

"愿我们身体棒棒的，能活着喝葡萄酒真不错。"

"啤酒！"

"啤酒也行，干杯！"

"干杯！"

"哎呀！糟糕！"德鲁伊格工程师说，"一碰杯我才想起来，去年冬天，十二月的时候，就在圣诞节之前，我去了趟阿尔巴拉。我去局里办事，正好路过安提帕住的那条街……"

"安提帕，"普什楞迦大夫说，"今天他也迟到了。"

"他会来的。"勒敦格老师答道。

"路上到处都他妈的是融雪。"

"就是那次可怕的回暖？"

"对！鬼知道那次回暖是怎么回事。我头一步还踩在雪地上，下一步就进了水塘，然后一脚陷到泥坑里，再往前跨，才踩到干地，或者花花草草，简直倒霉透顶！就这样，我在圣诞节前路过了那里，通常都是过了圣诞才去的。看见他们家不但有好吃的，还放着圣诞颂歌，总之，有一整套……"

"唉，我们这里也一样。在迪亚卢-奥克纳也突然变了天。我们所有人都知道当时经历了什么。"

"很明显，这种反常气候是十年、百年，或者八十年一遇的。这也是天道循环，现在把它当个问题来讨论有什么意义呢？！干杯！"

"唉！我还没来得及跟你们说聚会的事呢：那完全就是过圣诞节的样子。虽然我不太明白，但真的吃饱喝足了。他爸爸很讨人喜欢，另外还有一个老头。那老头太他妈滑稽了，大脑袋、细脖子、还穿成那样……我怎么跟你们说呢，我真没法形容……是的，那老头也挺讨人喜欢的。还有个叫帕夏留的人，长得倒是他娘的挺斯文，就是满口胡诌。还有个胖胖的女士。唉，我们玩儿得挺高兴的，但那次融雪真的让人永世难忘。"

"安提帕也是个没出息的，没能考上大学，只能像那些傻子一样去读函授，至今一事无成。他今后还能混成啥样呢？"

"什么今后？"

"别说今后了！现在整天就开开玩笑，打打赌，乐呵乐呵，喝喝啤酒，吃吃肉排。"

"他可别再开玩笑了，我受够了。整天说的都是什么烂玩意儿……"

"老师，你又来了？"

"行,我可以闭嘴,不过他也别对我来那一套……"

"如果你们能搞明白我对你们说的事,我就请你们喝一圈啤酒:'他为什么要提前过圣诞节呢?而我为什么现在才想起这件事来呢?'"

"因为太热了呗,技术专家!是因为天热。你有没有读过一篇茨威格①写的短篇小说?"

"没有,当然没有,这个磁瓦克又是谁?"

"就是那篇很多人在酒店露台上等待暴风雨来临的小说?"

"哪儿他妈有什么暴风雨啊?你没看见大太阳底下所有东西都纹丝不动吗?什么暴风雨啊!我们他妈都快热死了,赶不上暴风雨了!哟嘿嘿,你看检察官来了。你刚才一直在这儿吗,老兄?你一直在看着呢吧?你对我们做什么了,装隐形人吗?"

"我只是没说话而已。"维济鲁检察官说。

"见鬼!好了,人差不多到齐了。神父可能会晚点儿来,但安提帕肯定会来的,他已经在路上了。这样也好,再好不过了。一个人已经来了,我们却没看见;另一个人虽然不在这儿,但也可能已经来了,不是吗?!他说他一直在这里,只是我没看见而已。也许是藏在那张桌子底下了,也有可能是我瞎了。没关系,只要我们所有人聚在一起喝杯葡萄酒就行。"

"啤酒!"

"啤酒也行。兄弟们,你们都竖起耳朵听好了。你们别看他这会儿不在,但他就像个不倒翁一样,栽个跟头就能爬起来。"

"还有他,安提帕,你们都上赶着拍他的马屁。好像你们都挺怕他的,在他面前像一群没胆的阉羊一样,我不知道为什么不让我……"

"老师,别忘了心梗,小心点儿。自己的毛病得注意点儿,别再

---

① 斯蒂芬·茨威格(1881—1942),奥地利小说家、诗人、剧作家、传记作家。

发作了……"

"好吧,我说完了,干杯!"

"干杯!"

"万事如意,身体健康!"

"让安提帕的冬天见鬼去吧!摩西……摩西里尼!摩西……摩西里尼!"

* * *

摩西里尼出现在门口。"来了!"他说。电扇发出细微的响声,像是有人在急促地打着呼噜。维济鲁检察官朝凉风吹来的方向伸出手,张开手指轻轻晃动。阿戈布走进门,用肩膀撞了摩西里尼一下。后者露出微笑,单脚跳了起来,然后双脚落地。"搞定了,先生们!"阿戈布说,"肉排和其他东西都准备好了,我都安排妥当了,还让他们特意加了四个猪蛋和一些骨髓,但没要肥肉和猪肝。""为什么不要猪肝呢?""得了吧,那是隔夜的,留给别人去吃好了,咱今天不吃猪肝了。""没问题。"一个壮实的姑娘在他身边忙活个不停,她穿着件不怎么干净的绿色工作服,袖子卷得高高的。那姑娘身材丰腴,骨节粗大,但皮肤干净细腻,屁股大得像用铲子堆起来的一样。"她里头啥也没穿。"勒敦格老师悄声说。"蓬皮丽娅,你过来。""好的,老师!""你晚上是不是上过我的补习课?""是的,老师。"姑娘笑了起来,上唇下面露出来的牙龈有点儿多,牙齿坚固、洁白、锋利。"快点儿!快点儿!"普什楞迦大夫小声说,"对了,动作快点儿,动动那条腿,小姑娘!""她的骚味像匹母马。"勒敦格老师嘟囔着。维济鲁检察官把手掌按在桌上,笔直的脊梁紧贴椅背(幼儿园小孩儿们每天早晨都会这样坐着,把手掌放在桌上,让老师检查指甲里有没有污垢,手指缝里是不是长了疥疮),闭着眼睛,鼻孔轻轻翕动。"所以得让她赶紧弄完。"勒敦格老师小声说。德鲁伊格工程师也哑着嗓子喊道:"快点儿,姑娘!上我这儿来把桌子擦擦!动作快点儿,

快点儿,蓬皮丽娅,再快点儿!"他的手滑离了躯体,像块漂在水上的厚木头,往下一沉,就会无意间碰到那姑娘的大腿;向上一涌,则会碰到两条大腿分叉的地方。"快点儿,快点儿,我当然会快点儿的,工程师先生。"姑娘说。"他们应该叫你蓬皮丽娅!"维济鲁检察官轻声说。"蓬皮丽娅!"阿戈布嘶哑地喊出了这个单词。姑娘停了下来。"蓬皮丽娅,"阿戈布笑着说,"听到先生们的话了吗?你动作快点儿。"于是她又动了起来,倒酒,展平桌布,把食物残渣包在餐巾里,再把烟灰缸里满满的烟头倒在一个盘子里。"等一下!"阿戈布喊道,姑娘应声而止。"快点儿!"那姑娘便又开始动了起来。"蓬皮丽娅!"摩西里尼从另一边喊了一声。姑娘踮起脚尖,扭头冲阿戈布嫣然一笑。阿戈布也笑了,抓起满满的一杯酒送到她嘴边,她一仰脖子,像一个巨大的旋涡般悄无声息地吸干了杯中的液体。"她还挺能喝的。"德鲁伊格工程师笑道。"蓬皮丽娅!"摩西里尼又喊了一声,"你睡着了吗?"那姑娘慢吞吞地走过去,到电扇跟前伸了个懒腰,脑袋歪在一边。黑色的阴影闪过她的肌肤,纤细的腥舌在唇齿间盘弄,回眸向桌边的男人们望去。"蓬皮丽娅,"普什楞迦大夫说,"把胳膊抬起来,感受一下这凉风吧。"姑娘的嗓子眼里发出咕噜咕噜的声音,她抬起胳膊,滑稽而又焦躁地舞动起来,发丝在凉风的呼啸中飘散。"golfstriam,"德鲁伊格工程师笑道,"这风是热的。""应该是 golfstream[①]。"勒敦格老师气恼地纠正他。见那姑娘单脚朝门口跳去,便又说道:"寡廉鲜耻!不知自重!"他抬起头,好像刚在水里憋完气冒出来一样,胡乱抓过一杯啤酒,仰头就灌。但啤酒在他体内流动得极为艰难,由于注入得很慢,杯子在嘴上放了很长时间,举着杯子的手都发抖了,脑袋也一直仰着,像个出水口堵塞的洗脸盆。

"太棒了!太棒了!"安提帕拍着手走进门来,"真遗憾,好戏都快收场了。"

[①] 英语,意为湾流。

"快来！快来！"勒敦格老师说，"排好队看戏！"

"赶紧入座！"普什楞迦大夫说，"你还能赶上这出戏。"

安提帕来到桌前，有人推给他一把椅子，他反跨着坐了上去，两个胳膊肘支在椅背上。"大夫，"他说，"我也不知道怎么了，早上醒过来就觉得后脑勺隐隐作痛。来这儿的路上差点儿就摔倒了，这是怎么回事呢？""我饿着肚子没法瞧病。"普什楞迦大夫说。"因为天热呗。"德鲁伊格工程师说，"听着，安提帕，我刚才正在跟小伙子们说你家圣诞节的盛宴呢，我碰巧赶上了，玩儿得真开心。别忘了代我向你太太问好。"安提帕根本没听他在说什么，而是将身子侧向阿戈布，歪着头听他跟自己咬耳朵。"安提帕大叔，"阿戈布呵呵笑着，"您啥时候再杀个人？"

安提帕也笑了起来："原来你想和我说这个，你也是个不正经的，比我还可笑，还无聊。阿戈布，我还以为你要跟我说什么正经事呢，比如说，倒卖塑料桌子的生意啥的，没想到你却跟我逗这乐子。"他向后靠去，由于身后没有椅背，便用手掌撑在桌子边上。阿戈布用崇拜的目光看着他，态度温驯。他的耳朵抖动了一下，别人可能会说这是恐惧的表现，但阿戈布为什么要怕他呢？"您太厉害了，安提帕大叔！"他说。安提帕一口气干掉杯子里的啤酒，笑道："大夫，我的脑袋不疼了。""好极了！"普什楞迦大夫说，"我的疗法一向非常有效。你照我的医嘱反复来几次就行，然后再来找我，让我给你瞧瞧。""上帝保佑您，大夫！"安提帕说，"我这就按医嘱再来一次！"说完，他又干了一杯，只在嘴边和杯底留下些白沫。阿戈布赶紧站起身，又给他续上一杯啤酒，还带着一层厚厚的泡沫。"多新鲜啊！"他一边倒酒，一边在安提帕的耳边说。他的声音并不是很小，所以别人不经意间也能听到："我用自己的眼珠子起誓，安提帕大叔。为了您，我可以请所有人喝酒。我并不在乎他们，只是真心佩服您，安提帕大叔。"他爬到椅子上，一只脚踩在桌边，举着满满一杯酒祝愿道："身体健康，大夫！长命百岁，老师！好运，工程师先生！祝您健康长寿，事业兴旺，检察官先生！先生们，我是你们的仆人！"然后扯着嗓子冲门口喊道："摩西里尼！蓬皮丽娅！你们在那儿干吗呢？赶紧的，要不然我们就要输掉比赛了。"说完，他从椅子上跳了下来。"看，有只蜜蜂！"他又叫了起来，"还是别的他妈的什么东西在这里嗡嗡嗡嗡的？"安提帕举着半杯啤酒在人群中穿梭，和这个聊上两句，再跟那个调笑几声。"安提帕又在说笑话呢，不过不是那种笑话。"勒敦格老师小声说。"呃呵，给我们几个说说那种笑话也无妨。"检察官说。"安提帕，就说坏蛋打喷嚏的那个好了。"普什楞迦大夫说，"不过那个口味比较变态，我还是喜欢听健康一点儿的笑话，关于男人和女人的那种。""你太保守了。"安提帕说。丑陋笨重的绿色玻璃烟灰缸被燃着的烟头塞满了，桌布上落了一层烟灰，周遭一片说话声、叫喊声、哄笑声。啤酒咕噜咕噜倒进杯子，在杯口泛起厚厚的泡沫，就像广厦下伏案疾书的学究们脖子上浆洗得雪白的高领。阿戈布走到普什楞迦大夫面前："大夫（他两个脚后跟一并打了个立正，背挺得直直的，然后带着尊敬、谦逊和戏谑略一低头）！大夫，我明天想带我们家的老太太，您知道的……""不用跟我解释，亲爱的阿戈布，没问题。我六点在医院，七点半的时候会去综合诊所。你想去哪里找我都行，不用敲门直接进，好吧？""多谢了！"阿戈布说完，又低头凑到勒敦格老师的耳边，"我那个不省心的弟弟，老师，我们的事您也知道，我刚把他从特尔戈维什泰接到这儿来，然后就遇见了您……""别说了，阿戈布，不用跟我解释。"勒敦格老师伸手拍拍他的肩膀，热情地说，"我知道是怎么回事。别担心，这个问题我们会解决的。""谢谢您！"阿戈布说，"您真了不起，真是个好人哪，我永远不会忘记您的……"

* * *

"看见了吧？"维济鲁法官说（安提帕在一旁听着，表情迷茫，仿佛在神游天外。他大张着的嘴带着一丝嘲讽、一丝恶意，目光中满是幽暗而躁动的感伤。他的眉头很舒朗，下巴很深沉，太阳穴似乎在沉思，只是鼻子的阴影显得有些滑稽），"好好看看这些人吧。这就是我们的朋友，我们在这里也没别的朋友，都聚到这张桌上了。我们每天过来待上一两个小时，然后回各自的办公室。安提帕，你看见没？他们怕他，怕阿戈布！据说他会偷听别人说话。唉，谁不在偷听呢？是吧？！但他真的会偷听吗？是又怎么样呢？总之，鬼才知道！但不是这样的，我知道不是这样的，对我来说这就够了。我不怕他！但奇怪的是，他们也知道这一点。那他们还怕什么呢？哎，对了，也许是因为他也知道！哈哈哈，太棒了！我喜欢！这比那个老笑话还有趣：有一次，大领导在锡纳亚①接见了格尔代斯库②和一帮爱开玩笑的老家伙，他们都是很会享受生活的知名艺术家。在请他们吃饭的时候，大领导说：'格尔代斯库同志，说几个好玩的笑话吧，就是你们经常说的那种政治笑话，听说你特别擅长说这些。'于是格尔代斯库就说了几个，所有人都笑得肚子疼。这时，格尔代斯库突然严肃地问：'没有人给我们倒酒吗？③'呵呵呵，哈哈哈，咱们现在都笑了，你能想象他们当时得乐成啥样吗？这可了不得，得让他们喝掉多少酒啊！咱们他妈的为啥不可以笑呢！咱倚老卖老，想笑就笑！再讲一个：很久以前，土耳其人抓住了一个农夫。他们百无聊赖，就半开玩笑半认真地把他阉割了，还把他的卵蛋扔到了营地的炭盆里。火烧了起来，农夫一边淡定地提上裤子，一边哈哈大笑：'你们把我的卵蛋割掉了，但是你们忘了，哈哈哈，任凭你们这帮异教徒如何作为，更重要的部位依然在我身上！'哈哈哈哈呵呵哈呵呵……"

---

① 布加勒斯特以西一百多公里的一个小山城，旅游胜地。
② 尼古拉·格尔代斯库（1903—1982），罗马尼亚著名演员。
③ 罗马尼亚语中，动词"a turna"兼有"倾倒"和"告发"的含义。这句话也可以理解为"没有人告发我们吗？"

一个人如何面对自己

时事新闻（摘自本小说自编《日报》）

彰显共产主义劳动者素质的光荣事迹……我们正在和乙炔供应站的 C. N. 交谈，在我们身边，到处都是厚实的压力容器。人类将巨大的工业能量驯服，让它们俯首帖耳，听命于自己的需求。C. N. 就生活在这样一个充满能量的环境中——在首都的"八·二三"工厂，他已经整整工作了二十八个年头——他说，自己从来没有想过要到其他岗位上工作。他离不开压缩机，离不开这个为厂区所有部门输送活力的岗位。

——几周前，您和其他工人曾经经历过一场悲剧。可以和我们说说事情的经过吗？

——可以。那天我上的第一班，刚回到家几个小时，就听见警报声响了起来。你们知道，我就住在工厂附近。"情况不妙！"我说，"得瞧瞧去！""你要去哪儿？"家里人问，"你刚回家。"

——上第二班的是谁？

——是 T. M. ，一位很可靠的压力工程师。

——尽管如此，您还是去了！

——嗯，我想去看看出了什么事，是不是帮得上忙。别的还有什么可说的呢？于是我就来了，和其他人一起并肩战斗到第二天早晨。回家休息了两个小时后，我又回到了厂子里。情况就是这样……我们不得不对 C. N. 同志的叙述做一些补充。

不，他所做的绝不止这些！谈起那天的事，他自己总是很谦虚。当然，这体现了他的高风亮节。但为了让读者更好地了解是怎么回事，我们必须对他的事迹进行更为深入的报道。那是晚上六点半，当时……

第十四章

"摩西里尼!"阿戈布喊道。"来了!来了,来了,来了!"摩西里尼在门外忙不迭地答应着。门开了,挤进来一个巨大的托盘。它并不是青藏高原①那样的圣地,那座高原像个巨蛋,顶部都被挤平了,也无法冲破地球这个鸡笼。托盘上既没有纤弱的野草和谷物,也没有枝条细嫩、叶片狭长,并且闪亮的树木,更没有那些长着毛发、鳞片或爪子,可供世外高人炮制灵丹的天材地宝。上面只有一堆堆的面包片、烤肉、炸薯条,仅此而已。另一个盘子就没那么笨重了,里面盛的沙拉淋了油,还挤了柠檬汁。它绿意盎然、油光锃亮,好似一个搔首弄姿、弱不禁风的女子。是的,在门里只能看到蓬皮丽娅托着盘子的两只胖手,她的身子不堪重负,被压缩成了一小点儿。迎接她的是短暂的喝彩和欢呼,还有零星的掌声。"蚂蚁,蚂蚁,叫蟋蟀也拿着它的小提琴来吧!有人劳作,有人吃喝,有人唱歌,世界就是那么和谐欢乐!""太棒了!太棒了!真见鬼,摩西里尼从哪儿弄来的这种小里脊?比雅典宫②的肉排还香!""怎么会弄不到呢?您巴望他弄不到吗?""真是见了鬼了,连奥尔加也做不出这种入口即化的致命武器!""奥尔加?!她可是我的心腹之患!只有盼着她倒霉,我的日子才会好过一些。对她这种既能干又聪明又泼辣的女人,我实在提不起兴趣……"蓬皮丽娅把托盘放到桌上,渐渐舒展成原来的大小。"蚂

---

① 罗马尼亚语中"platou"一词既有"托盘"的含义,也可表示"高原"。
② 指布加勒斯特的希尔顿酒店。

蚁，"普什楞迦大夫轻声念叨，"蚂蚁，蚂蚁。""母马，"勒敦格老师也在嘟囔，"母马，母马。"姑娘咯咯笑着钻过人群，桌边食客们的脑袋，还有脑袋上的鼻子时不时地在她前胸、后背、腋下或耳畔蹭来蹭去。姑娘被逗得乐不可支，她向门边跨出一大步，似乎想要飞跃过去，可是小矮人马戈特突然闯进了她的两条大腿中间。"滚！滚出去！"勒敦格老师叫了起来。"他妈的他是从哪儿溜进来的？啥时候进来的？""刚进来。也许他就藏在酒馆的高脚桌底下，门一开就蹿进来了。""马戈特！马戈特！滚出去！""马戈特，上这儿来！""不！""站住！""滚开，马戈特！马戈特！"蓬皮丽娅撇着两条腿站在门口，双手叉腰，嘴咧到了耳朵边。很多年前，马戈特跟着一个马戏团来到了迪亚卢-奥克纳。后来，帐篷被收了起来，动物们被塞进带轮子的铁笼里，装上了巨型的黄色大车，车厢上极具田园风格的窗户被绿色的帘子遮住了，踏脚板也被收了起来，就像从前城堡门前的吊桥一样。所有东西，从巨大的桅杆到细小的铁环，都被装上了大车，捆扎苫盖得严严实实。体毛茂密、动作笨拙的挽马起步之后，马戏团老板的破福特车也启动了，它们汇在一处，沿着狭窄的道路向阿尔巴拉进发。夕阳下，踩高跷的人渐行渐远，身影消失在尘雾中。

再后来，也许是第二天，或者第三天的晚上，也有可能是在某天早上，公鸡在牛粪堆上宣告着快乐新生活的开始，耗子则消失在牛棚的门槛下。喧嚣散尽后，人们发现了马戈特。马戏团原先的表演场上有一堆锯末，被风吹得到处都是，那个小矮人当时正在里面翻找着什么，好像是在找一件微不足道的小零碎。在马戏团的时候，马戈特经常穿一件带流苏的衣服，戴顶红帽子，帽尖上还系着个铃铛。只要他一挥那条短柄的大鞭子，就能把兔子变成毛驴。马戈特站在场中央，兔子瑟瑟发抖地看着他，两只耳朵贴在后背上缩成一团，急促地喘着粗气。马戈特把鞭子抽得噼啪作响，一开始速度很慢，声音震耳欲聋，然后越抽越快，如同金蛇狂舞，看得观众胆战心惊。那只兔子在一片鞭影中渐渐长高，变成了一头红色的驴子。又粗又长的阳物支棱在它身下，时而敲打着肚皮。就像挂在房梁下的杆秤，每当有重物落到秤盘上，秤杆就会猛地向房梁挑去。在迪亚卢-奥克纳，小矮人马戈特自己开了间制作艺术字的作坊。驴子和兔子早已不见了踪影，仿佛从未存在过，只剩下那条鞭子，被藏在木箱的最底部，像一头沉睡中的凶兽。马戈特有两种钳子：一种是尖嘴钳，另一种则是平头钳。他可以把你和一个女人的名字用红铜丝或细铝丝弯成漂亮的字母，然后缠绕在一起。无论她是你的情人、未婚妻，还是其他什么女人，只要你知道她的名字，而且和她同床共枕就行。他还会用金属丝做各种吊坠，可以挂在脖子上、钉子上，或者腰带上，从奇花异草、飞禽走兽到细脚伶仃的昆虫，不一而足。他的作坊其实只有一张桌子，得和别人合用一间屋子。他们被细细的铁杆分隔开，杆子上用小铁环挂着脏兮兮的窗帘或印花布（此外还有一道三合板做的薄墙）。好几个人在那间屋子里工作，马戈特只是其中一个，还有一个修表的、一个修收音机和电视机的。除此之外还有一个人，那就是阿戈布。他是位艺术家，擅长用大块的塑料、皮革、油布或呢料来进行创作。在这座城市里，只有他能做出一个完美无瑕的坤包，再挑剔的太太小姐也找不出毛病来。他比别人都厉害，甚至可以告诉你能用几种方式打开一个罐头。

"你们就笑吧。"维济鲁法官后来写道，"但是在那间屋子里干活的一共有四个人，其他三个人都对阿戈布俯首帖耳。他们最大的乐趣，就是二话不说地听从阿戈布的摆布，特别是在没有人替他们做主的时候。"马戈特绕着食客们疾奔，两只贴在五短身材上的小手上下翻飞。他的脑袋和脖子跟健全人没什么两样，但两条腿还不到两拃长，僵硬地贴在身上。跳起来的时候，他就像一颗橡胶做的炮弹，或是一根灵活的狼牙棒，一会儿大头着地，一会儿握把着地，看上去既滑稽又骇人。他翻滚着，不断跌倒，又一次次爬起来，梗着公牛般的脖子，皱巴巴的脸蛋像个没长胡子的小老头。"马戈特！马戈特！"他的跳跃似乎意有所指，目标明确。他看起来好像有点儿晕乎，但其实不然。他正在向门口跳去，步子越来越急，动作也更加剧烈了。蓬皮丽娅站在门口，一个胳膊肘支在门框上，没心没肺地笑着，"马戈特！马戈特！"但他已经从她叉开的两腿间蹿了出去。"蓬皮丽娅！"阿戈布喊道，"再来点儿胡椒和黄瓜！""这就来！"话音未落，摩西里尼就出现在了门口，托盘上是满满一大碗酸黄瓜，调料架上的两个罐子都装着胡椒粉。"我仁至义尽了。"摩西里尼说，"他从前天就开始不停地喝。我对他说：'你这样没法回去，不如睡这儿吧。'不过那根本是白费口舌。太可惜了，这么能干的一个小矮人，要是出了啥事，我摩西里尼还得赔钱呢！""赔钱？"普什楞迦大夫大惑不解。"马戈特还有别的名字吗？"勒敦格老师问。"就叫马戈特。"摩西里尼答道。

　　人们突然间安静了下来，开始摩拳擦掌，甩开腮帮子大嚼，只听到咂巴嘴和下颌咬合的声音。"这沙拉太他妈难吃了！"德鲁伊格工程师突然叫起来，"摩西里尼，拿点儿蒜汁来！"不一会儿，大蒜的气味就像迷雾或烟云般弥漫开了：你只能隐约看到一条胳膊、一个胳膊肘、几根手指、一个手掌、半截手腕。湿漉漉的鬈发贴在额头上，一个眼睛眨了眨，鼻子底下的人中上布满了细密的汗珠。小腿上毛发茂盛，耳朵随着下颌咀嚼的节奏上下运动，喉结时起时落，偶尔还弹跳一下。咳嗽声将蒜味的迷雾撕开了几个口子，但很快就被打嗝的气味填满了，就像是不断破碎的气囊，或是船上鼓动的风帆。殷勤周到的摩西里尼在一旁窥探着，两对灰色的小翅膀带着他从屋子的一角飞到另一角，让他能够看到一切，听到一切。果不其然，尼亚克舒在满屋蒜味中现出了身形。他的面庞像橄榄一样黑，泛着油光，咖啡色的虹膜在黄眼珠子上一动不动。一头油光水滑的直发贴在脑袋上，从前额一直延伸到后脖子。外套（那是件黑色的外套，胳膊肘和下摆都已经磨得发亮了，后背也起了球，但领子熨烫得很平整，胸袋里插了块大白手帕，像一片白菜帮子）的肩上、领子上、袖口和肘部落满了白色的头屑，就像磨坊主衣服上的麦糠。尼亚克舒又瘦又小，却挺着个尖尖的肚子,好像不是长在他自己身上的。紧绷绷的裤子在鞋面上堆起了好几道褶,不过那双鞋子倒是值得品鉴:又粗又长的鞋带像两条调皮捣蛋的虫子,被系成双蝴蝶结,巨大的红色鞋尖亮得刺眼,但鞋帮和后跟却邋里邋遢的,上面满是青一块紫一块的干泥巴。他的肚子上架着台手风琴,用很宽的背带挂在肩上,脑袋稍稍侧向一边,噘着嘴往键盘上凑,黑乎乎的爪子五指箕张,随时准备开始弹奏。摩西里尼轻巧地飞过去,丝毫听不到翅膀在扇动,食客们咂嘴咀嚼的声音却越来越大。啤酒被咕噜咕噜地灌进肚子里,也许在触及底部后,也会像在杯子里一样泛起一层厚厚的黄色泡沫,给胃囊围上一圈领子。摩西里尼打了个响指,尼亚克舒便把嘴噘成喇叭状,翻着白眼唱了起来:

在他们夺目的光辉下,
我感觉那么舒畅……

手风琴的风箱像蛇一样伸缩扭动着,镀镍的棱角间时而闪出一抹亮红,就像有人在跑步的时候忘了系扣子,或者有一阵风吹过,他黑色外套下的红内衬便露了出来。"来首《萨拉萨》!"普什楞迦大夫含着满嘴的食物喊道。"我要听《小母猪》!"勒敦格老师也嚷嚷了起来。"尼亚克舒,"阿戈布说话了,"上我这儿来。"尼亚克舒一边弹着手风琴,一边向阿戈布走去,大嘴里露出一截扁平的紫舌头。他走得很艰难,因为那个尖尖的肚子有一部分转移到了背上,让他成了驼着背、伸着脖的模样。摩西里尼在客人和桌椅间飘来飘去,从脸上的笑容可以看出他很满足,甚至可以说很幸福……摩西里尼,这名字和摩西有关。他既是奥哈奇亚的儿子,也是拿单①之子、摩西之子。从前,钉马掌的牲口棚后面堆放着烟熏过的柴垛,柴火堆里还有个摇

---

① 古代犹太教先知。

篮，金色的空气中弥漫着马蹄烧煳的气味和马汗的臭味。奥哈奇亚老爹穿着条漆布长围裙，把灰衬衫的袖子卷到肘部，露出两条瘦骨嶙峋的胳膊，上面覆盖着一层红色的汗毛。他在马车和各种反刍动物间快速走动着，经过骨瘦如柴的牛，还有在木门上蹭痒痒的猪。集市散去后，这家客栈的长工们会把牲口的粪便和秸秆都收集起来，埋到一个不是很深的大坑里。等到开春后，这些肥料就能在保加利亚人或者园丁们那里卖个好价钱。奥哈奇亚老爹喜欢跟陌生人聊天，包括无所事事的路人、商人、大车夫、马贩子、掮客……他很认真地听他们说话，无论人家说什么，都会说"是的"，从没说过"不"字。然后，他走进那一长溜低矮的屋子。屋里有很多支在粗大橡木架上的桌子，人们可以在桌边品尝酒庄自酿的葡萄酒。平时，那些酒都藏在客栈地窖的大木桶里。客栈老板奥哈奇亚听得多，说得少，时不时向左右欠身致意。这个点头哈腰的老好人很有钱。他的老婆，也就是吉塔大妈给客人们端来油汪汪的羊肉抓饭和热气腾腾的鸡汤，嘴里嚷着"佩拉吉娅！瓦尔瓦拉"，把身旁那些女人支使得团团转，让她们赶紧把自己刚在木桶里涮干净的碗碟拿走。她直起身，走到灶台边，用一把巨大的木勺在中间灶眼上那个布满铜锈的大锅里搅了几下，把用不上的锅碗瓢盆都挂到灶台边的木桩上，然后点着了小院中间的炉子，再把水桶扔到石头砌的墙根那儿。奥哈奇亚老爹走进一间特别矮的小屋子，屋门小得像个洞，仅有的一扇巴掌大的窗户，窗上还安着栅栏。他要在那里等一个黑黑的小个子（那人每年来三四回，每回都是在夜里。屋门在黑暗中悄无声息地为他打开，让他在里面没日没夜地睡觉。等独自吃完一只羊，一桶葡萄酒也下了肚之后，他会和奥哈奇亚聊上一个钟头。没人知道他们在聊什么，没有任何人听到过。就跟来的时候一样，那个陌生人又悄无声息地走了）。

有一年，奥哈奇亚开始发放低息贷款，并像农民一样购置土地；等转过年去，他收到的利息就已经很可观了；又过了一年后，他低调地从这些钱里拿出一部分，为阿尔巴拉修建了一座犹太教堂和一家医院。他还在位于迪亚卢－奥克纳的基督教公墓修建了一座小教堂，教堂里的钟产自奥格斯堡①，是用最优质的合金铸造的。奥哈奇亚特意嘱咐："不要在任何一座建筑中留下我的姓名。"一天清早，天还没亮，奥哈奇亚就起来生火了。客栈、钉掌间、牛棚、马厩、猪圈、酒窖……所有地方都得点着。一时间，火光照亮了他的所有产业，奥哈奇亚感到幸福极了。这种幸福简直能将他所有的财富熔化，炼成一颗比鸽子蛋还小的坚硬宝石。但不知出于何种变态的想法，他也走进了火中，自焚而死。他的老婆吉塔大妈和儿子摩西从此流离失所，只得靠犹太社区居民的接济过活。有一天，这个女人回到原先客栈所在的地方，在灰烬中翻找起来。她发现了一个尚有余温的地方，好像牲畜睡觉的洞穴，或者鸟类孵蛋的巢穴。当她在那里找到一块丑陋的金属时，布满皱纹和烟尘的面孔立刻抽搐了起来。没错，那是块金子！那块渣滓是个祸害，是一个疯子在呐喊和挣扎中留下的一小块已经石化的泡沫。

后来，吉塔大妈到迪亚卢－奥克纳开了家裁缝铺，她儿子摩西当过一段时间的蹩脚裁缝。尽管他曾跟着阿尔巴拉的裤子大王雅库波维奇当过一个月的学徒，但仍然只会做一种式样的裤子，而且还不是特别花哨的那种。后来，他还做过皮匠，卖过针头线脑和纽扣，自产自销过葵花子糖、格瓦斯和麦麸汤，当过面包师。某年夏秋之际，他还做过一阵白铁匠，在桑拿浴室给人搓过澡，给一个做花边的老匠人纫过针，当过倒卖房产、木材和粮食的掮客，给律师团送过文书，然后重操旧业，卖起了香水和丝绸。战争结束后，他摇身一变成了商业顾问。这是个了不起的新行当，没有学历要求，只要有丰富的实践经验就可以了，而且还可能成为耳朵后面别根铅笔的白领。"以色列的上帝啊！"吉塔大妈说，"要是多伦多的普尤·波普莱克还在世的话，听到这个消息该多高兴啊：'你的侄子摩西里尼如今也西装革履，人

---

① 德国南部城市。

模狗样了！他提供的咨询意见大受欢迎。遭了那么多罪，他终于成为一个体面的专业人士了！'"但是命运，摩西里尼认为自己的命运就是要和父亲一样，当个客栈老板。而且不光要开客栈，还要开餐厅；不仅要当房东，还得会管理。时代变了，客栈老板自然也得不一样。在阿尔巴拉雅库波维奇的作坊里，他对着墙上那面窄窄的镜子说："奥哈奇亚老爹，我就是你！我能看到自己的样子，咱俩长得一点儿都不像，差别大得就跟驴子和兔子一样。但是我活了下来，奥哈奇亚老爹，而且将把你的姓氏传承下去。我会生一堆孩子，孩子们还会再生孩子，子子孙孙无穷尽。不说了，奥哈奇亚老爹，我得走了，有重要的客人来了。我的餐厅是这座城市里最小的，但来的都是精英人士，而且不是在节假日才来！保重，奥哈奇亚老爹！"

"摩西里尼！"阿戈布喊了起来，"摩西里尼！"他把胳膊肘支在桌上，用牙签飞快地剔着牙缝，还时不时用两根手指头去抠。面前的盘子里堆满了残羹冷炙，有面包片、嚼不烂的脆骨、凝固了的土豆块。杯中的酒还剩一半，口沿上满是油脂。"好吧，"勒敦格老师轻声说，"我吃好了，该讽刺讽刺某人，帮助消化了。""谁都不能讽刺。"普什楞迦大夫说。两人又喝了口啤酒，都把面前的盘子推开了。一个人往前推，碰到了吃剩的面包和其他空盘子；另一个人则往边上推，把盐瓶碰倒了。"好兆头啊！"阿戈布说，"如果盐撒了，就说明误会消除了。"他突然跳到椅子上兴奋地大叫："墨索里尼！[1]"姿势好像生疏的骑手跃上了马鞍。但是困倦和懈怠已将人们笼罩，四周只见毛茸茸的面孔和胀鼓鼓的肚子，粗重的喘气声中夹杂着几声咳嗽。夏日午后的睡眠是丑陋的，当你的眼屎慢慢翻滚时，皮肤会变得松懈，产生很多皱纹和疱疹，眼皮会黏在一起，嘴巴会发干、发苦、发臭，浑身的瘙痒让你辗转反侧，感觉像被一大群蚂蚁啃噬。但是你醒不过来，肚子里满是困倦的淤泥，让你越陷越深。

---

[1] 故意的口误。

"谁都不能讽刺。"安提帕一边用一块浆洗得雪白的餐巾擦着手,一边说道。普什楞迦大夫手里搓着张油腻腻的餐巾纸,一脸艳羡地望着他:"先生,你是从哪儿找到这么干净清爽的宝贝的?""它就在这儿。"安提帕答道。"安提帕,"维济鲁检察官说,"你的回答就像罪犯被传唤出庭时的说法,不会被采信的,只会引起法庭的质疑和反感。""啊,你是说这块餐巾?!"安提帕说,"它一直在桌上放着呢,就在我手边!""这借口太烂了!"勒敦格老师说。"完全不可信!"普什楞迦大夫也小声说,"有的人劳苦了一辈子一无所获,有的人毫不上心却要啥有啥。"他忽然皱起眉头,拔高了声调:"把那块餐巾给我!""给!"安提帕大方地抓起餐巾,隔着桌子扔了过去。但是阿戈布猛地伸出手把它抓住了,乐不可支地用餐巾擦了擦手上和嘴上的油,还抹掉了桌上的一大块污渍,雪白的餐巾立刻成了块脏抹布。桌子那一头,大夫站了起来,无助地怒吼着。他张大了嘴,脸拉得老长,眼珠子都快瞪出来了。"对不起,大夫。"阿戈布说。他站起身,低着头,步履蹒跚地绕过桌子,走到普什楞迦大夫身旁。"大夫,"他语气中透着可笑的绝望,"我干了啥坏事了?大夫,我只是伸了下手就……"他摇晃着普什楞迦大夫的肩膀,后者则闭着眼,直挺挺地靠在椅背上。阿戈布又转身面向众人,使劲眨着眼,嘶哑的嗓音几不可闻:"都怪这块见鬼的餐巾,大夫,我都干了些啥呀?明天我就买一车餐巾,给您送到医院去。我都干了些啥呀?"可是大家都在交头接耳,没人在意他的嘶喊。尼亚克舒高唱着:"萨拉萨是最美的……"阿戈布把餐巾扔到地上,一脚踩了上去。"你看,"他说,"我喝醉了,喝哭了!"于是他真的哭了起来,然后又开始笑。普什楞迦大夫闭着眼喝了口酒,缓缓咽下,然后轻声说:"没关系,真可笑,不是要找人来讽刺一下吗?""谁都不能讽刺。"安提帕嘟囔着,"为什么要讽刺别人呢?只是个玩笑而已。"他用餐刀背敲了敲油腻的桌子边,叫道:"墨索里尼!""这讽刺得太过分了!"勒敦格老师说。"太愚蠢了。"德鲁伊格工程师说完笑了起来,"啥叫讽刺啊?就是充满智慧的蠢事。讽刺有啥不好的？人就该时常讽刺一下，别整天耷拉个脑袋，把头埋在纸堆里，不是吗？"说完，他又换了种口气："哥们儿，大冬天的你是从哪儿买到这种葡萄酒的？从哪儿搞到的？告诉我行不？这酒是从哪儿……"

"不过，"勒敦格老师（齿间的一颗橄榄核被他用舌头弹了出去，飞进一个盘子里，杯子里的啤酒也不住地往那个盘子里流）一字一句地说道，"不过，您也看到了，这可不好。有谁能想到，一个无辜的人到头来会得到这样一个绰号呢？这可不好。在我们嘴里，摩西里尼居然有了这么可笑的变化。""变化？太棒了！"阿戈布嚷嚷起来，"我们嘲笑起别人来从来没个分寸！先生们，你们听听勒敦格这位法纳里奥特人[①]说的话吧。我们嘲笑起人来谁都不放过（没有说'讽刺'，是因为我发现德鲁伊格不喜欢这个字眼儿。'字眼儿……字眼儿……'德鲁伊格工程师嘟囔着，'知识分子用的这个字眼儿真他妈无聊。'），谁都不放过！嘲笑的力量是无穷的！你看到桌子上那个双手放在胸前的死人了吗？所有人都在放声大哭，痛不欲生，是因为死亡让我们恐惧吗？当然！但你不得不稍稍放下负罪感，俯下身去观察他，不是吗？从侧面看，你会发现他的鼻子是那么可笑，气质是那么愚蠢，简直是个十足的笨蛋！你怎么能不笑呢？死人是什么？死人有什么了不起的？唉，有什么可哭的吗？没有！嘲笑能让生活变得轻松愉快，先生们。""当然，"德鲁伊格工程师松了口气，"我总算能听懂这种说法了。摩西里尼！摩西里尼！""在这儿呢！在这儿呢！"摩西里尼答道。"哪儿呢？"很多个声音同时问。"这儿，这儿！"摩西里尼说，"刚才在地窖里呢。"

"地窖里！"

"哈哈哈！"

[①] 居住在伊斯坦布尔的希腊族裔。从18世纪初开始，土耳其人任命法纳里奥特人担任罗马尼亚和摩尔多瓦公国的大公。

"我正带着两个人在那里做搁架，蓬皮丽娅就跑了过来，还差点儿在楼梯上摔了一跤。'他们叫你呢！他们叫你呢！'我说：'他们叫我又怎么了？'"

"啥叫他们叫你又怎么了？"

"不好意思，工程师先生，我就是那么一说：'他们叫我又怎么了！'"

"然后呢？"

"然后我就来了，到这儿来了。"

"那姑娘咋样了？怎么摔倒了？"

"蓬皮丽娅！"摩西里尼叫道，"过来让大夫瞧瞧！她没摔倒，只是差点儿摔倒。"

"来了，来了。"蓬皮丽娅的喊声响了起来，但并没有出现在门口。

"她该过来的。"摩西里尼说，"不过她是个好姑娘，很听话。还需要再来点儿什么？"

"不需要了。大家都平平安安的就好。"德鲁伊格工程师说。

"我必须得提醒您，因为从一开始您就给我布置了任务，让我每天都提醒您：'已经十二点了，我们待的时间一定不能超过一个钟头。就是说不能超过正午。'是您让我这么跟您说的。不好意思，大夫，是您这样用手指头指着，亲口跟我说：'摩西里尼，不要超过十二点！我们还在工作岗位上。'"

"摩西里尼，"勒敦格老师说，"上这儿来。"

"老师，您说！"

"给自己搬张椅子，坐到我身边来。"

"谢谢您，老师，我就站着好了，不好意思。"

"听着，摩西里尼！"勒敦格老师向桌边的人们转过身，把食指放在唇边，"嘘……"

"摩西里尼，请你告诉我你是怎么想的：我们这样冲你大喊大叫的时候,你不觉得受到冒犯了吗?"

"天哪!老师,怎么可能……"

"哈哈,"维济鲁笑了起来,"你是个好人,小摩西里尼……"

"我不明白,"摩西里尼说,"诸位怎么能空着酒杯来探讨一个如此重要的问题呢?让我给你们满上吧。"

摩西里尼笑得如同鲜花绽放,用一只右手就把所有酒杯都倒满了。

"摩西里尼,"勒敦格老师说,"你可以觉得受冒犯的,你完全有权……"

"怎么说呢,老师……我会觉得很受冒犯!"摩西里尼说,"只不过跟别的事比起来,这都不算什么。""蓬皮丽娅!"他大喊起来,"拿些牙签和餐巾纸来!"

"好样的,摩西里尼!"安提帕说。

"摩西里尼,咖啡在哪儿呢?都十二点了!"

蓬皮丽娅用托盘端着咖啡走进来,托盘角上还有一摞白色的纸巾。

"摩西里尼,"普什楞迦大夫说,"你是此中高手!不过你能不能告诉我,为什么不给所有人那种浆洗过的麻布餐巾呢?!"

摩西里尼在座椅间滑动、飘飞、穿梭,手里再一次攥满了酒杯,盘子则被摞到了桌角上。蓬皮丽娅被他呼来喝去,在盘子堆成的高塔下左摇右晃。咖啡的蒸汽和蒜味混合在一起,构成了岛屿、港湾、大洲……人们的下颚还在咀嚼,食道括约肌一次次张开,接纳着食物。有人把厚重的窗帘拉到一边,这次没人抗议了。不知从哪儿传来一个模糊的"不"字,但很快被一声长叹吞没了。白日的光明和温暖慢慢充斥了房间,人们眨着眼,用手背揉着眼睑。"算了吧,这就散了吧。"屋里静了下来,再次传来电风扇细微的嗡嗡声。香烟的烟雾被卷进冷空气的旋涡,烟消云散了,只有烟草的气息在桌上紫绕不去。咖啡、蒜汁、啤酒、汗液的气味又一次聚集到鼻根、上唇、颈部和耳

375

朵背后。一条像狗又像猫的东西在人腿和桌腿间钻来钻去。它长着四条小短腿,好像在大猫的身体上长着个斗牛犬的脑袋,身上的毛又软又长,尾巴很蓬松。这条杂种会偷偷地咬人,但不咬餐馆的雇工,只咬卑贱的胖叫花子。餐馆后面堆放垃圾箱和空瓶子的地方有很多这样的乞丐。厨娘走出去,往那儿扔了个盛满脏水的平底锅,然后在一堆土豆皮和烂芹菜中间匆匆忙忙地撒了泡尿。那条狗在桌子底下静静地啃着根骨头,那可不是人吃剩下的,而是根真正的排骨,得用刀叉吃的那种!尼亚克舒把手风琴平铺在肚子上,引吭高歌:

  他们的辉煌,
  让我胸怀舒畅。

  "听着,摩西里尼,"普什楞迦大夫说,"你把我当什么人了?"他呷了一口咖啡,好整以暇地开启了消化过程。在躯体深处,胸骨下方,酵素正不紧不慢地发挥着作用。大夫的笑容浮现在咖啡杯上方。"听我说,你这个小滑头!这杯咖啡让你走运了。要是没煮好的话,我就会让你见识见识……我可不想把消化搞紊乱了……不过以后别吹牛了,听见没?"
  "不吹牛,不吹牛!"摩西里尼说,"再也不吹牛了!"
  "他说啥?"德鲁伊格工程师伸长了脖子,扭头问道,嘴角还留着咖啡渍。
  "没啥,"普什楞迦大夫说,"啥也没说。"
  "啥也没说!"勒敦格老师附和道。
  "摩西里尼,"阿戈布说,"给我倒酒。"
  "没见它是满的吗?"摩西里尼答道。
  "去你妈的!"阿戈布说,"给我倒酒!"
  "你自己倒!"摩西里尼说。
  阿戈布坐在安提帕和勒敦格老师中间,而摩西里尼对他说话的神情,就像在对待一个衣衫褴褛的陌生人,让人想起了他头一回走进这家酒馆时的样子。那时,他找了一张站着喝酒的高桌子,把胳膊肘支在上面等着。他这种人整天混迹于全国各地的小酒馆,看人的眼神躲躲闪闪的,似乎有点儿害羞。他动作迟钝,两只大手很笨拙,脏兮兮的指甲很久没有修剪过。喝酒的时候好像怕烫一样,把酒杯放回桌子的时候又小心翼翼地,怕它碎了,或是洒了,又像是怕杯底接触桌面的声响会吵到别人。阿戈布刚想站起来,就听摩西里尼说:"乖乖坐那儿,让我把这儿收拾了。"他说话的时候看都没看他一眼,干巴巴的声音尽管很小,但不容置疑,简直与之前判若两人。举手之间,他就撤掉了三张桌子上的脏桌布,还把蓬皮丽娅刚拿来的浆洗干净的新桌布铺了上去。

"焕然一新!"安提帕说。

"摩西里尼!"阿戈布大吼一声站起来,把椅子都带翻了。一个空的冰酒桶被撞倒在地,向门口滚去。

"你他妈给我坐下!"维济鲁检察官咬着牙说。

"哦嚯!"阿戈布的怒火立马消了下去。他眯着眼,咧嘴挤出一个大大的笑容,"当然,安静,没错,检察官同志。安静!"他伸出食指:"嘘……安静!"与此同时,他慢慢俯下身,但眼睛仍然盯着桌边的众人,一只手撑在桌边,另一只手在身后摸索到那把椅子,扶正后坐了上去。他小心翼翼地喝了口酒,伸出舌头舔了舔嘴唇,笑道:"我在收集泡沫。"

* * *

厨房里,摩西里尼看了眼表说:"创纪录了!"蓬皮丽娅把煎香肠的平底锅在煤气灶上转了一圈,说:"没错!"她一只手握着锅柄,另一只手则拿着把叉子,正在给几根短短的肥肉肠翻面。但是衣服下面有什么东西硌着她了,或许是根带子,也有可能是个线头,从脸上的表情看,她很想挠挠。双手虽然还在干着活,但目光却在四下寻觅，想要找一根柱子、一堵墙，或者一个粗糙的凸起物，比方说一个尖角或棱角什么的。不过她没找到，于是便用胳膊肘去蹭自己的肋骨。这一下，胸口就露了一大块出来，乳沟变得更窄、更深了。工作服的布料被撑平了，胸口的纽扣眼看就要绷开，而下摆整个都敞着。她蜷起一条腿，用脚尖点着地，两个肩胛骨向中间收拢，在布料下相互磨蹭，脖子来回转动，肩膀也上下耸动。从腋下散发出一股浓烈的气味，仿佛在一个玻璃钟罩底下密封了厨房里的所有气息。她身上的气味，就像一头奇异的外来动物闯进了这个房间，爬上了墙壁。"什么纪录？"她一边问，一边放下平底锅，用一只手从头顶上的搁板上找出一板咬过的巧克力，咬下一块，又放了回去。"创纪录了！"摩西里尼说，"他们今天吃饭的时间创纪录了，才十二点，再有半个小时他们就吃完了。这么热的天，这顶得上一个半纪录！我得去和卡洛尔谈谈，让他认可这一纪录。"摩西里尼一边说，一边用两根手指从盘子里夹起一根酸黄瓜放进嘴里。

包间里静悄悄的，只能听到舌头触碰上颚发出的慵懒的咂嘴声，还有烟气被风扇吹散的声音。尼亚克舒坐在靠近门口的桌边，狼吞虎咽地吃着盘子里冰凉的肉块和早已凝固的土豆块。他的手风琴被合了起来，放在一边的椅子上。"我可不给你吃的！"尼亚克舒冲着手风琴嘟囔，"你只管唱就行了，现在该我吃东西了！"

第十五章

"噗！我怎么忘了？"维济鲁检察官说，"瞧我这记性！咱们光顾着坐在这儿大吃大喝，怎么都没人提到他啊？好像我们从来没和他在这里聊过天一样。奥努，今天早上死了！"

"嗐，"德鲁伊格工程师说，"你着什么急？这事我可比你先知道！"

"闭嘴！"

"你刚才没想起来！"

"是德鲁伊格告诉我的。"安提帕说。

"喔喔喔喔，"阿戈布发出一声哀鸣，"他是这座城市里最正派的人了，居然没有人提一声！呜呜呜呜！"他一边说，一边用脑门撞着桌子。尼亚克舒也不吃东西了，张大了塞满食物的嘴，一只手举着，另一只手则悲恸欲绝地紧紧攥着手风琴背带，好像怕被人抢走一样。

"奥努？"普什楞迦大夫问。

"就是火车站站长。"勒敦格老师答道。

蜜蜂振翅的声音充斥着整个房间，清晰可辨，但谁也看不到它。

"滚开，癞皮狗！"德鲁伊格工程师作势去踢桌子底下那条又像猫又像狗的东西。他伸出一条腿在桌子底下探寻着，表情既惊惶又凶狠。那条狗悲鸣着躲了开去，但忽然间，所有人都伸腿朝桌下踢去。狗的肋部和脑袋遭到重击，怒吼着想要逃走，但那些人的腿上就像长了眼睛一样，让它无所遁形。他们封死了所有去路，总能准确地找到它，踢到它。但是在桌面上，人们的脑袋一动不动，双手紧紧互握在一起,只能看见不停抽搐的肩膀。尼亚克舒站起身,用衣服的下摆擦了擦手,想弯下腰去找,但腰椎不太得劲,只能低下头去看。那条狗终于逃了出来,向门外蹿去。尼亚克舒大吼一声,猛地直起身来,双手叉腰飞起一脚,正踢在狗肚子上。那条狗一路滚出门外,跑没影儿了。尼亚克舒朝桌边那五个目瞪口呆的人瞥了一眼,得意扬扬的脸上带着些许惊恐、害羞、吃惊的神情。很快,他就把那些人忘了,再一次坐回座位上,大口吃着面包和土豆块。"我来的时候满脑子都是这件事。"德鲁伊格工程师拍着脑门说,"我手下有个技工每天坐火车上下班,是他告诉我的。可是我忘了,我怎么他妈的就忘了呢……"

"我还跟他在月台上聊天来着。"安提帕说,"可能没等我走远,他就已经死了。"安提帕垂着头,眼睛看着地,下巴几乎碰到了胸口,"我不知道是怎么回事,我也说不清楚,当我正在街上走着的时候,她呼出的凉气喷到了我脸上……"

安提帕说话的时候,普什楞迦大夫从桌前轻轻站起身,生怕发出一丝响动。他小心翼翼地搬开椅子,走到安提帕身后的窗边。几乎同时,另外三个人也做出了同样的动作。当安提帕抬起眼睛的时候,一个人都看不到了。

"你们在哪儿?"他轻声问。

转过身,发现他们正抽着烟,隔着浅黄色的窗帘向外眺望。阿戈布走到他身边:"安提帕大叔,你知道的,先生,他是个好人。奀他娘的,这样一个人,怎么说死就死了呢?"他挤了挤眼睛,泪水便顺着土色的脸颊流了下来。"怎么回事?安提帕大叔,怎么回事?先生,我问你,他怎么就死了呢?"他用拳头砸着桌面,猛地抬起头,厉声喊道,"墨索里尼!拿白兰地来!我要白兰地!"摩西里尼出现在门口。"墨索里尼,"阿戈布瘫倒在桌上,柔声问道,"墨索里尼,你个意大利佬,你倒是说说,那人怎么就死了呢?怎么会?!我是个酒鬼,现在就像个酒鬼那样,在一群体面人中间号啕大哭。可是你告诉我,那人怎么他妈的就死了呢?!"他站起身,跟跟跄跄地向窗边的人们走去。"白兰地！"他吼着，"拿白兰地来！按老规矩，我请客！谁陪我喝？"

"不……"勒敦格老师小声说。

"你好像不太坚决啊。"普什楞迦大夫在他耳边说。

"我陪你喝，孩子。"一个浑厚的声音响了起来，话音未落，他就出现在了门口。

"不，是我陪你喝，神父。"阿戈布喊道。跟神父那浑厚悦耳的嗓音相比，阿戈布的嘶吼简直像母鸡抱窝、公鸡打鸣，"我陪你喝，尊敬的神父。"他被阴郁的狂热裹挟着跳到了椅子上，冲着门口的男人又蹦又跳。尼亚克舒也站了起来，一把捧起自己的衣服，缩着脑袋退向门口。门敞着，门外的蓬皮丽娅正隔着镀锌的柜台和一个小伙子聊天。小伙子有一头茂密的沙土色头发，偏分在窄窄的额头上。他的眉毛很粗，修长的躯干趴在潮乎乎的柜台上。"你看门口那个茨冈人。""你再过来点儿！""你往哪儿看呢？他就在神父边上。你别闻我身上的味儿！朝我指的方向看！""没错！""他好像站在一个大坑边上，从身后刮一阵风，就会让他栽进去。""没错！""我来陪神父喝！我陪你喝！"阿戈布还在咆哮，"可是谁来陪我喝啊？……"

食客们微笑着坐回到座位上。普什楞迦大夫蜷起一根手指，在鬓角边挠了挠。这是他的习惯性动作。所有人都满怀善意、心情舒畅地看着那个一条腿迈进门槛的人。"阿戈布，我的孩子，"刚进来的神父说，"你吹牛呢吧。""我没法在有生之年把所有事都干完，神父。"阿戈布说，"等我上天堂的时候，还得把它们都带到飞机上，用这些纪念品把天堂塞满。"

"多谢你的美意，孩子。你的脑子挺活络的，但别瞎扯。我明天还会去找你，让你给我老婆的菜刀安个刀把。得非常结实才行，不能一挥手就飞出去了，而且还要在里面藏一朵罗勒花①。"

---

① 东正教神父常用罗勒花来挥洒圣水。

神父又高又瘦，面无三两肉。他走进门，来到屋子中间，双手搭在椅背上审视着众人，就像站在讲坛上对着脚下的芸芸众生布道一般。他的目光阴郁而哀伤，嘴角却带着一丝笑容。杵在肩膀上的脖子也许有点儿长，但很有男子气概。脖子上的脑袋庄严肃穆，一头浓密的银灰色短发，就像角斗场里的斗士一样。他从尼亚克舒手里接过自己的帽子，放到桌上，和手风琴挨着。那是顶浅色的帽子，帽檐很宽。

* * *

"佐塔神父，"阿戈布说，"你今天来晚了。"

"对一个罪孽深重的人来说，永远都不会太晚，孩子。"

"都曲终人散了，神父。"阿戈布说。

"太沉闷了，"佐塔神父说道，"见我来了不开心吗？相信我，我刚才在教区有事要处理，然后又去找水泥和石灰，就没人说过句好话帮我找找。接着聊啊，兄弟们，你们接着说，我听着。"

他是个牧师、是个神父，是教会的奴仆。他曾说自己是一个兼具罪恶和美德的人，时常靠以身试法来提醒自己的兄弟们：饮酒要有节制，要彼此相爱，不要和命运作对，沉默的人比夸夸其谈的人更可信，等等。"如果我一边偷偷喝酒，一边高喊：'一口酒也不许沾！'那我岂不成了个伪善的骗子？跟你们说实话吧：要节制而非禁欲。你们别笑！别笑话对你们说实话的人！我在卡纳尔蒙冤蹲过三年大牢，后来他们把我释放了，因为之前抓错了。可以告诉你们，当年我们最不喜欢的那个看守，最后居然含着泪感谢我。我只是给了他一个治牙痛的偏方，就让他变得像小羊羔一样温顺了。'孩子，'我对他说，'只要你在那颗牙里塞一小粒芥末，所有病痛便会离你而去。''狗杂种！'他对我说，'你他娘的现在让我上哪儿搞芥末粒去？'我原谅了他，他只是因为牙痛才发脾气的。'我这儿有。'我对他说，然后从衣兜里掏出一颗胡椒粒来。我领到那件衣服的时候它就在那里了，天晓得它是怎么被放进去的。那件衣服不是新的,也许是之前穿过他的那个人,或者是上帝把这颗无辜的胡椒粒塞到衣兜里,然后让我找到的,它或许是来自伊甸园的呢!那个看守看着我,把黑乎乎的胡椒粒捏在手里闻了闻。'我宰了你这个狗牧师!'他吼道,'你敢耍我?这是胡椒!''是芥末,孩子。你得相信我,我是神父,不会撒谎骗人。把它塞到牙洞里去吧,如果不见好,再杀了我也不迟。'"

"那个看守卸下铠甲,坐在树桩上,然后摘下了他的铁盔,忍着痛哼哼唧唧地把那颗胡椒粒塞进了牙洞里。他就这样静静地坐了一分钟,突然,兄弟们,只见他长长地出了一口气,用夜莺般的声音说道:'是芥末,神父,我不疼了!'那个大块头喜极而泣。这就是牙痛,能让你欲死欲仙!在之后的牢狱生涯里,我就一直抽他的烟,并通过这个陋习完全获得了他的信任。所以我要告诉你们:'要与人为善,要懂得倾听。'我是个新时代的神父。"

佐塔神父坐在椅子上,穿得既像个凡夫俗子,又带着道骨仙风。无论是天上的神灵还是凡间的君王,都说不出他哪件衣服是教会的,哪件又是尘世的。"太热了。"他晃着脚说。大靴子上沾满了尘土,鞋底很厚,鞋带硬邦邦的,这种鞋完全不适合现在的天气。他把胳膊搭在座椅靠背的两边,说:"拿酒来。""就等着这句呢,神父。"阿戈布边说边把一杯啤酒推给他。神父不慌不忙地喝着,直到涓滴不剩。"再来一杯,孩子。"这次他只喝了半杯。阿戈布见神父把杯子攥在手里,便小心翼翼地接过去放在桌上。"有点神清气爽的感觉了。"佐塔神父站起身说道。你能说他是教会的奴仆吗?他的外套很长,但并不是太长,对于普通人而言只是件长一点儿的夹衫。但是对于神父而言,这件法衣就有点儿太短了,而且也不够黑,但也不是红色,或者橘色的。那是一种半明不暗的颜色,上面带着若有若无的条纹。那是件优雅的外套,有点儿像旧时的大礼服。对于神父来说,它不够黑、不够长,对于普通人而言又太窄太长了。神父用一套穿花蝴蝶般的动作迅速脱下外套,只穿着一件灰色的薄绒衣。他的领口散着，裤子上系着根宽皮带。在绒衣的领口处，一根粗项链上挂着个精巧的银质十字架。见椅子用四条腿蹦跶着向他走来，便将外套放在上面。"神父，你坐这儿。"他小心翼翼地把外套折好安放上去，怕它被弄皱了，或拖到地上。"而你，佐塔，坐在这儿！"他一边自言自语，一边坐回自己的椅子上。"我的兄弟们，"他接着说，"我的嘴觉得渴了，我们可以开动了。灵魂才是最重要的，你们这帮混子，而不是你们可耻的行为。口腹的奴隶们啊，趁我不在的时候就吃上了。我原谅你们了，而且要对你们说：'跟我一起喝酒吧！'"大伙儿哄笑着碰了杯。"摩西里尼！"阿戈布喊道，"我们要的白兰地呢？""这天喝白兰地太热了，阿戈布。"佐塔神父说，"我收回之前的话，还是喝啤酒好了。""我不喝啤酒！"阿戈布嚷嚷着，"摩西里尼！拿白兰地来！谁爱喝就喝，不喝拉倒！""你们喝吧。"佐塔神父说，"看，白兰地来了。"桌上放着盛白兰地酒杯的托盘，暗金色的液体还在小高脚杯里晃动着。阿戈布伸手抓起一杯，一仰头倒进了嘴里。他的脸像一块干海绵般绷紧了片刻，噘着嘴，肩膀在寒风中抽搐。"喝吧！乐吧！"佐塔神父说，"就算把桶里的酒都喝光了，这个老实人的屋子里还会再现迦拿婚宴上的奇迹①的。兄弟们，逝者一去不复来，万贯家财一场空，兴衰起伏皆是梦，只有笑面人生的人才能一直笑下去。"

"说得好，神父！"阿戈布说。

"祝你们平安。"佐塔神父说。

阿戈布又喝了起来。"不早了。"德鲁伊格工程师说，"我得回基地去了。""信仰才是你的基地。"佐塔神父说，"但是信仰，兄弟们，就如同过眼云烟。我已经不信了。""神父，这么说可不妥！"勒敦格老师说。

神父把胳膊向两侧抻开，关节嘎巴作响，头顶上的短发根根直立。现在能看到他的络腮胡子了，但没人知道是刚长出来的新茬，还

---

① 《圣经》中耶稣将水变酒的神迹。

是刮剩下的须根,所以也说不清他到底长没长胡子。下颌张开的时候,上面会泛起一片深色的泡沫,但当下颌紧闭,皮肤又会恢复光洁。哪儿能找到手艺这么棒的理发师啊?神奇的是,如果你仔细看,会发现他那件灰色的绒衣其实是一件有很多扣子的背心,比立领军装更长,比斯大林式礼服更合体。真见鬼,它只不过是件绒衣。神父把绒衣下摆从裤腰里拽出来,盖在宽皮带上。"兄弟们,"他说,"也许这么说确实不中听,但真话就是那么不中听……"

"听着,神父,"勒敦格老师说道(他说话的时候,肉体仿佛会和话语分离开。整个人都消失了,取而代之的是一种自主的,和他本人一样强大的力量。那是一种客观存在,一种混杂了冷漠、盲目的责任感、无聊、怜悯、愤怒、恐惧、愉悦和好奇的状态。当大人打孩子、尉官或士官操练士兵、守林人驯狗、君主羞辱近臣、政客捍卫原则的时候,都会产生类似的气场),"听着,神父,我给你讲个阿尔盖齐①的故事吧。你知道吗,他也算是当过神父……"

"当然知道。"佐塔神父的脸沉了下来,做了个让同桌众人愉悦、不解、恐惧的下流动作,"怎么会不知道呢,孩子……我信基督,我偷盗,我劫掠,手足兄弟羞于与之为伍②……"

"所以,他是个神父,"勒敦格老师接着说道,"不是吗?他是个教士。阿尔盖齐并没有当一辈子的神父或教士,好吧,这是事实,而且也不可能,不是吗?!但是他经历过,受过这种教育,不是吗?多年以后,哪怕他身边只剩下了自己的亲人和几只猫,有些人还是没忘记他。他们用尽一切机会在媒体上、会议上恶毒地咒骂他。还有些人则假装把他忘了,甚至不敢大声提起他的名字。在一个大雪纷飞的冬季,阿尔盖齐把一件肩部磨破了的羊皮筒子罩在绒布印花背心外头,小心翼翼地踩着积雪,把来自默尔奇绍尔贫民区的神父送到大门口。

---

① 图多尔·阿尔盖齐(1880—1967):罗马尼亚诗人。
② 引自阿尔盖齐的诗作《忧愁》。

那是个圣诞夜,不是吗?神父刚给帕拉斯基瓦太太做的菜肴开过光。两个人都上了年纪,好不容易才踩着齐腰深的积雪走到大门口。神父停下脚步,抬头望着漆黑的天空,向那个更年长的、脸上涂着厚厚一层油脂的神学家提出了自己的疑问。两人是在喝玫瑰酒的时候碰上的。"你认为,阿尔盖齐先生,上帝真的存在吗?"阿尔盖齐用肩膀推着神父向门口挪去,大门敞着,插在雪地里:"听着,神父,你为什么不把自己当成个浑蛋呢?"

"哟嘿,孩子,你扯远了!"佐塔神父说,"扯太远了!我不光知道这个故事,还知道博格查①在《当代人》杂志上写过这个故事。我得说,你没明白我的意思。我并没有像那位来自默尔奇绍尔的神父那样,很市侩地怀疑,我就是不信了!"

"那你还做礼拜吗?"阿戈布突然问道,胸口顶到了桌边。

"还做。"佐塔神父说,但他并不是在回答阿戈布,而是看着勒敦格老师。

"这才是最重要的。"阿戈布说着,又摇头晃脑地靠回了椅背上。

神父这才扭头看着他,说:"你很有福气,孩子。倒酒!我看它是不会自动斟满了,神迹消失了。大家都知道,信仰已经死了,但没有神父是不行的!而且别忘了,你这个滑头又庸俗的家伙!别忘了给我做个透明的蛋,把伯利恒塞进去,当星辰在雪地上升起的时候,就能看到东方三博士跪拜圣子的场景,还有牛的喘息。你这个异教徒,听到我说啥了吗?你啥时候变成这样的,早就说好要做的事,怎么到现在还没做?!现在,我要诅咒你……"

"我还要给尊夫人修菜刀把呢。"阿戈布说,"明天,别明天了,今晚就做,神父。"

"夜里就别做了。"佐塔神父说,"你会涂错颜色的。"

"摩西里尼!再上一轮咖啡!"维济鲁检察官说。

---

① 杰奥·博格查(1908—1993),罗马尼亚前卫理论家、诗人、记者。

"他的音色让我想起了一部电影的台词。"安提帕说,"义正词严,但通情达理!"

"又贫嘴。"勒敦格老师嘟囔着,"你为什么对'义正词严,但通情达理'这种实话也要冷嘲热讽呢?为什么?"

维济鲁检察官不小心弄洒了一杯啤酒。这不值一提,但他却愤怒得脸膛发紫。"我这是撞什么鬼了!"他咬牙切齿地说。酒水浸湿了桌布,泛滥成一个小水塘,浮起浅黄色的泡沫。"我不是成心的。"维济鲁说。他声音颤抖,感到莫名其妙的羞耻,结结巴巴地重复着:"我不是成心的,手不知怎么动了一下。""我看你现在都快哭出来了,你得了吧。"普什楞迦大夫看着维济鲁,忍不住要笑出声来。"我真不是故意的。不是成心的。不是我的错。"维济鲁检察官的眼眶红了,眉头也皱了起来,牙齿紧咬着下唇,"不是我的错。"他一边说,一边用颤抖的手抓起空杯子,转动着放到嘴边。"够了!"普什楞迦大夫说。不知怎么回事,他突然不想笑了。维济鲁把杯子狠狠地砸在桌上,碎片从那一大片酒渍中飞溅开来,鲜血从大拇指和食指间喷涌而出。普什楞迦大夫从椅子上一下子跳了起来。"没事儿。"维济鲁检察官说……怒火消散了,强烈的羞耻感变成了一种孩子气的拘谨,就好像学龄前儿童看到父母皱起眉头盯着自己时会手足无措,委屈得想哭。"不是我的错。"维济鲁小声说着,用一块白色的大手帕把手掌紧紧包扎起来,鲜血很快洇透了薄薄的布料。普什楞迦大夫直愣愣地看着他的手和手帕,看着血迹缓慢而又坚定地晕染开,面部莫名地变得很僵硬,只有眼睛不安地闪烁着,仿佛被一种深深的好奇所引诱,困惑而又惊惧。

"把那见鬼的胡椒放下!"安提帕冲着德鲁伊格工程师说,"把它放那儿,先生,你弄得空气里到处是危险气息。"他大声打着喷嚏,笑声从嘴里喷出来,然后像沙沙作响的泡沫般糊得满脸都是。在桌子的另一边,德鲁伊格用两根手指捏起瓶子里磨好的胡椒面,长时间地搓揉着,像在碾一只从内裤里抓出来的跳蚤,然后把胡椒面撒在手掌上,轻轻地朝桌面上方吹去。

摩西里尼用托盘端着咖啡走进来,臂弯上挂着条浆洗过的白餐巾。"这么热的天气,"他说,"喝杯滚烫的咖啡很不错。真的,这比英国人喝的那种寡淡的茶要好。"

"那可不一定,孩子。"佐塔神父一边说,一边仰头看着房间里那个最黑暗的角落,窗帘杆一直杵到那里,"我不喝咖啡。"

"可是,神父……"勒敦格老师劝道。"没什么可是。"佐塔神父说。"我喝!"普什楞迦大夫伸手抓起一杯咖啡,嘬了一口,烫到舌头了,骂了一声后又嘬了一口。

"神父和医生。"安提帕说,"医生代表着科学和凡人的光明——他救死扶伤;神父则代表着神秘的黑暗——灵魂的病痛!"

"你又在贫嘴。"勒敦格老师说。

"他没贫嘴。"佐塔神父说,"安提帕这孩子笑了。你们看,他在笑。"他扭头朝安提帕看去,面无表情,好像有人把一张玻璃纸粘在了他脸上,盖住了鼻子、额头、下巴,然后紧紧地勒在后脖子上。现在他只有一只眼睛,长在额头中间。独眼巨人的眼睛湿润、通红,从不会因惊恐或厌恶而睁开,只会因怜悯而觉醒。"我能看透你,外乡人。"神父抬起胳膊,用食指抵着安提帕的胸膛,"你是个可怜的家伙,脆弱而无助。而那个泵站的运尸人,上帝啊,却是个强大的暗黑幽灵。听着,你那与世无争的态度愚蠢透顶,却像蜂蜜一样到处流淌,还散发出香茅和甘露的气息。你这条蛆虫,到底是什么人?你以为我不知道吗?你经常去他那儿,去看他的仙人掌、水泵和蜂箱。我知道他,我很了解他!你老是在他的园子里转悠。只有你在笑,他并不笑。也许他就是巴力西卜①,骗子中的骗子!可是,如果上帝已经死了,恶魔又能有什么力量呢?!我一搭眼就知道你想说:'滚蛋吧,

---

① 意为"苍蝇王",腓尼基人的神,《新约》中的魔王,犹太教文献中则是引发疾病的恶魔。

神父！去合作社、农业银行、铁路公司、狩猎协会找份工作吧。或者去给那些领救济的人当会计，算算工分，要不当个技师也行啊。离开教会，去通马桶，干点儿正事吧！如果你不信上帝，就把法衣脱掉！'我知道，你就是这么想的！你，坐在屋子里，自以为是个先知，是上帝派到凡间的使者，以为可以通过开玩笑获得不为人知的能力。你这个傲慢的蠢货，卑贱得像一撮尘土！我告诉你，就因为这个，我才不会离开！我为一种不存在的东西效劳，这正是我的宿命，它让我快乐！这是惩罚吗？那么告诉我，小兄弟，如果上帝不存在的话，到头来又有谁来惩罚我呢?！又为什么惩罚我呢?！所以我不能走，你懂吗？我就在这儿！我跟你们说实话：就因为我为不存在的东西效劳，所以我效命于永恒，自己也能不朽。你们都给我记着……"

* * *

印花帘幕后面是通向厕所的过道，厕所有两扇门。摩西里尼接手酒馆之前的那个老板，用白色的油漆在两扇门板上分别画了一只高跟鞋和一顶礼帽。（"蠢货！"摩西里尼骂道，"不写'厕所'就能让它变香一点儿吗？""那你为啥不把这图案换了呢？""我来换？"摩西里尼一头雾水，"为啥要换？"）普什楞迦大夫还没系上裤裆的扣子，就听到摩西里尼对自己说："大夫，神父真是个了不起的人，他刚刚戒完酒回来。如果我想让别人被酒精折磨的话，自己就得健健康康的。不过我以我孩子的名义对您说，他真是个了不起的人，简直和约尔加①一样聪明，而且心胸那么宽广。他的嗓音，我跟你说兄弟，对不起，大夫，我还从没听到过有哪位牧师有这么美妙的嗓音呢。也许您不信，但我姑姑黛博拉每次去教堂都会坐在一个没人注意的角落里，听佐塔神父的声音。即使在歌剧院，也找不到如此动听的嗓音。我悄

---

① 尼古拉·约尔加（1871—1940），罗马尼亚史学家、政治家、文学评论家、诗人、剧作家。

悄地告诉您啊,别让坟墓里可怜的吉塔大妈听到了。在我看来,只有我的老板摩西才有过这样的嗓音。也许连他也没有,上帝保佑,可惜我再也听不到他的声音了。可是您告诉我,普什楞迦大夫,如果他管我要一杯酒的话,我能不给他吗?如果别人要酒我却不给的话,我还算哪门子的酒馆老板呢?"

普什楞迦大夫把衣服下面刚系好扣子的裤子往上提了提,无语地摇了摇头。

* * *

"虔诚的基督徒们!"佐塔神父说,"给我们的兄弟、上帝的奴仆,如今已在天堂的橄榄园里享乐的科斯塔凯·奥努敬几滴水酒吧。"他的声音在人们头顶上回荡。"现在你听!"摩西里尼靠在吧台上,弯腰透过半掩的房门向小屋里望去。蓬皮丽娅则粘在他身上,也朝屋里张望,没心没肺地笑着。"简直是个奇迹!奇迹!"摩西里尼说。

佐塔神父把一杯啤酒缓缓倒出来,先是泡沫,而后是一条金线,弹跳着撞碎在地板上,水雾飞溅,那是敬献给逝者的酒。欢笑声、说话声、吞咽声都停了下来,几只手纷纷模仿起神父的动作来。"更尽一杯,"他说,"呜呼尚飨。"

"太可惜了,我昨天还和他说话来着,那时还好好的呢。"

"那时还好好的呢。"

"我是今早见到他的,那时还好好的呢。"

"我听说他有个儿子在念大学,是吗?"

"他是不是肝脏有问题?"

"是酗酒的恶果吧。"

"有心脏病吗?"

"什么毛病都没有。"

"那时还好好的呢,真可惜,那时还好好的呢。"

"眨眼就成了四块棺材板,两立方泥土了。那时还好好的呢。"

"不到两立方。"

"谁会去算呢!"

"那时还好好的呢。那时还好好的呢。那时还好好的呢。"

"今天还在,明天就没了。那时还好好的呢。那时还好好的呢。"

"全是废话!套话!"佐塔神父说,"恐惧败坏了你们的肠胃,塞满了你们的嗓子眼。你们真正恐惧的是自己,你们这些罪人!恐惧是你们每天赖以为生的主食。实话告诉你们吧:我是个失去信仰的人,所以只有我是值得倾听的。你们听着……"

"摩西里尼,"维济鲁检察官笑着说,"再上一轮啤酒,喝完我们就走了。趁我还没逮捕他,赶紧把他带走。""天哪,维济鲁先生!"摩西里尼说,"为什么要逮捕他?就因为他失去信仰了?""请您原谅(这些字眼从他嘴里滚出来,怪腔怪调的,像在学说一门外语。尽管能够熟练使用每一个特殊的发音,却不知道那门语言中每个词的真正含义。如果做个小实验,让一个真正懂那门语言的人竖起耳朵去听。'这是啥鬼玩意儿?'他肯定会大感不解,而且越听越不安,'确实是那门语言,可我啥都听不懂。'),您别生气,"他接着说道,"不过,好吧!也许我就是头穿着鞋子的蠢牛。怎么?维济鲁检察官先生,看来您没人可抓了是吧?!"维济鲁表情变幻莫测地看着他,眉头拧了起来。"你在那儿嚼什么蛆,嗯?"他嘟囔着。摩西里尼也用同样的方式,嘟嘟囔囔地说道:"有那么多的小偷、扒手,还有那些盗窃公共财物的二流子。""你在说什么呢?……"维济鲁检察官的眉头皱得更紧了,但怒火却没能发泄出来,而是慢慢转变,消退了,取而代之的是惊讶和松弛。因为这时,摩西里尼不再喋喋不休了,比起他说的话来,他的动作更具观赏性:笑吟吟的脑袋牵引着瘦小而敏捷的身子,飞奔的双腿仿佛在地面滑动,就像一个身着红背心、头戴系有铃铛的绿帽子的溜冰者正准备飞身越过一排酒桶,穿着提罗尔服饰的漂亮姑娘们则在冰场上慢慢转着圈。更叹为观止的是他的双手,每只手都提溜着四个啤酒瓶子。要用手指头夹住这些瓶子，需要高超的技巧，就像杂技演员在耍橡胶，或者软木棒子。马戏，马戏团有谁会这一手吗？"嘿，小伙子，嘿！"维济鲁检察官攥着满满一杯酒，柔声叫道。摩西里尼则用优雅缓慢的姿势给其他人斟着酒，表情平静而谦恭，丝毫看不出他刚刚赢了一局。"维济鲁啊，维济鲁，"普什楞迦大夫问道，"那个茨冈人上哪儿去了？""你说啥？"维济鲁迷迷糊糊地答道。"就是那个叫尼亚克舒的歌手，背着个带风箱的破提琴，他上哪儿去了？还等着他给咱们唱《金色青春进行曲》呢。这该死的家伙刚才从哪儿进来的？""你说啥？"维济鲁检察官还是没听明白……门口的桌上放着佐塔神父的帽子，旁边是一个光溜溜的空盘子。宽大的帽檐边上有张餐巾纸，上面放着块咬了一半的面包芯，有人刚刚用它擦过盘子。

"大家听着！"佐塔神父略带鼻音的声音低沉地震颤着，"让牧羊人告诉你们吧，你们这些羔羊只知道在大漠的寒风中，躲在坑边咩咩地叫。你们一无所知，而我却能洞悉一切。听着，那天我在太巴列湖①边见到我们年轻的安提帕了，他正在和那个叫安盖尔的运尸人聊天呢。我全听到了，呵呵，不过别指望我告诉你们听到了什么。好好反刍，安安静静地嚼你们的草吧。把眼睛闭上，就看不到虚空了。我知道你们在想什么，你们肯定在想：'都不知道这家伙有没有被免除神父职务，却还在以上帝之名说教。'呵呵，这不关你们的事。我想对你说，普什楞迦：上帝就是人，作为治病救人者，现在你得相信这一点。他不在别的地方，就在人心中，魔鬼也一样。就像疾病在人的体内一样，而且人是能够被治愈的。你就是个崩坏的人道主义者，普什楞迦！世界无非是虚实交替而已，这种交替的节奏会划过你的脑海。勒敦格、勒敦格，我知道你，你个酒鬼！你喝酒的时候就是实的，不喝就是虚的。咕噜、咕噜，你肚子叫了。还有你这条恶狼，德

---

① 又称加利利海，是以色列境内最大的淡水湖。

鲁伊格！你和你的助手——维修车间主任的老婆搞破鞋！我知道你是个拍马屁的家伙，你的舌头是说不出那种话的。不过，你是个干实事的人。没错，也许你会说，宇宙是对各种材料强度进行运算的结果，是由一些加强筋围绕一根轴线和一截钢梁构成的。你就是这么认为的，你这傲慢的家伙！你甚至还以为通过几何公式和运算，可以在机床上加工出一根世界之轴来。你倒是试试看啊，大院士！而你的脑子里，阿戈布，是一条一边用牙撕咬，一边惊恐地四下张望的豺狼。你这个贪得无厌的奸商，总是以为自己运气爆棚，头脑灵活，能靠那些偷奸耍滑的小伎俩挣钱！你这呆子，不知道自己其实是个很能干的人，如果当哲学家的话，肯定会比一个穷教士更有思想。你会说：世界就是怜悯之心！这纯粹是乞丐的想法，但只要你的漆布钱包里还有银子，只要你做的事还能挣到银子，你就可以这么认为。其实真没几个钱，但你却以为有很多！（'啊哈哈哈哈呵呵哈嘻嘻哈！'桌边的人们爆发出一阵哄笑：'太棒了！''神父真是个伟大的演说家！''哈哈哈哈呵呵呵嘻嘻嚯嚯，接着说，神父，接着说，太棒了，太棒了！''告诉他们，嚯嚯嘻嘻，这就对了！''真行！我喜欢，嘿嘿嘿！'在门的另一边，一个长着长鼻子、两手布满褐色斑点的老人站在高桌边，用一个长颈瓶喝啤酒。摩西里尼对他说：'多美妙的嗓音啊！你听，你听！他的嗓音简直，太神奇了……'）还有你，维济鲁！大天使，把你的火焰之剑熄灭在啤酒杯里，听听一个叛教者是怎么说的吧。你会说，世界就是遵纪守法，公正则是施行法律的结果。确实是这样，你别着急，冷静下来好好想想。你这个幸运的百夫长，应该在奶油里洗澡，而不是火烧火燎地像在沥青里一样。嘿嘿，至圣的安提帕，你听到天堂的号角，听到鸽子在对你说话了吗？你也抱着羊羔吗？你能让瞎子重见光明，让瘸子离榻起身吗？你以为真的明白自己知道的东西吗？安盖尔的声音回响在你耳边，如烟似幻。那个疯子！现在，你脑海中一定出现了他说的话——世界就是我的意志，以及我洞察命运的力量！如果真的是这样，那让我来问问你，可笑的家伙，我又能活多久呢？何时又能渡过冥河呢？"

"很快。"安提帕说，"就在今天。"

"呵呵，"佐塔神父狞笑着，"你真以为我没法主持好心的科斯塔凯·奥努的葬礼了吗？"

"去不了了。"安提帕说。

哄笑再一次从静默中爆发出来。"乌拉！"阿戈布大叫，"再来一轮白兰地！摩西里尼，摩西里尼！给所有人都上白兰地！"

安提帕站起身。"摩西里尼，"他问道，"我该付多少钱？""给！"摩西里尼一边说，一边把账单递给他（他什么时候结的账？），"您的账单。""不用付！"阿戈布叫道，"安提帕大叔（他带着哭腔，带着一丝可笑的屈辱，就像一个小丑受到了侮辱，却没人相信他——这种深刻而真实的痛苦会因此获得别样的含义吗），安提帕大叔，先生。（维济鲁检察官笑得停不下来，笑声中夹杂着欢快的喘息、呻吟、打嗝声。勒敦格老师和普什楞迦大夫咬着耳朵，不时发出咯咯的笑声，就像寄宿学校的姑娘们在睡前闲谈。两人的头都低垂着，腿向两边叉开，用脚后跟支着地面，整个人都瘫在椅背上。就像支撑着牲口棚大门的那两截木桩子，不是很重，也没有太多疖疤。佐塔神父坐在那里一动不动，一声不吭，他怎么坐到墙角去了？）"安提帕大叔，这可不行！"阿戈布抽泣着，"今天我做东，我来付账，谁都别抢。安提帕大叔，我做东……""好吧，"安提帕说，"但别算我的。我的账今天自己付。"

安提帕付了账。"谢谢！您慢走！"摩西里尼说。尽管他瘦弱的身材很不起眼，但还是像一个经验丰富的领班那样鞠着躬。"再见了。"安提帕说。"你个机灵鬼。"德鲁伊格工程师说，"一直到现在你都没说要挪窝。我才是那个有事要忙活的人，你倒先走了。""我十二点有个会。"安提帕说。"大家再见了！"他向门口走去，伸手去抓门把手。门本来就是半掩的，不用他去开。

突然，佐塔神父快步向他走去，但半道停了下来。他看起来更高了，胸膛宽阔，肩膀消瘦。这位隐士的面颊扭曲着，咆哮道："不许咒我！"他叉着腿，向前探着脖子，伸手指向安提帕。后者刚刚把门推开，并没有回头。"不许咒我！"神父吼道，而其他人仍在哄笑。

摩西里尼弯下腰，贴耳在阿戈布嘴边（后者跷着二郎腿，叼着根牙签，两只手插在饰有民族图案的皮带里，靠在椅子上高谈阔论）。"不许咒我！不许……咒……我！不……许……咒……"神父伸着的手垂了下去，膝盖慢慢打着弯，声音戛然而止，但旁人的谈笑还在继续。一个高大笨拙的身躯抽搐着倒在地板上，身边是翻倒的座椅、破碎的杯子、厚薄不一但同样锋利的紫色透明玻璃碴、烟蒂和烟灰，还有啤酒从瓶子里无声地淌出来。他摔倒的时候扯落了一块桌布，湿答答的满是污渍，如今正盖在他的腰间。刚才还是一个人，转眼就成了只翅膀臃肿的大虫子，又大又软，在沉睡中静静死去。

第十六章

"是的,他死了。"普什楞迦大夫从神父身边站起来,一边说,一边用柔软的手指心不在焉地掸了掸刚才跪地的那条裤腿。软绵绵的手掌拍打在硬邦邦的呢料上,就像你剃完头之后,理发师用一把扎人的小黄刷子熟练地清理你的肩膀和翻领,"是的,他死了。"那个叫蓬皮丽娅的姑娘顺着门框慢慢瘫倒在地上。"拿水来!"一个女人的声音响了起来,好似鸟群飞过阴暗的沼泽,硕大而笨拙的头鸟发出一声悲鸣。包间里的人一动不动,像严寒中冻僵的鱼,或是夹在岩层中的蕨类化石。门后传来愤怒而深沉的骚动,外屋的桌边人头攒动。低语声消失了,取而代之的是受惊后发出的嗡嗡声。恐慌像一股黄色的蒸汽,迅速弥漫在空气中,被可悲、可笑、贪婪、急切、恶毒的好奇心驱使着。上千个丑陋的脑袋争先恐后地夺门而入。而那扇门的门板,则在普什楞迦大夫的命令下(是的,他的木然和困惑突然消失了,开始和小包间里的人一起,在尸体边奔跑、尖叫。"担架!救护车!"大夫喊道。"你刚说,你刚说他死了。"勒敦格喊道。"是的,他死了!担架!救护车!"人们的叫声似乎让自己更害怕了。"救护车!""可你刚才说……""打电话!叫救护车!叫警察!"维济鲁喊道。人们手忙脚乱,口沫横飞,把下巴都弄湿了。"救护车!担架!""可你刚才说……""担架!救护车!快!快!快!")被从合页上拆了下来,扔在地上充当担架。一堆脑袋滚向包间门口,越聚越多,所有人都吓得咧开大嘴,扯着嗓子大喊。直到维济鲁检察官大喝一声:"站住!谁也不许进来!都站那儿别动!"(不知道人们是怎么听到他的命令的。)他们才在门槛前止步。

* * *

普什楞伽大夫解开蓬皮丽娅的衬衣,手掌在她光滑的脖子上游走。她的脖子不太干净,皮肤被抻开了,上面冷汗涔涔的。"拿水来。"他哑着嗓子,用冷漠至极的语气平静地说道,心想:"这得用多少水、多少德国香皂才能洗干净啊?海滩上德国人的气味真好闻,他们用了多少洗衣粉、面霜、热水、香皂块、芳香泡沫啊?她的皮肤像母兔子一样,得用多少才能把上面的洋葱味、油烟味去除干净,只留下母兔子的气味啊?""拿水来。"他又说了一遍。挤成一堆的人头中伸出一截胳膊来,像是一柄长长的钳子,夹着一个装满水的豁口缸子。维济鲁检察官站在挂电话机的墙边,用拳头捶打着电话机的灰色金属外壳:"喂喂喂!"一个警察不请自来,出现在门口。他一言不发,只是冷眼旁观,直到看见检察官才向前走了一步,在一旁候着。检察官没看见他,于是那个穿制服的人一直等到他转过身来才开口说:"您好!"勒敦格老师朝门板上佐塔神父的尸体看去,门板被架在两把椅子上,黄铜门把手有一半杵进了死尸的腰眼里。他一只手拧在身后,一条腿蜷向一侧。如果从上方往下看,会觉得神父正在一边趾高气扬地说笑,一边偷偷拧身后的门把手,想要开溜。他脸上的表情也是那么狡猾、好奇、阴险,仿佛要力挺,或者陷害某人。没错,他肯定密谋要这么干!德鲁伊格工程师凝视着自己手中的叉子,不知它有何引人入胜之处:是那像淡水小鱼一样光滑的叉柄呢,还是那滴着油的叉齿呢?

"我看着他,"阿戈布后来是这么说的,"看他手里拿着个小玩意儿,但脑子里肯定在琢磨什么。他是不会直愣愣地盯着那块破铁皮看的,这不可能!"阿戈布的作坊里,印花窗帘被拉到一边,三合板钉成的隔墙跟天花板之间空了一截,板壁上贴着些从杂志上剪下来的画片,有碧姬·芭铎、伊丽莎白·泰勒、维尔娜·丽丝、弗兰克·阿达莫,有吉娜·劳洛勃丽吉达在《一百零一夜》中的剧照,还有贝诺内·西努列斯库、拉蔻儿·薇芝、宝冢歌剧团的姑娘们、汤姆·琼斯、克劳迪娅·卡汀娜。

照片有彩色的,有怀旧色调的,也有黑白的。都是些一本正经的照片,其中很大一部分来自罗马尼亚杂志,特别是《电影院》杂志。裁剪下来的页面上还留着几条注释,言辞体面、庄重,甚至有些严厉,带着惯有的说教意味。我们要淡定!可是面对美酒、香车、名烟时,嚯嚯,这酒!这车!这烟!上帝啊上帝,我的主人!如果你手拄木杖、身着麻衣降临凡间,到迪亚卢-奥克纳阿戈布的作坊里来看一看的话,就会变得更睿智了。那里的一切都属于他:从钟表匠到马戈特,到那个修理收音机和电视机的人,再到合作社里的所有员工,包括理发师、裁缝、皮货商、卖刷子的、卖头巾的、卖衣服的,连同他们的主席和会计师在内,所有人都得听阿戈布的,都是他的奴仆,而不是你上帝的……金色和天蓝色条纹,是新款使馆牌超柔香烟;地图、金矿、镐头、紫色的河滩、淌着金沙的破皮袋,是本森哈奇牌特制过滤嘴香烟;奶白色瓶子、金色瓶盖、装着冰块的高脚水晶杯和凉丝丝的杯口漂着的柠檬片,是杰彼斯干味金酒——"拨云见日的感觉";度假木屋的前身穿夹克和红色毛衣、脚蹬软皮短靴的幸福一家人,是标致504——"迁徙,法国式的优雅";一位绅士胸佩勋章,手握细长锥形杯,是汉凯起泡酒——"古斯塔夫六世·阿道夫陛下的钦定供应商";路虎2000——"一款源自路虎辉煌传统的前卫车型,时速一百七十公里,专为周末和节假日而生";袋鼠班纶男装——"永远清爽、永远干净";金色的酒液汩汩流出,像金条一样灌进科特斯麾下军士们的口中,是克伦堡凯旋1964啤酒;宝马1600GT摩托——"卓越的性能、卓越的价格",有红色、黄色、金色、烂樱桃色等多款可选;免税雪铁龙TT轿跑车——PPA授权代理出口;碧海青山、光滑的客栈山墙、适度熏染的房梁、铁艺栏杆、融化的玻璃、半天工夫就能长出苔藓的石头,几种基色的色调变化层次分明，还有袖扣、纽扣、衬衫、打着响指发出的魅力无边的微笑，那是最负盛名的烟草品牌——乐富门金装过滤嘴香烟——"随时随地，无与伦比"；巨大的黑色瓶子，是限量版安妮女王苏格兰威士忌——"源自1793"；黑色方框内，一匹白马浮现在黄色的背景上，那是白马牌香烟——只见那匹神骏的白马肋插双翅，轻盈、静默地飘向空中，折射出哲理的光芒……

低矮但宽敞的作坊只有一扇窗。靠霓虹灯管照明的橱窗里陈列着马戈特制作的艺术字样品。灰扑扑的玻璃搁架上放着一个电视显像管、一个阴极管、一个带指示灯的飞利浦收音机旧机箱，还有一台座钟。一个、两个、三个用锡纸包着的立方体拼装成几级台阶，上面有几条黑色和黄色的皮带，还有三个坤包，那是阿戈布的零配件。此外还有衣柜门的把手、铅笔盒、钥匙圈、纽扣、珠子、胸针、发夹、梳子和一座带三个尖塔的城堡。在橱窗的中央，四根细细的铜条悬着一个挂表，青铜表盘上的罗马数字和黑色指针，仿佛构成了一座呆板的水榭。它们被扣在一个玻璃罩下面，罩子上落满灰色花粉般的尘土。服务员、教师、军属、文艺工作者、警察、医生、工程师、保育员、职员、农民、工匠、菜贩、职高生、艺术爱好者、律师、服装厂女工、司机，无论什么人都会有求于他们四个。而他们四人每人都有一张工作台，每张工作台上都有一盏照亮他们双手的台灯。桌上是一堆堆的空盒子，搁架上摆满了各种收音机和电视机零配件、电灯、电容、阴极管、扬声器、拾音头、小电机。此外还有几台完整的收音机和电视机，那是人们送去维修的，要等上好几个星期才能修好。"明天就好，明天就好。"你只要付钱就行了，根本没法知道维修师傅更换了什么，加装或拆掉了什么。其他搁架上则放着些铁制品、瓷器、铝制品、合金制品、几件与那些工作毫不相干的仪器或配件，以及凿子、锤子、钳子、手锯、改锥、烙铁等工具，还有煤油灯、活塞、水龙头、各种外壳、链条、大齿轮、小齿轮。墙角则是摞在一起的三个汽车轮胎、几个自行车架。一把自行车辐条用铁丝扎成一捆，靠在铸铁火炉边。冬天的时候,这个炉子会被安在屋子中间,烧煤取暖。

"马戈特!马戈特!"阿戈布坐在自己的工作台前,头都不回地沉声叫道。小矮人从椅子上跳下来(只见他双手在桌边一撑,两脚就从高高的椅子上飞跃而起。之所以坐那么高的椅子,是因为他不想用特制的桌椅。他得像所有健全的男人一样,在真正的工作台上干活,坐真正的椅子,睡真正的房间,他的所有东西都必须和健全人一样。这么想是有道理的:难道他穿的不是四十二码的鞋,戴的不是和阿戈布一样的帽子吗?难道这顶帽子对他来说会显得太大,会盖住耳朵,垂到嘴边,必须用牙咬住吗?如果他的脚丫子和一个身高体阔的男人一样,脑袋也别无二致,但人们只关注他不到一米一的身高,像鱼鳍一样短的胳膊的话,这公平吗),应声道:"阿戈布大叔。""好了,炉子安好了,烧得很旺。"小矮人双手扒住椅子,先攀上去一个膝盖,然后是另一个。"你看看炉灰,别堆得超过标线。"阿戈布说。于是小矮人再次从椅子上跳下来,之后又爬回座位上,扭头对阿戈布说:"搞定!"他眼神专注,仿佛在等待下一个指令。"很好,很好。"阿戈布沉声说。小矮人立刻投入自己的工作中,他抓住铁丝,钳子飞快地舞动,一脸满足的光芒,这是一种奇特的幸福感。钟表匠用眼皮夹着放大镜,他的手指还是那么粗壮、僵硬,却异常灵巧,让人难以置信。他总是用一把长长的镊子颠来倒去地摆弄纤巧的手表,把它大卸八块。每天,镀镍的镊尖都要成千上万次探入装了一半汽油的表壳中,从里面捞出微不可见的小齿轮,还有盘绕成螺旋形,比头发丝还细的长长的钢制发条。他岁数不小了,一颗秃头锃光瓦亮,敏锐的耳朵总是在窥探着什么。头一次见他的时候,你会觉得应该用又厚又短又硬的头发把他的耳朵盖住,也许有朝一日它们真的会把自己藏起来的。他的东西并没有放在搁架上,而是放在长桌的桌面上,或藏在桌面下的无数个抽屉里。

第三个人自称是电视和收音机修理专家,成天一边转动旋钮,一边把脑袋塞进落满灰尘的机箱里。他只靠耳朵听,就能用烙铁焊东西。他能听到焊锡在流动，听到银色的焊点瞬间凝固，听到落满灰尘的指示灯在闪烁。调台面板泛着绿光，随着旋钮的转动，树脂的气味在尘土飞扬的机箱里弥散，发出刺耳的嘎吱声，仿佛在歌唱、交谈、抽泣、抱怨、呻吟。黑色、白色、黄色的声音混杂在一起，相互干扰，像一堆跳蚤从老猫的皮毛里蹦了出来。万花筒？旋转木马？你该怎样形容这纷乱而滑稽的世界呢？这个世界带动了一块布料，那是老式飞利浦收音机喇叭上的蒙布，虽是麻的，却如丝般顺滑。那个喇叭本身像个咖啡色的蛋糕，但面坯子太大了，还没等你从里面找到一颗花生米，就已经吃腻了。

好吧，没错，最后出场的是所有人的头头——阿戈布。阿戈布是在某天晚上乘火车来到迪亚卢－奥克纳的，之前走南闯北，在全国各地做有机玻璃制品。图尔达、福克沙尼、卡拉法特、巴亚马雷、蒂米什瓦拉、布勒伊拉、康斯坦察、布加勒斯特，这些地方他都去过。他起先跟着著名的约内尔当学徒，后来成了他的合伙人，不对，应该说是工作上的同志。只有在约内尔手中，一块飞机舷窗玻璃才能变成一个完美的水晶球。它像混沌的世界一般无瑕，如同上帝的眸子一般清澈。从前有约内尔大师，如今当数阿戈布。他到迪亚卢－奥克纳来纯属偶然，而且不会待很长时间。他的工作台很窄，所有工具都是闪亮、锋利、修长的，还有袖珍的台钳和蓝汪汪的喷灯火焰。阿戈布直起身子，心满意足地用手摩挲着桌面，狠狠吸了几口气。最近他在一本杂志上看到，心脏就是一台泵，这是一位著名科学家说的。也许吧，但在他的胸膛里，这台泵并没那么重要，它只是在不停地怦怦跳动，像只可笑的知了，像只虫子。总之，就眼下而言，没有什么比让空气咆哮着进入由软骨构成的隧道更重要的了。没错，空气让他感觉自己很健康，可以主宰一切。"马戈特！拿点牛奶和泥肠来，我饿了！""是的，空气被吸进了那个强劲的涡轮。我告诉你，阿戈布，这个涡轮比你的泵更重要。""没错，大夫，这可是最赚钱的买卖。我们输入的只是空气，这种原材料一文不值，却能产出巨大的收益。

不过你的泵也会滴下点东西的,你看我都快捶胸顿足、号啕大哭了。我朝小矮人的屁股上踹了一脚,又照着他的后脖子捶了一拳,然后抱起他,亲了亲他皱巴巴的脸蛋,还给了他二百列伊。我哭了,为了那个侏儒插科打诨的人生,我就得付出自己的心血……"

"摩西里尼!"阿戈布叫着,"摩西里尼!"他艰难地抬起头,双手撑在桌面上,胳膊肘甩向两边,好像在从一个坑里往外爬。他刚才是睡着了吗?出什么事了?勒敦格老师的脑袋怎么长到普什楞迦大夫身上了?普什楞迦的脑袋为什么又在维济鲁的肩膀上?德鲁伊格的脖子上怎么会是安提帕的脑袋?安提帕的身子又上哪儿去了?难道是热化了吗?警察的面孔在拥挤的人头上飘浮。"摩西里尼!摩西里尼!"摩西里尼从虚空中复活了,走了过来,只见其人,不闻其声。他一瘸一拐地走过来,身后拖着条毛茸茸的大尾巴。

"哥们儿,如果你还全须全尾地活着,倒是说句话啊!你真以为亲友的死能让你洞悉真相吗?真以为靠近死亡能让你茅塞顿开吗?哟嘿,都是屁话!"死亡笼罩着这座不起眼的房子,薄得可怜的铁皮屋顶上竖着两个烟囱,这座土坯宫殿就是摩西里尼国王实施统治的地方。他这个摩西太渺小了,渺小得就像粘在伤口血痂上的沙粒。就是这粒沙子,在摩西下山时划伤了他的脚底板。伤口痊愈后,血痂也随风脱落,这粒沙子掉落下来,被扔进了岁月的长河中,如今变成了一个对其血脉记忆惶恐不安的小人物。不过他生性开朗,是个往葡萄酒里掺水和用平底锅煎香肠的小王子。难道就因为这座小房子如此重要,死亡才会在这里降临吗?你说呢?!就算是这样,又有谁会相信呢?!它的来访如此低调,悄无声息,却有着至高无上的荣耀和举足轻重的意义……摩西里尼和阿戈布在结账,阿戈布报着金额,摩西里尼在一边记录。死神来了,他也许会离去,也许连他自己也会死在这里!我们兴高采烈地迎接他,可以派专人服侍他,比如仆人或秘书之类的,派个我们的好兄弟,就像我们自己亲身伺候他一样。我们的大限还没到!我们还有工作要做。如果他不愿意的话,别搭理我们就好了。尽管他像个大富婆一样，给的薪水很优厚，但其他富婆给的待遇也不错，就算他是最有钱的也没用！"胡椒粉和辣椒就算了。"摩西里尼说，"咱是实诚人，如果这都要写进账单里，也太过分了吧?!""好吧，"阿戈布说，"胡椒粉和你说的那什么，不写进去。"他转了转右手无名指上的金戒指。"接下来，好了，你画条线算下总账。""好的，当然。"摩西里尼说，"咱这就算一下。账这么难算，你们到底有几个人啊？如果不是因为屋里还有个死人，我们都能拿这事开玩笑了。"说着说着，他就蹲了起来，两脚悬停在离地大约两个手掌的高度上（他腰部以下的部分似乎变轻了很多，向上跃去，显得比上半身要轻很多。现在已经蹲得很高了，但还在不断上升），整个人都支在他的铅笔上，在铅笔的顶端招摇，大家都见过撑竿跳选手吧？窄窄的纸条上，奇形怪状的符号代表着面包、肉、大蒜、咖啡、白兰地、啤酒、泡菜和肥的、酸的、咸的、油炸的。"你在哪儿呢，摩西里尼？你他妈的藏哪儿去了？"阿戈布吼道。"完事了！"摩西里尼说。"好吧，不过别把日期也加里头去，摩西里尼！别忘了，六月二十一日不是个金额。你知道我的，该付多少我都会付，但我不喜欢被人耍。""谁喜欢呢?!""摩西里尼，"阿戈布又说，"我突然想扇你几个大嘴巴，或者冲着你的裤裆、后背或屁股踹上一脚，把你的烟熏排骨给踢断两根。去你妈的，你听见没？"阿戈布作势要从椅子上站起来，随后又坐了回去。"算好了。"摩西里尼说，"其实也没多少钱，四分之一升白兰地才几个波尔而已……""几个波尔？""七个！"阿戈布的状态立马变了，似乎既满足又平静，还有一点愉悦。是的，这是一种心满意足、兴高采烈的愉悦感："啊啊啊啊！摩西里尼，你这个骗子！简直在戳我的心！你说多少？是七个波尔一升吗？你再说一遍！""七个波尔。"摩西里尼说。"那见鬼的四分之一升就值七个波尔？我的老天！七个！噢噢噢噢！"阿戈布哀叹，"你在哪里啊，佐塔神父，保佑我吧！你没法来这儿见证奇迹。这个价钱创纪录了啊，神父！你去哪儿了啊，我的好心人啊？他们一个个都不吱声，哪怕连形式上的抗议也没有，没有一个人站出来反对！摩西里尼，你过来，让我亲你一下……"酒馆老板把额头伸了过去，四周的吵闹声、哭喊声和各种气味仿佛离他们很远。喇叭声再次响起，随之而来的还有警笛的啸鸣，这是救护车到了（"你们他妈的这会儿还来救个啥？"维济鲁检察官一边想着，一边用不容置疑的声音发号施令，于是他身后又多了个警察）。

阿戈布庄重得像个小丑，正在马戏场上享受被大象剃须的服务。只见他低下头，把噘起的嘴唇贴在摩西里尼的额头上。他俩强忍住笑意，憋得浑身发抖，一种无法言表的惺惺相惜之感拉近了二人的距离。阿戈布和摩西里尼都被那个死讯吓坏了，但是他们俩还活着。活着纯属偶然，庄严而怪诞。没错，没错，这种感觉就像柯瓦廖夫少校①的鼻子穿着晚礼服走进了教堂。有人调整了风扇的角度，让它朝向门板上的尸体，吹得盖在尸身上的桌布轻轻颤动，好像有人在里面平静地呼吸。"摩西里尼，"阿戈布问，"能马上说出我喜欢怎么喝酒吗？""喝得快，喝得多！就是这样，太棒了，能喝多快喝多快，能喝多少喝多少！""住口！哦嚯，哦嚯——哦嚯，摩西里尼！"阿戈布突然嚷嚷起来。这时，酒馆老板的铅笔悬在半空中，他整个人挂在上面，双脚在空气中踢腾。"摩西里尼，你离我近点儿。你他妈的怎么老是跑，还老是晃来晃去的？你赶紧把剩下的这些啤酒给我倒上，然后看着我，听我说，你住口……"摩西里尼看着阿戈布，他弯腰站在那里，一个胳膊肘支在桌子上，手掌托住下巴，表情恭顺，就像草台班子的业余演员一样。这是一种暗含着厌烦、戏谑和自我满足的恭顺。大堂里，人们挤在矮坡下看热闹，拍手大笑，"我的孩子，你看他真是太他妈有才了！太棒了！太棒了！我对他太了解了。他们几个在一起工作，每天都来聚会，半个月结一次账。他们掏钱喝酒，而他总是做出这样一副表情来逗他们。只要他们笑了，他就变成了个大人

---

① 果戈理小说《鼻子》中的主人公。

物。甭管怎么说，他在这个舞台上特别逗乐。那些一文不值的表演艺术家我见多了，就凭这变脸的绝活，这家伙就比他们强一百倍！没错，就是星期天早上，在林业局的电影院里。人们都穿着硬邦邦的新鞋子，鞋底是浅黄色的，鞋头圆溜溜的，像胶木球一样。他们嗑着瓜子，姑娘们的头发都用醋洗过，还抹上了核桃油，散发着古龙水的香味。头巾的颜色五花八门，化纤衣服只要动一动就会窸窣作响，所以这种衣服也被称作'窸窣'。啤酒和烤肉丸的气味混在香草糖的云雾中，曼陀铃乐队是由职业中学的学生们组成的，黑乎乎的天花板上还挂着五彩缤纷的皱纹纸拉花，那还是过除夕时留下来的。"摩西里尼还在等着，阿戈布眼皮都快抬不起来了。"听着，摩西里尼，"他说，"你有当矿工或农民的兄弟吗？""你落伍了，阿戈布先生。"摩西里尼说，"如今我们要换个角度看犹太人的问题了！""我就问你有没有！""没有！""嘻，嘻嘻，我也没有。"阿戈布偷笑着，"嘻嘻，看看性别平等意味着什么吧。嘻嘻嘻，瞧瞧，一个像你这么聪明的犹太人也会上我的当。你以为又出现了一个反犹主义者了吧，而那个人就是我。嘻嘻嘻。""一个聪明的犹太人从不会相信会有那种人出现。"摩西里尼说。"嘻嘻，"阿戈布又窃笑起来，"噢……"他突然叹了口气，不笑了，脸也挂了下来，"佐塔神父有一次不是大骂你是'法利赛人'① 吗？"说着，他的眼角不禁流露出笑意。"说真的，我没心情开玩笑。"酒馆老板伤心地说。"摩西里尼，"阿戈布说（他好像突然清醒了，神情紧张，随时准备跳起来），"你说说看，摩西里尼，我要听你亲口说，我到底喜欢什么。我可以付钱，一列伊、两列伊、三列伊一个词都没问题，说吧，说吧……""我说与不说不都那样吗？那我为什么要说呢？！""不说的话，我就在刚才提到的部位踹你两脚，然后用切割机把你的尾巴割下来！你听见没？快说，快说！"阿戈布从椅子上滑落下来，吼叫声成了卑微的啜泣。他跪在地上，一只

---

① 犹太人的一个宗派。

手抓住酒馆老板的脚踝,把自己的额头贴在上面,另一只手则拽着摩西里尼白布短上衣油渍麻花的下摆。"你倒是说啊。"阿戈布哽咽着,"说啊,你看我都哭了,我连这该死的面子都不要了。你说啊,说啊……"摩西里尼无力地拽着阿戈布的肩膀,想把他扶起来,并试图把自己的衣服从他紧紧攥着的手里扯出来,"我说,行了行了,我说!我说还不行吗?你起来我就说,你放开我我就说。这又不是什么难事,我说……""赶紧说!"阿戈布又嚷嚷起来,"快说!不然把你的脑瓜子给砸开!""就算有人不让说我也得说!你这其实是在报复。"酒馆老板喘着粗气(他耷拉着眼皮,梗着后脖子,好像想要记住自己说的话,或者恰恰相反,想要把从前有意无意间记下来的东西说出来),"了不起的阿戈布就是这样报复我的。""摩西里尼。""就是这样,他就是这样报复我的。他说不会放过我。我还能说什么呢?他说不会放过我。""我放过你了,说吧,说吧,说吧……"

* * *

"让一下!"维济鲁检察官喊道。"让一下!"两个警察一左一右站在他身边,重复着他的话,但没人听他们的。"走起来,走起来!"两个穿灰色大褂的人抬起停放佐塔神父尸体的担架。走在前头的那个人胳膊特别长,后面那个人眉毛特别浓,又黑又硬的头发像马尾巴一样,刺穿了大褂的领子,一直杵到左耳边,在衣领破口处留下一道白色的马蹄形斑点,像安哥拉兔毛一样耀眼。为了冲出人群,两人健步如飞,几乎在奔跑跳跃。死尸身上盖着法袍(他的腿被裹起来了,就像冬天在雪橇上,用一条带白道的蓝色毯子包着腿,任凭马匹飞驰),一会儿稍稍滚向一边,一会儿又滚向另一边,好似一个被卡在木槽里的笨重圆柱体。有个人穿着护林员的绿色制服,空空的背囊挂在后背,像个瘪掉的尿脬。他脚蹬一双沾满尘土的大靴子,手上转着神父的帽子,两眼一动不动地盯着它默默地研究了很久。蓬皮丽娅举着托盘走过,托盘上堆满脏盘子、脏杯子,还有从桌上收拾起来的垃圾。风扇转动着,把一张皱巴巴的纸巾从托盘上吹落下来。一个上了岁数的农妇头戴黑色头巾,身穿樱桃色条纹的裙子,在胸口画着大大的十字,一条冻鱼的尾巴从她鼓鼓囊囊的裙裾里探了出来。

关于一家九十余年历史的工厂的杂记
时事新闻(摘自本小说自编《日报》)

　　……我们第一次造访布什泰尼①造纸厂的车间,还是在二十多年前。工人师傅和技师们熟练地操作各种大型机器,我们满怀敬佩,看得着了迷。每天,他们都要向学者、文人、作家和出版家提供其所需的纸张,让他们记录下那么多思想、理念和憧憬。关于和这家造纸厂的第一次接触,我曾经与该单位的领导N.B.同志秉烛夜谈。那不是一个寻常的夜晚,而是在周年庆典的前夕:布什泰尼造纸厂即将迎来令人敬仰的九十岁寿辰。

　　据N.B.同志介绍,差不多有四代人在此工作过,但只有当前这一代,才有幸经历了彻底的变革。(……)让我们来看一组振奋人心的数据吧:与一九三八年(那是罗马尼亚地主资产阶级经济体制的鼎盛年份)相比,我们现在的产量增长了五倍……

(C. CONST. 供稿)

---

　　① 罗马尼亚中部城市,位于普拉霍瓦县境内。

第十七章

"我当时就在那儿。"维济鲁法官写道,"我看着,但看不明白,也找不到任何关联。难道发生的事已经超出了我的理解能力,或者说正因为我们的麻木不仁,才让一切都显得稀里糊涂却又令人满意?那个游戏很简单。我现在写这些话的时候,已经过去很久了,但我探究的真相看起来却似乎越来越近了。真相就在我的太阳穴跳动,正如某位诗人说的:'一片阅读的遗骸,一位罗马尼亚诗人;他的特性就是一边吟唱,一边忘词!'那件事与我现在的生活,与这些本子毫无关联。哟嘿!我这么说,只是因为这些本子是我的,我在里面写的东西不追求什么风格(如果我朝这条路上走,就违背自己的意愿了),想到什么就写什么,直至写到我需要写的事情为止。至于原因,他们已经用了太多原因了。真理简单得就像一个球,他们非得让它在一个斜面上滚动起来,弄得跟玩轮盘赌似的!真理之球是永恒的、密实的,纹丝不动地在罡风中闪耀,但他们非得把它搞成一个躁动的小珠子!因为他们说了,轮盘赌的珠子也是个球!就和打台球或保龄球用的球一样!我不懂,也许他们是对的,但这让我恶心。我从前不这样,我变了。从前我和安提帕相处得很融洽,但是直到过了那么久之后,我才意识到他是我唯一的朋友。那时候,我欣喜、愉悦,又不乏妒忌地看着他漫不经心、自由自在地生活,听着他含笑的谎言。我很喜欢他这种'无所事事'的漠然,那么完美,就像那些伟大的艺术家一般慵懒。同样,我也喜欢别人施加给他,而他又不得不接受的惩罚。奇怪的是,当我来到阿尔巴拉,来到这个安提帕真正居住的城市之后,才发现他完全是另一种人。他那种在迪亚卢-奥克纳令人心驰神往的松弛、自由、魅力和深藏不露的能力,在这里都无迹可寻。甚至他在阿尔巴拉的长相都和在迪亚卢-奥克纳的时候不一样!从我的调查中可以看出,他在阿尔巴拉就像是一只图书馆里的老鼠啥的。而在迪亚卢-奥克纳,我知道他有时候甚至被人当成是一个快乐的手球教练。我不明白,不过我也不用明白,因为我不会向任何人介绍自己的想法,或者介绍我在这里写的东西。写下来,只是为了提醒自己。写下来,只是为了将一位挚友的形象鲜活地留存在我的内心。我认识他,但之前对我们的友谊一无所知,我希望这份友谊永远不要失去它璀璨的光芒。你们可以笑话我、打趣我。我就是那么可笑,这是我的能力,我的荣耀:当发现自己是一个可笑的人,我并不感到羞耻。我就站在你们面前,让你们对我指指点点。捡石头砸我吧。我不会自卫的。我说真的,没错!安提帕,在阿尔巴拉被很多人当成废物,而在迪亚卢-奥克纳却被另一些人看作骗子。这个可爱而危险的骗子,你最好别和他斗嘴。(上帝啊,千万别和他斗嘴!安提帕可能会变成一个口蜜腹剑的人,变成一个皮条客、一个告密者。哦欸欸,欸,反差真大啊。不过安提帕自己是这么说的:'你看着木板上的那个马戏演员,他站在戴大礼帽的小丑和穿红绒衣的女人之间,目光瞥过那女人长满脓疮的膝盖,耳朵还在听领导举着喇叭大喊:"诸位!诸位……"')

"安提帕跟我说,在罗马尼亚诗人里面,只有巴科维亚①才能找到原因。他想说啥?我没明白。我上学的时候听说过一些经典作家,但从没听说过巴科维亚。你们可以笑话我、打趣我,但我还是到阿尔巴拉来了,而且发现安提帕生活过的这座城市和巴科维亚生活的城市有很多奇怪的相似之处。我从前没来过这座城市,不过我现在知道巴科维亚了,也知道他从前是什么样子。哟嘿,如果我知道你们不会笑

---

① 乔治·巴科维亚(1881—1957),原名瓦西里尔,巴科维亚是其笔名,罗马尼亚诗人。

话我、打趣我的话,我想要偷偷地发誓,我是对的。不过你们只会笑话别人!哟嘿,如今在阿尔巴拉,只要我不用写东西,不用为那份该死的协议而工作的时候,我就只读巴科维亚的作品。我知道,只有巴科维亚才找到过原因,别人都不成。如果我搞错了,那就更好了!'在这个充满幽默感的国度/最好被孤独地遗忘/迷失并漠然地退场……'我不知道他想说什么。他把自己想象成了一个醉汉,顾影自怜。因为那些饱食终日、无所用心的资产阶级对他视而不见。但我心里只有他!你们别笑!我喜欢安提帕,喜欢他活得没心没肺的样子。正因为此,我可以理解他的激情和喜怒无常的性格。他说话总是云山雾罩,就像世上那些粗放而又怪诞、惊恐而又孤独的诗人。哟嘿,这都是些外行话,不过没有什么能阻止我把这些话记在本子上,就像没有人能够阻止帕夏留喝朗姆酒或喝其他东西一样。我是个严肃的人,他与我截然不同。如果说我是个可笑而严肃的家伙的话,他就是个可笑而冷漠的人。我之所以喜欢他漫不经心的生活,是因为它完全不同于我死气沉沉的生活。与此同时,我还会产生一种前所未有的怀旧和感伤,这种情感正是我们所有人都缺乏的,它令人垂涎,又遥不可及。我同样喜欢他的结局,喜欢他受到的惩罚(它让我感同身受),就像我喜欢自己那已知的、真实的、可见的性格一样。

"那时我一直在他身边,越是鄙视、谴责他的玩世不恭和麻木不仁,就越是佩服和喜欢他那种快乐、友爱、善变的性格。我的生活从来不会因为诗歌或玩笑而变得乱七八糟!我作为旁观者之一,生活在他的身边,人们管这种戏迷叫什么来着?(看足球的叫球迷,没错吧?!)他们是那么开心,每天晚上都能见到自己最喜欢的演员。你们可以跟着我一起鼓掌!也许,在安提帕的身边,我更像是一个卑微的仆人,肩负着人性的重压,胸怀悲惨的理想,做着一些恐惧、怯懦、虚伪的小动作。这个恶心的家伙让你感到既可怜,又讨厌,他每周都去歌剧院,在芸芸众生间欣赏虚构的表演。因为没有人认识他,所以他可以在并不存在的世界里,肆无忌惮地进行精神自慰。如果有朝一日你看到这个本子的话……嘿嘿嘿,你们不会看到的,我肯定……"

* * *

"当然,这事可以解释,但不仅于此,这还不够。这是什么时候开始的?真奇怪,当我开始书写的时候,恐惧和无助都消失了!即便我不知道为什么要写,能得到什么结果,是否会有一个结果。突如其来的绝望将我笼罩,脏腑内、肋骨下和右肩胛的旧伤让我对死亡充满了恐惧。每个夜晚或清晨,当我从湿漉漉的床单上醒来,想要下床的时候,肚子就会莫名其妙地微微鼓胀起来。深沉的睡意依然主宰着我周遭的世界,追得我走投无路。我想要逃跑,却只能像一只癞蛤蟆那样可悲地蜷缩在暗处。我必须逃走,我要逃跑……那时,我就会开始写下长长短短的句子,把脑海中浮现的想法记录到本子上,或写在一张不知从哪里抓来的皱巴巴的纸片上。我用掌缘把它展平,在上面写满了密密麻麻的小字(我通常写得很潦草,一行只有三四个单词),生怕这张纸会不够写。这张纸曾被用来包裹不知从哪儿买来的鬼东西,也许是穿的,但也有可能是吃的,因为你看,上面油渍斑斑的。我在反面也写满了又粗又小的斜体字,就像没法再换一张纸继续写似的。笔尖在光滑整洁的纸张上滑动的感觉,真是久违了……我写个不停,文不加点。病痛(我身体发出的信号难道不是要生病了吗)躲了起来,退缩了,哦哦哦。我并不认为自己已经摆脱了它,你摆脱不了病痛的,但你可以吓得它发抖,躲着不敢出来。是吗?能躲多少年?能躲八十年吗?……

"可是七年前这一切是怎么开始的呢?难道不是从一个玩笑开始的吗?没错,当时我们在那个小城里挺无聊的。这念头一开始是从佐塔神父的脑子里冒出来的吗?要不就是阿戈布?不,不会是他,当然不是,也不会是安提帕。他只是很开心地加入了游戏,还带头鼓掌,但不是他的主意。难道是我自己的主意吗?哟嘿,还真是,怎么可能是我呢?!当年我还是检察官,很年轻,很自信,充满热情。'维济鲁，'杰哈克检察官总是说，'你是个很有天赋的年轻人。'那时我很活跃，对，人们就是那么说的，这是个很贴切的说法。是正义让我变得活跃，我总是说正义，而不是公平。那时候，如何用词对我来说非常重要。我敬畏那些充满禁忌的词，痛恨和鄙视那些充满敌意的词，无视或嘲讽那些化石般古板僵化的词汇。正义，从我嘴里说出来真不错！真不错！我满怀正义，践行法律，伸张正义。'维济鲁，维济鲁，'杰哈克检察官总是说，'你他妈真棒！'我把他的冷笑当作是一种褒奖。'维济鲁，检察官永远是对的。而其他人，律师和法官，就是背叛他的两个大天使，都是篡位者！就是这样！'哦欤，这就是杰哈克检察官对事实的重建，就是他带来的证据，就是他的原话。没错，他就是个主宰者，真正的主宰者。其他人都不适合干这个。那么老师呢？大夫呢？工程师呢？得了吧，他们和我们所有人一样，都是看客。安盖尔呢？不可能，他是最晚知道这事的！至于他终结了这个故事，则是另外一回事了。他粗暴、极端、决绝地介入，让这个故事有了一种别样的意味。哟嘿，也许我就是个卑鄙无耻的家伙，但你看看我想到了什么：安盖尔找到了我们这个玩笑的尺度！不过这一开始难道不是我的主意吗？……

"由于只是一个玩笑，所以迪亚卢-奥克纳的气氛是极其无聊、极其冷漠的。谁有能耐就能逃过一劫！我们当时有几个人来着？七个，如果把火车站站长科斯塔凯·奥努也算上的话。不过因为要轮流值班，他很少来。来得虽少，我们还是把他算作我们的人，因为他在桌上也有自己的一席之地。只要他不在，就会有人问：'奥努在哪儿？'所以说，他也算我们一伙的。他更年长一些，比我们大个十来岁，或者七八岁的样子，不过和我们都一样。为什么呢？这很难解释。他是个讨人喜欢的家伙，安提帕则是我们这群人里的老么。那我们算什么呢？只是迪亚卢-奥克纳的一些普通人罢了。他头一次见到安提帕就说：'这小伙子挺有才的。'德鲁伊格（当时只有他们俩，还有普什楞迦，这件事是普什楞迦后来告诉我的）问道：'有啥才啊?他大学都没念完,能有啥才啊?无非是知道几个笑话,在酒桌上说出来逗逗乐罢了。'奥努说:'干杯,工程师先生!'我经常嘲笑他,管他叫艺术家。他也不生气,只是说:'如果我是一个演员的话,不会比在车站更出色的。''在我国所有艺术家里面,'(他抬起手挠了挠后脑勺,换了一种语调补充道。他没有用胸腔发声,也没有把发音部位降到声带以下,而是像腹语者一样,用一些奇怪的喘息声让你焦躁不安。这是一种信号,表示他虽然没有天赋,却仍有勇气去淡然接受未知和不确定的事物。)'在我国所有艺术家里面,我最喜欢贝利甘①了。他并不是最出色的艺术家,不过先生们,根本不存在什么最出色一说!'他在说最后一句话的时候又换了一种腔调,出人意料地表现出一丝狡黠和戏谑,与他老实本分的长相格格不入。这种感觉很快就消失了,但你能感觉到,不存在最好的演员这件事让他高兴坏了!他很能喝,但很少喝醉。有那么几次,但绝对是很少的几次,他喝得脸都变形了,样子很吓人,就像在老帽匠奥古斯特门口的哈哈镜里看见的那样。转眼间,他两鬓就满是汗水,下颚耷拉着,摇摇欲坠地挂在耳朵上,就像学校解剖实验室看到的骨架一样。你能看到脑壳杵在第一节脊椎上(值日生把骨架从讲台边搬到窗口日光下的时候,骨头碰撞时嘎巴作响的声音让人至今难以忘怀)。'是的,'科斯塔凯·奥努说,'我当然知道,有史以来最出色的话剧是《哈姆雷特》。只有我、只有我、只有我才能真正地演绎哈姆雷特。呵呵,那个王子,呵呵,有点儿疯狂……'在这件事上,科斯塔凯·奥努没有对任何人造成伤害。他的疯狂一文不值,他注定是个平庸的无名小卒。不过在这件事里面,他也确实够疯狂的。有一次不知什么情况下谈起火车站站长那诡异的死亡时,帕夏留就是这么说的。他当时还说:'毫无疑问,他是个演员,像一个真正的演员那样思考,他在火车站而不是舞台上表演,只是一次偶然而已;作为一名真正的专业人士,他知

---

① 拉杜·贝利甘(1918—2016),罗马尼亚演员、导演、散文家。

道在自己之前,没有人演好过哈姆雷特!我的朗姆酒呢?'

"所以一共有七个人。那么安盖尔呢?正如帕夏留所言:'如果我不是一个无神论者,不是一个科学家,不是你们这帮浑蛋的好兄弟,我可以认为什么东西都不存在。发生在我们身上的所有事,我们所有人都只是安盖尔疯狂的臆想,我们只不过是他阴暗思想的投影和幻象而已。哦欧,哦,没人会相信我。不过即便如此,我们仍然不存在,除了安盖尔的疯狂之外,所有东西都不存在。'

"那个玩笑,是的,那个玩笑能开到什么程度呢?安提帕已经和我们相处了好几年了,彼此都很熟悉。奇怪,直到我现在开始写这些的时候,我才意识到自从他接受打赌的那一天起,有些东西就变了样。还有,从那时起,没错,就是从那时起,我们晚上就不再经常见面了,而是形成了每天中午十一点一起吃点儿东西的习惯。那时没人提过这事,但我现在知道了:安提帕晚上回他在阿尔巴拉的家了,很少留下来跟我们一起吃饭,但那时候我们已经离不开他了。之前我们几乎每天都在一起。也许是我搞错了。现在我得停下来,不写了,我得好好想想。我读了最后几页,这不是我写的。我没法用短短几行就把自己想说的东西写下来。再说一遍,我没明白。为什么对我而言那么简单、那么好笑的事情,我好像什么都记不得了?只是个玩笑,和从前一样。但它是怎么突然冒出来的呢?恐惧又是如何把我们彼此孤立起来的呢?我们为什么不敢相信这一切存在过呢?安提帕真的拥有某种力量吗?我又是什么样的人呢?显然,我就是个废物。因为你看,我又开始写了,但没法用两三个铿锵有力的句子表达我想说的意思,而是又开始绕圈子,就跟我在一刻钟前做的事一样。我害怕吗?咃呵,也许我真的是怕了,谁又能摆脱恐惧呢?不过,我为自己的恐惧而骄傲,我爱它,对它充满敬意和感激。'忠于你们的恐惧吧,就像它忠于你们一样。'这话是谁说的来着?是帕夏留还是佐塔神父?嗯,没准儿是我说的?为什么不会是我呢?!最近,我第九次读了果戈理的《狂人日记》。是的,现在我明白了:他们中间唯一不是疯子的，就是可怜的九等文官波普里希金，他是整个部里唯一值得信赖的人。不过那只是个玩笑。不然还能是什么呢？那时我们百无聊赖。安提帕拥有非凡的洞察力。有一次，他架着二郎腿坐在蛋糕店里，看一个老人吃冰激凌。只要观察他的一举一动，聆听他的只言片语，听他的干咳声，看他舌尖舔过茶匙中融化的冰激凌时的愉悦，安提帕就能重构出一个活生生的人。即便这个人和那个沉醉在蛋糕店里的老人一点儿都不像，但他一样很生动，甚至更生动一些。他总是能记住一些让我们吃惊或迷惑的细节。'见鬼！'德鲁伊格说，'他怎么能记得住这事呢？说真的，如果脑子里装满了这些东西，就太没正行了。说实话，这就像往眼睛里塞一堆垃圾一样。我就不这样，为什么我就能对这么些事情视而不见呢？因为我不是个蠢货，对吧？！'普什楞迦大夫一脸严肃，和工程师大异其趣：'你看，德鲁伊格有他的道理。这都是在耍小聪明，先生，都是对细节的臆想，都是在扯谎。不过那小伙子还是挺可爱的。'勒敦格又说：'而且他还读过很多书。'阿戈布吃惊地看着他说：'先生，安提帕大叔还是很厉害的。''你从哪儿看出来的，你还说他……'奇怪的是，我们所有人都觉得他是个话痨，实际上他是个沉默寡言的人。'他又在夸大其词！'我们所有人最后都会做出这样的判断，但只要他一开口说话，我们都会目瞪口呆地听着。他能知道刚经过我们身边的某个年轻人（哪个？我没看见，先生。你在说啥？）长着个什么样的鼻子（是大鼻头、鹰钩鼻，还是酒糟鼻啥的），能知道某个驼背老太太是怎么走路的，还能知道某个女人身边穿绿色大衣的军人想找什么东西。那个军人略带好奇地抬起嘴角，但耳垂下面的那颗痦子让他觉得有点儿尴尬。当然，那只是颗痦子，但他出于这种或那种目的，还是想用精心梳理过的头发把它盖住。

"地方议会的工作并不繁重，他处理起来游刃有余。'有朝一日，我会离开的，然后你们会听到关于我的传说。'他笑着说，'我正准备发起进攻。'他说笑话的时候，会笑得很开心。好吧，他在外地经常这么干。哦唿，其实不光在外地的时候这样。他的上级忙于各种要务，肩负的重任堪比亚历山大手下的将军。哟嘿，有谁会告诉我说，不喜欢单位里有个爱说笑话、能让人舒展眉头的家伙呢？'别跟我犟嘴，你们这些水手！'帕夏留喊道，'我出去一下，回来再接着聊。'帕夏留！我为什么老是提这个酒鬼呢?! 其实，只有一个理由可以解释这一切。那就是他的魅力，而不是因为他善于取悦他人。是的，他既没有给领导写报告的能耐，也没法像外交官、战略家什么的那样谈笑风生。但魅力无须解释，因为他本人也解释不了！不管他有没有魅力，反正就像一位作家所说的，安提帕是个享有特权的幸运儿，不是吗？帕夏留总是援引他的话，似乎他……那些讲话、发言、地方报纸上的文章，不知道是不是他自己写的，或者是经他润色的，总之主席和其他人都很赏识安提帕，大家都特别喜欢他。也许他啥都没干，但大家都说他是个好小伙儿，那时候人们就是这样称呼讨人喜欢的人的。这没什么可笑的：要是在古代，尽管安提帕的出身来路不明，但他却能在朝廷上，在谋士、近侍、弄臣间左右逢源。他无所不晓，又狗屁不通，时而兴高采烈，时而麻木不仁，但总能让王公们开怀大笑。哎，可是在我们这个时代，那些反复无常、举止狂妄的公子王孙都已经消亡殆尽了！

"如今，一个四五千人的工厂厂长如果想要有一两个心腹的话，他们至少得去厂队或市队里踢踢足球。也就是说，他们得干点儿什么，而不是整天身穿缎子衣裳、头顶鬈发、脚蹬宝蓝色短靴游手好闲，跟女仆或是女主子们钩心斗角。这会儿，那个年轻人正在球场上挥汗如雨，好让我们度过一个愉快的星期天呢。哟嘿，安提帕不踢足球，他的存在就是个谜。帕夏留是后来才从我这儿知道这一切的，他咧着嘴，把手指头伸进满是蛀牙的嘴里抠着，说道：'听着，法官大人，你是从我这儿知道的！'不过，众所周知，阿戈布曾经说过，安提帕上头有人，能让你在地方上出人头地。我不知道在这个微不足道的小城市里，是不是真的有大人物对他青眼有加，但从所有人对他的态度看,好像确有其事!他的冷漠和刻薄被人当成了大人物手中的利器,而他愉快开朗的性格更是难以让人心生怨恨。

"近期,安提帕在民政局工作。那里有两间办公室,一间是结婚登记处,另一间则被用来做死亡登记。安提帕并不是那个身居要职、一脸严肃地问你是否愿意娶某人做妻子,或者愿意嫁给某人的人,他只是在那儿瞎转悠而已。没错,他是另一间屋子里签收文件的公务员,上面用白纸黑字写着某人的妈妈、儿子、爸爸或叔叔死了,与世长辞了。删掉记录之后,就没有任何人、任何东西可以让他们再回来了。他的工作就是颁发文件,以证明另一个人不在人世了。安提帕就是个委身于虚无的公务员。

"哦哟,那个玩笑就是从这里开始的。这个城市很小,所有人都相互认识,所有人都会去小酒馆或市政厅。一天晚上,比杜格路过我们桌边,他是公共浴室看门的。最先映入眼帘的是一个肿大的甲状腺,就像棵花椰菜一样。这个巨人身高不足一米六五,像个直径一米六五的大肉球,脸上的鼻子依稀可见,但眼睛就找不出来了;嘴巴比较明显,像个红润、潮湿、光滑的大臭虫;耳朵像两片白菜叶子,脑袋一转就会呼扇起来;肩膀杵在这头抹香鲸背部的中间位置;胳肢窝底下直接长出两条腿来,和肚子一起延伸到脚后跟。这就是比杜格,或者像那个正在往石头台阶上爬的人说的那样,是他身体的一部分。比杜格坐在澡堂入口处幽深的小窗下,对洗完澡的人们说:'洗洗清爽更健康!'于是你就得给他一个列伊。'比杜格,够一下你的肚脐看。'孩子们总是这样要求他。他的手太短、太宽、太粗了,只能略微离开肩部,向腹部移动,却无法将手指头扣在肚脐上。做完这个,他还能得到一列伊。他有一顶棕色的贝雷帽,已经褪色了,专门用来装这些一列伊的零钱。他会把枕头吃掉,但第二天枕头又会出现在原地,也不知道是重新缝制的还是自己长出来的。用不了半小时,他就能吃掉三个面包、一公斤大肉肠(或者二十个烤肉丸子),喝掉五扎啤酒。'我不爱喝酒。'他说,'只是吃东西的时候太渴了。'人们走出浴室蒸汽中的时候总是很舒爽,有些疲倦,不过那是让人愉悦的疲倦,感觉自己像个慵懒的大老爷。哦欧,你的脸蛋红扑扑的,发根雾气腾腾,手指肚被泡得发白发皱,坐在藤椅上等着喝一扎啤酒,或者掺了苏打水的葡萄酒。冰凉的酒杯、酒瓶、啤酒扎冒着白雾,干渴的喉咙大敞着,贪婪地接纳着酒水。他一年四季都穿格子衬衫,冬天会罩上一件旧风衣。大翻领、双排扣,服帖的薄丝衬里很多地方开了线,但上面用黑线和脏乎乎的金线绣着一家在战前生产这种衣服的巴黎公司的名字。'这件衣服从哪儿来的,比杜格?''你给我一列伊吗?给我我就告诉你这是件巴黎产的衣服。'在管人要一个列伊的时候,比杜格的口气很冲,粗暴而刻薄地嘟囔着,充满挑衅意味:'你!说你呢!给我!'而当他坐在澡堂门里,对人说'洗洗清爽更健康'的时候,却总是恭恭敬敬的,连嘴都不敢张太大,无论对谁都像奴才伺候主子一样。比杜格在餐桌间艰难地挤来挤去。'你看到他了吧?'安提帕突然问道,'星期四就得死了!'那天是个周一,实际上,他说第二遍的时候我才听清楚:'星期四就得死了!''谁?'普什楞迦大夫问。'比杜格。''比杜格在哪儿呢?'勒敦格老师问。我们环顾四周,没几张桌子上有人。由于是周一,乐队没人演奏,大城市里的那些大酒店也是这样的。但是比杜格已经不在那儿了,我们想起他刚才从身边经过来着。安提帕又开口了:'他刚从这儿过去。''嘻嘻,'普什楞迦笑了起来,'为什么会死啊?''就是会死。'安提帕也乐了,我们跟着笑了起来。我们没人在意这句话,只是为安提帕那天晚上和我们在一起,没有回阿尔巴拉而感到很高兴。'你真是太牛了!'德鲁伊格笑得都快喘不过气来了。'我证明都开好了。'安提帕说着,把手伸进衣兜里,掏出一张对折的纸来。他慢慢把纸展开,在桌上抚平。那确实是比杜格的死亡证明,是安提帕亲手填写的,上面的日期就是他说的星期四。'我很确定,就是星期四。'我记不清具体日期了,只记得那是在冬天,大概比佐塔神父的死早一年半。大家传阅着那张纸,如果要打个不太离谱的比方的话,就像在分享一位共同好友的来信,或是在欣赏考什布克①或托博尔恰努②作品的某个著名仿本一样。没人再笑了,但也谈不上害怕,只是好奇和怀疑而已,我们用这种态度看待千万种事物。'你这个骗子!'普什楞迦最后说道,'你这家伙比我们所有人都无聊。不过我知道你是从哪儿得到这消息的。前天你背着我去诊所了,想去看你的疑心病(安提帕很害怕得病,总是要求做各种各样的检查和咨询。对各种疾病的执念轮番折磨着他,先是担心了很长时间肺病,然后又是肝、肾和奇怪的皮肤瘙痒。不过,和在其他情况下一样,他冷漠的性格救了他一命:确实,患癔症的病人小心翼翼地培养着自己的执念,并把它搞成一场复杂造作的表演,但他永远无法摆脱恐惧。然而,安提帕并不是一个真正的癔症患者。他很容易就会忘记,他的恐惧也随之停止了,执念便会消散在温和而愉快的冷漠中。这种执念还会以另一种形式突然出现,但他在之前短暂的间歇中已经痊愈了,威胁不再显得那么严重。不过疾病还是会经常光顾一个健康的,几乎免疫的机体),当时你就在那里。'大夫一边说,一边用餐叉柄指着他威胁道,'你见到我给这个倒霉鬼看病了,还看到了他的病历,不知看懂了什么!安提帕,孩子,或许你在老家学过医,或许你今早听到了医嘱,或许你自以为这个胖子的身体好不了。也许吧,但是关于生死,又有谁说得准呢?而且还能说出哪天会死?!''星期四。'安提帕说……表情很坦然,带着微笑。但是,如果我没记错的话,当时我瞥了他一眼,觉得他看起来很陌生,神情好似一个过客在给当地居民讲述新鲜的见闻。'那么,为什么是星期四呢,孩子?'普什楞迦笑问道。'我们打赌吗?'(可是,是谁,是谁先说'我们打赌吗?'这句话的?……)我们兴奋了起来,心情又变好了。'好,我们打赌!'大家众口一词地嚷道。我们碰了杯,并推选年龄稍长的科斯塔凯·奥努来充当铁面无私的裁判。

---

① 乔治·考什布克(1866—1918),罗马尼亚诗人、翻译家。
② 乔治·托博尔恰努(1886—1937),罗马尼亚诗人、短篇小说家。

他降低了赌注：'就赌一箱啤酒！''好吧，行，如果比杜格星期四没死的话，安提帕就掏钱买啤酒。''我是怎么知道是星期四的呢？我是谁啊?!'安提帕坦然地说道。我们都笑话他，然后轻松地喝起酒来，但是谁也没想过这么轻松有什么问题。'这小子真有胆儿。'德鲁伊格笑道，'如果比杜格下周一才死，我就要围着安提帕跳霍拉舞。我都快笑尿了！我要在安提帕身边边跳边说："你猜错了，你猜错了！你这个夸夸其谈的大话王！你猜错了！"'安提帕坦然地保护着自己，就像在过生日的时候，所有人都呼喊着短促而友善的口号扑向你的时候，你也是这么做的：'您是怎么了，先生？行了，够了。'

"很快我们就养成了去摩西里尼酒馆的习惯，不再去那家第一次打赌时吃饭的餐厅了。我们每天都见面，从喝咖啡变成了吃便餐，有时候还像勒敦格说的那样，吃一顿真正的大餐。有一两个月的时间，我们都没谈论过那件事。有一天我走在大街上，想要找家具公司的负责人。听说他们要采购，或者已经采购了一批那种比较硬的地毯。嗯，是的，我想跟经理说，让他给我留一张。他应该能给我留一张，放到一边的。就在那时，我遇见了安提帕。他急急忙忙的，只停了一分钟时间。恰巧在那会儿，布雷茨甘警长出现了。他是个很好的人，是当地的交警队长。只见他大檐帽的帽檐底下全是汗：'噶尤死了。''谁？'我闻言一个激灵，'我和噶尤大夫很熟的。''没错，就是他。''不可能！''是他，就因为他那辆倒霉的摩托车。我不止一次跟他说："开慢点儿，大夫。你又不想拿冠军。"你看，这下算是夺了冠了。'布雷茨甘不见了，我这才发现他夹克衫下摆皱巴巴的，也许是躺着睡觉时压的，或者不知道他把衣服放哪儿的时候弄皱的。回头看安提帕，只见他手插在兜里，一脸淡然。他穿着件薄薄的帆布衣裳，从兜里掏出一张纸来。没错，那就是噶尤的死亡证明。'别以为我这次又猜对了。'安提帕说，'我预计的日期是前天，所以我赌输了。''跟谁打赌？'我问。这是个不合时宜的傻问题，但我不得不说些什么。我不明白，为什么在光天化日之下，在马路中间和一个朋友在一起的时候,我会隐约感到一丝恐惧。'出什么事了?''当然是和德鲁伊格有关。'安提帕说,'他也骑摩托车。'在摩西里尼酒馆,我碰巧坐在安提帕身边,于是反复问一个毫无意义的问题:'你是怎么做到的?'我之所以想知道,是因为在街上感受到的恐惧变成了另一种诡异的状态:我满怀妒忌和好奇,崇拜中夹杂着厌恶。就像是在某个产金区,两个淘金客一起出门,用筛子和十字镐碰运气。他们正坐在同一张桌子上,运气差的那个绝望地想从那个好运的家伙那里套出点儿话来:'你是怎么做到的?给我看看你的包。你在哪儿找到的?如果我们是一起来的,不能只有你发财啊……'安提帕笑了笑,我敢说,他肯定是想保护自己:'维济鲁,得了吧,你怎么了?你不会以为我有什么魔药吧?维济鲁,你疯了。别激动,我开个玩笑你怎么就认真了?好吧,我不开玩笑了,老家伙,行了,这事到此为止吧!你没见我连日子都猜不准吗?!这还算哪门子魔法啊?你也可以试试看的!不难想象,像噶尤那样开摩托,一头撞进油罐车里并不是啥稀罕事。喂,你不知道他跑得有多快吗?我坐在办公室里都快无聊死了,只是给他做了个预测而已。我跟你一样,认识这个群体里的很多人,所以我经常测试自己的洞察力和嗅觉。你知道吗,我的鼻子比我还聪明!就算做个瘫子、瞎子、聋子,只要能闻到这个世界就足够了,我还是能活得很好。这个证书就是这么回事,只是找窍门、碰运气而已,碰对了就对了,碰不对就不对。你看,你自己说说看,如果我是个手艺人的话,会把谋生的技巧卖给你吗?!'他的面容坦诚、自然、友善,怎么看都是个很靠谱的人。我安静了下来,不知怎么回事,两人都笑了起来。我是个可笑的人,而他比我更可笑。看看我刚才是怎么搜求超能力和黑魔法的吧,没人比我更白痴了。安提帕这个人很善于变脸,和我一样,都是从外地来的小人物。突然,我想起了杰哈克检察官那张充满力量和嘲讽的脸。力量在他那里。

*　*　*

"哦哟哟，我把安提帕的玩笑当了真！安盖尔离我们很远，我对他一无所知。但是我现在想问自己：'那时候我和安提帕两个人不是讨论噶尤大夫的死来着吗？这难道不是最后一幕的投影吗？这难道不是一个令人费解的信号吗？这难道不是大结局的预兆吗？'我严肃得近乎偏执，这和安盖尔的狂热是如此相近（在目的不明的情况下，又是如此遥远），而安提帕的漫不经心，难道不是短暂而神秘的闪电，或是来自未来的轻风？"

*　*　*

"那时我虽然对安盖尔一无所知，但一点儿也不怀疑狂热的力量。我认为就是在这个时期，安盖尔发现自己身上沉睡的力量苏醒了（是与安提帕身上的反物质发生'接触'后才发生的吗），从而控制了麻木不仁、与世无争的安提帕。"

*　*　*

"可是我们，那些时常在摩西里尼酒馆见面的人，都是与安提帕类似的生物，后来再也没谈起过这件事。我又开始问自己：'这个玩笑能开多久呢？你会把它忘了的，而不是把它变成一堵坚不可摧的墙，不是吗？! 每天你有那么多重要的事情要做，是不会把时间浪费在安提帕这种人的幻想上的！我们顺理成章地忘了自己开过的玩笑。'真的忘了吗？那为什么六月二十一日那天，当科斯塔凯·奥努的死讯在饭桌上被提起时，我们所有人都被一种莫名的恐惧从椅子上揪了起来，缩成一堆呢？是的，要远离安提帕。要么退到墙角，要么躲到窗边，那里更亮堂一些，离喧闹的街道也更近一些。窗户上落满了苍蝇，还有醉鬼们脏兮兮的手印，这些都是我们还活着的铁证。可是现在，我脑海里又回响起帕夏留的话：'你的麻木不仁，难道不正是你每日生活的常态吗?'在普通而平静的生活方式中,你可以属于你的家庭,属于你的习惯。你不会离经叛道,所以也没有人会注意到你。换句话说,你是正常的,是被人群接纳的。实际上,你就是靠这种方式幸存下来的,只有它才能让你远离对死亡的恐惧,远离暴戾的紧张情绪。不管怎么说,各种状况的严重后果你无从得知,因为还没有人死而复生过。没人知道。你难道不正是通过这种方式来假装不知道自己的死期的吗?(你甚至从没想过这件事,甚至无法想象有个疯子、骗子、无聊而且没品的人整天提醒你,说你会死的,死亡正在临近,你快死了,你已经死了!那些狂热分子难道不正是用'麻木不仁'这个词来称呼那些不狂热的人的吗?难道不正是靠狂热赋予他们的权力来惩罚其他人的吗?帕夏留!但是谁又能从头到尾听完一个醉鬼的嘟囔呢?)"

* * *

"所以,我们都选择了遗忘,但是围绕着安提帕却渐渐形成了一个传说。这个传说不断自我膨胀,甚至把安提帕也无视了,连他自己都不知道有这样的传说。"

* * *

"佐塔神父死的时候,我在周遭一片惊恐和慌乱中试图保持镇定。我哭喊只是出于常理,常理并不能消除恐惧,却可以让它变得能够承受。我是法律人士,对吧?!直到后来进了太平间,站在石台边,看着床单下那具蜡黄潮湿的尸体时,我才想起了安提帕。他在哪儿?怎么不见了?我唯一记得的,是他放在门把手上的那只手(搭在金属门把手上的手指头为什么会给我留下如此鲜活的记忆呢?他瘦弱的前臂没有汗毛,白得发亮),还有神父庞大的身躯试图向门边移动,然后停了下来……

"当我在酒馆里晕头转向的时候,听到摩西里尼在和阿戈布说话。桌角像一把宽刃的尖刀，把他们俩分开了。我现在写字的时候，能记起他们说的每一句话，好像他们就蹲在我的椅子腿旁边，讨论着什么。鬼知道怎么回事，声音就在我的耳蜗里萦绕。当时没人注意到他们这该死的议论声，我自己也是现在才听到。'当然，'摩西里尼说，'这样的报复简直闻所未闻，能让仇人肝胆俱裂。阿戈布想要报复他们的时候，所有人都会死于非命。''别开玩笑了，意大利佬，不然你一分钱都得不到。''阿戈布先生，我没开玩笑。我能忍，我很有耐心。''我没耐心！你这就说！''我会说的。''如果你不都说出来，就一分钱也拿不到！''我为什么不说呢？''阿戈布是在对他生活的这个群体实行报复，是的，是的，就在这里，在迪亚卢-奥克纳。这个群体不大，里面有读书人、医生、工程师，还有一个讨人喜欢的安提帕先生，只有这么些了……''去他妈的吧！为了他我能掏双份的钱，能花多少花多少，让他只喝威士忌。我受不了他了！''阿戈布，你在撒谎。''没错，我撒谎了，其实我只喜欢他一个人。你接着说。''是的，这是个有文化的群体，有很多有学问的人，嗯，阿戈布也喜欢跟他们混。我觉得这样不错，但是他恨他们，因为他们太傲慢了，总是居高临下地对待他，而他却谨小慎微、可怜巴巴的。于是，他想要惩罚他们，而他们对自己即将面临的严厉惩罚毫不知情。他就像个大专家、大批发商、大土豪那样，在我这里请他们吃喝，所有都是他付账，不让他们掏一分钱。如果安提帕先生晚上不坐火车离开的话，阿戈布还会为整夜的欢宴付账。''去你妈的吧，你接着说，我会给他买张月票的。''现在我要说阿戈布最想听的部分了，他百听不厌：他们根本不会想到，花销越大，阿戈布就越高兴，他的报复也越成功，甚至连阿戈布大师都想不到会有多么成功。他说他没有任何企图，上帝啊，但愿是这样吧。''就是这样，就是这样。你接着说啊，意大利佬。在这个世界上，除了阿戈布自己之外，只有你知道他为什么要浪费自己的血汗钱。尽管你的脑瓜很好使，但我还是要说，这事你不懂。我真的没有什么企图，只是想请他们喝酒罢了。''你得了吧，我都不知道他们在我身边搞什么鬼，让我一刻都不得安生。''把我最喜欢做的事情说完。''嗯，阿戈布最喜欢的事情，就是（当我把账单拿过去的时候）看和他一起吃饭的上流人士把手伸进衣兜，假装要付钱的样子。洞悉一切的阿戈布面带冷笑，看他们把手伸进衣兜里，却死活不拿出来。天晓得他们兜里是不是安了老鼠夹子，不过没有人尖叫，他们都是文化人儿，必须忍着。阿戈布在他认为必要的时候开口了："这回我来，谁都别抢！"这时他们才把手拿出来。"这可不成，"他们开腔了，"这不成。"有人会掏出一张一百列伊的钞票挥舞着，他没有零钱，于是阿戈布把他的手打了回去。"好吧，好吧，"那人说，"就这一次哈，记着，下不为例哈。"有时，阿戈布从后门进来，藏在厕所里。这时候就会有人问："阿戈布上哪儿去了？""他迟到了，哟嘿，可能还在他的小窝里贴五颜六色的贴纸呢。""我昨天看见他和那个女孩儿在一起。""哟嘿，不过今天来得有点儿晚了。他玩儿过火了吧。"这时，阿戈布会突然出现在门口："嘿，哥们儿！扯什么呢？"大家把杯子举过头顶，喊道："再上一轮肉排！那人刚下班，都快渴死了。"阿戈布坐到桌边，说道："太棒了，意大利佬。你的祈祷词说得真好！你诚实地赚到了自己的面包。把这些钱拿走，滚吧……""

* * *

"我一边听着他们的声音，一边快速记录着，就像在听写一样。用高乐士①墨水书写的字母迅速变干，散发出熟悉的气味。这让我想起小时候写书法作业时的情形，桌子放在院子里的苹果树下，墨水瓶盖子上有个字母K的浮雕，这个名称可能来自一座岛屿。墨水瓶长得像块奶油蛋糕。和帕夏留谈论关于阿戈布的事情的时候，我看了看这个醉鬼的脸。这次他表现得很谦卑，丝毫没有那种可笑的倨傲。他

---

① 奥地利的文具品牌。

在跟我说话的时候,好像在谈论一件众所周知、顺理成章的事情,轻描淡写地说道:'是的,关于阿戈布的情结,以及他怒火的爆发,我是从小狗爱罗曼卡那里知道的,而它又是从阿尔古斯那里听说的。当然,那条狗交游广泛,眼线遍布各处。那段时间,它手底下有几条狗整天在你们迪亚卢-奥克纳附近转悠。我的朗姆酒呢?'随着那份协议表现出越来越强的占有欲,我越来越看不清开展调查的目的。不过,我的工作热情并未因此消退!在我脑海中,这一切的开端就像一座阳光下的白房子:在当了十年检察官之后,我的事业终于迎来了辉煌。杰哈克检察官退休了,我被任命为地区首席检察官。在新的行政区划中,我不仅保留了自己在市里的职位,还被提名去部里担当一个前途无量的职位。我必须得走了。清正廉洁的老检察官杰哈克的话再一次回响在我耳边,让我满心欢喜:'维济鲁,你很有天赋……维济鲁,你从没有软弱的时候……维济鲁,你记住,你必须永远公正……'是的,这个老人也许太过严厉,但他的正直是不容置疑的。我不得不离开,只留下对他的羡慕和钦佩。我当时就是这么想的,并不知道人言可畏!就在那时,突然发生了守林人案件。那个守林人被控谋杀罪。杰哈克领导的调查堪称典范,他用逻辑击溃了辩方的所有论点,特别是在被告拒不承认那些多年前犯下的罪行的时候。受害人的遗骸被挖出来后(实际上只有几根骨头、一些碎片,头骨已经遗失了),调查几天内就有了定论。守林人吓得呆若木鸡,像被冻僵了一样,没人能从他嘴里掏出一句话来。这次调查的精准程度和持续时间让我吃惊,就像在体育比赛中有人掐着秒表一样。多年后,即便杰哈克在花园里平静地浇水,他也仍是一个让那座城市望而生畏的退休人员。他充满活力,决心要活到一百岁。这时候,有人决定要重启调查。虽然我表示反对,但卷宗还是被重新开启了,旨在证实一些细枝末节,比如一把铁锹或铲子什么的。杰哈克挖出来的骸骨,被证实是狗熊的骨头。杰哈克审结的其他三百个案件也因此受到质疑,结果证明其中有两百多起冤假错案。涉案人员被判处的刑期加起来有好几千年,他们的供词都是基于刑讯逼供和伪证建立的。我没有向任何人解释，只是放弃了布加勒斯特的职位，并且离开了检察院，到迪亚卢-奥克纳来担任法官。

"一天早晨，我突然想起了安提帕。这个想法不断蔓延，充塞着我的头脑，把我的意愿变成了一头怪物。杰哈克的教训应验到了我的身上。如今，我只是前法官维济鲁。我现在的工作只占用了很少时间，其余时间我都在处理安提帕的事。你看，我现在正写着呢。窗台上有一张被人遗忘的纸，我在上面发现了一只朝生暮死的虫子。我很幸运，因为可以目睹它的消亡，见证生命变成别的东西。没有什么可以让我相信这场艰巨而可笑的斗争是徒劳的。它的翅膀柔软、透明，像绿色的织物。它是那么纤弱，似乎连空气都会对它构成威胁，但它的下颚十分有力。眼前的一切都化作飞灰，颤抖着消失在房间里的空气中。我能看到，却不愿相信。这种消亡让我确信，就在此时此刻，在另一个地方，一个类似的生物正在出生。在这个诡异的、焦躁不安的夏天，白天大雨倾盆，夜晚的气温却能达到三十摄氏度。几天前有人告诉我，他看到杰哈克在凌晨站在迪亚卢-奥克纳的家门口，正准备去打猎。'他一点儿都没变。'那人说，'有一辆宽敞的汽车在等他，显然是某人邀请他去的。他出现在门口，个子不高，但背很宽，你知道的。他穿着长靴和咖啡色的短上衣，折叠起来的猎枪在枪套里，一条腰身很细的猎犬坐在副驾驶座上。'"

* * *

"可是，关于安提帕的传说又是怎么回事呢？他死后不久，我遇到了布雷茨甘警长。'您知道（他大老远就跟我打招呼，感觉有点儿局促，同时又下定决心要了解一些事）那个安提帕是个什么样的人吗，检察官同志？我知道你们都认识他。''啥叫什么样的人？''您看是这样的，我不知道该怎么跟您说，我知道您是个直截了当的人，您已经在我们检察院工作那么长时间了，不应该……''说吧，你这人真是的。''嗯，怎么说呢，检察官同志，您看，我听说所有人跟他打交道都会很小心。您知道，他并没有什么特别了不起的职务，其实根本没职务。人们把他当成某个大人物的子侄来爱护，不是平白无故的。我也该认个干爹的，检察官同志。我说他可能不是，但也许真的是某人的侄子或干儿子。我跟您说实话吧，我爹就为尤拉什库家看守过葡萄园。"嘿，小伙子！眼睛睁大点儿。老话说得好，篱笆扎得紧，野狗钻不进！"所以我要雇两个小伙子来轮班，而不是站在他的身后，不过这样看着他也挺好的。他现在每天都要去别处上班，这对他，还有那个叔叔而言，也许是种乐趣，也许根本无所谓，但也有可能是在遭罪。所以我要看好他。小伙子们得到的命令是不要去干涉他，不去烦他就可以了。只有当他遇到扒手的时候，您知道吗，他们才会突然出手干预，去保护他。如果他自己干了坏事，小伙子们就会把这件事记下来，说："请您别误会，我没有恶意。这样对双方都有好处，您明白吗？"现在一切都过去了，不过您告诉我，我的干爹还在吗？您不生气吧？！'我看着他，他的蓝眼睛水汪汪的，眼神很认真，但是不太坚定。'布雷茨甘，'我说，'你的嗅觉很好使。可是你告诉我，事发当晚你手下的小伙子们都上哪儿去了？''不，检察官同志。'警长微笑着，'这事您不能怪我，我没有得到命令，只是跟着自己的嗅觉走。当然，那天晚上小伙子们没跟着他，他们还有其他事情要做的。您看看，我把您当兄弟，您却把这事赖我头上了！'他面带讥讽地看着我，目光犀利而专注。'布雷茨甘，'我说，'你不明白，我……''检察官同志，我只是恪尽职守而已，只是想知道自己的嗅觉还灵不灵了。''还很灵敏。'我说。他这才放松下来，轻轻摘下帽子，用手帕擦了擦脑门和后脖子，那熊样就像个没在磨坊前排上队的老农。'哦，'他柔声说道，'请原谅我，检察官同志。我刚才斗胆问您，是因为已经认识您很久了，还跟您共事过。我走了（他突然皱起眉头，咬紧了牙关）。''我要宰了他！他们中有一个已经不当警察了，另一个还在——是准尉。我要敲断他的骨头……'他走了几步，又回头说道，'现在，我至少要知道这一切，检察官同志。他真的有很大的权势吗?''很大，'我说，'非常大，布雷茨甘。''这都是命啊，检察官同志。'他回答。"

第十八章

西尔维娅·拉克利什在一间又高又窄的屋子里，板壁上包着草绿色的塑料布，墙边开了扇小门。门那边是药店，这边则是实验室，因为在板壁的小门上有块窄窄的铁牌，白底蓝字写着"实验室"。无论是在国内还是在邻国的边境城市，所有药店门口的招牌都大同小异。好像有人在某个仓库或长长的地窖里埋头苦干一辈子，把同一块招牌复制了千万份：黄色背景，印刷体"药店"左侧的高脚杯上盘着条蛇，蛇头像个问号一样悬在杯口上方，右侧则是药店的编号。这座房子从前是木炭仓库，二十世纪五十年代才铺了地板，刷了白灰。后来，从试管架到贴了瓷砖的石台，所有东西都被陆续搬到这里。这些东西原本属于马尔哈索维奇老汉一九一〇年开设的药房，和木炭仓库只隔一条马路。木炭仓库的历史很长了，那里以前还做食盐买卖，所以在屋后专门搭了一间配房。药房搬迁后，其原址上设立了很多办公机构，有葡萄和葡萄酒地区专营中心，还有作曲家协会代表处，专门负责向舞会和各类与音乐相关的公开活动收取费用。西尔维娅·拉克利什此刻正摆弄着天平，这架易碎的仪器是她每天都要使用的工具，已经成为一种象征。天平一动不动，银色的小托盘无疑代表着正义和真理。眼下，这个世界充满了和谐与睿智，不受任何外在干扰。就算有个小丑卖力地晃动自己帽子上的铃铛，这架天平也纹丝不动。妙龄女子用刀尖将一些白色粉末拨到左侧的托盘里，原先的平衡被打破了，但女子似乎并不担心。她笑了，从一个形似半个鸡蛋的瓷碗中往自己手心里倒了些灰色的晶体，晶簇内仿佛布满红色的血丝。她的手掌纤瘦骨感,皮肤紧致、暗沉。手掌窝成碗状,修长的手指仿佛是浑浊溶液中的水滴。天平向一侧斜去,妙龄女子轻笑着,打量着自己在镀镍托盘里的影子。她捋了捋头发,摇了摇头,活动了一下肩膀,金属深处的影像中,仿佛有个生物在用强健的尾巴抽打自己的腰身,尾巴尖上有一撮杂毛。她面前和身后都是刷了白漆的架子,上面放着大肚子瓷瓶,还有长长的黑色、蓝色、绿色玻璃瓶子,瓶塞像一个个半透明的螺丝钉。妙龄女子动了,她转身弯下腰,拿起一口龟壳一样的铁锅,锅盖是铅做的。她两个鼻孔先后抽动了一下,闻到一股陌生的气息,像是酵母的蒸汽。那里面装过什么呢?

"安吉丽娜!"妙龄女子突然叫了一声,一个老妇人便出现在门口。门两边各有一扇窗户,灰色的百叶窗关得严严实实的,白色窗框上的油漆斑驳不堪。尽管已经离开修道院很多年了,老妇人依然穿着修女的服饰。一袭黑衣将她从头到脚包裹,夏天是轻薄的布料,冬天则是毛料和粗呢,一年到头腰上都围着条灰色的围裙。走起路来,像是身后有人推着她轻轻滑动。她的眼睛总是注视着地面,耳朵也被遮盖起来,只有这样她才能看到、听到一切。不做事的时候,她会把双手交叠在深藏不露的肚子前面。她神态恭顺谦卑,步幅虽小,却不乏气概。人们即便认识她,期盼着她从或长或短的旅途中归来,也只有脚步声在窗口或门边响起的时候才能认出她来。当她突然出现时,有些人会大吃一惊,甚至感到恐惧:"是的,我们是在等她,但之前并不是她的脚步声,然后她就突然出现在门口……"她岁数很大了,但究竟有多大呢?她说自己曾在一个老修女家住过几年(修道院的修女数量被削减一半之后,剩下的一半仍在不断减少),那是修道院附近石头河岸上的一座木头房子,朝外的两间屋子被租给了游客。游客们在这里休憩,可以欣赏到修道院外墙上古老而神圣的壁画。那些画家天赋非凡,有着牧师的头脑和使徒的灵魂。修道院成了名胜古迹,年长的修女们早晚依旧在晨钟暮鼓中祷告,但院长嬷嬷如今成了博物馆馆长,和从前一样严厉而刻薄。每个月,她都会驾一辆两匹母马拉的高轮马车进趟城,一匹马的毛色如同火狐,另一匹则是五花马,挽带上钉着铜钉。她会和大司祭、代理主教,以及当地博物馆的馆长交谈。后者身材消瘦,戴一副金丝边眼镜,无疑是位饱学之士,他会塞给她一摞黄色和粉色的门票。票据的一头用骨胶粘在一起,所以味道很难闻。要参观国立修道院博物馆,就得掏一列伊买门票。福迪尼亚·格利亚卡院长嬷嬷也和别人一样,一年三次乘火车去布加勒斯特听课或参加培训。她用象牙梳子般的手挽住缰绳,脊梁挺得笔直,几乎没有碰到包浆厚重的木头椅背。禅房的地板和从前一样油光水滑,修道院地上铺的石板也没有因游客的踩踏而磨损,古老钟楼墙壁间的大钟安然无恙,与猫头鹰和蝙蝠们相得益彰。

"到底是不是这样呢?"帕夏留说,"有些东西似乎在延续,却又藏起来了,或者变样了。一次混乱引发了一连串的混乱,而我们作为悖论的爱好者,正经历着一些前所未有的罕见的激情。把我的朗姆酒给我,我就会告诉你:'混乱就是对谎言的假设,如果只是一场戏的话,确实值得你去体验一番,哟嘿嘿!'"那个酒鬼狞笑起来。尽管帕夏留没见过,也不认识安吉丽娜,如果说他以某种形式延续了她的思想,也不为过。老妇人会时常想起那位老上校:那时候她还在泰克拉修女手下供职,按照修道院定下来的规矩,她有望继承后者的院子和房屋。一年夏天,陌生访客中有一位退休的老上校。他是个健谈且独断的人,曾在战争和和平时期周游世界。他是个什么样的人呢?这些军人一辈子可谓见多识广。他一张口,上帝原谅我这么说,就会有无数蜥蜴和蜘蛛从他嘴里爬出来。你们想想,该有多少人在他面前瑟瑟发抖啊:一位上校……看哪,安吉丽娜违背了自己的意志和决心,她抬起头,突然睁开了一泓春水般清澈的双眸。紫色的眸子深处,闪过一丝邪恶、木然和顺从,胜利与威胁同在:你们想想,该有多少人在他面前瑟瑟发抖啊。但是一瞬间,这一切又突然消失了,安吉丽娜再次低下头,重新回到了如稗草般谦恭的状态。房门半开着,耀目的阳光勾勒出她阴暗的轮廓。

"安吉丽娜,"西尔维娅·拉克利什说,"把这里扫一下。"老妇人一声不吭地慢慢走过来,脚步笨拙、平滑、黏滞,搬起一把椅子,又挪开一个花瓶。她的驼背里仿佛蜷缩着一个更老的、被上帝遗忘的妇人。她牙齿酸软,下巴松懈,正摩挲着一只肥硕的公猫。安吉丽娜的脚步会时不时变重一下,沉沉地砸在地板上。也许那不是她。妙龄女子哆嗦了一下,急忙回到门口,等了一秒之后又平静下来,脸上浮现出一丝轻蔑,或许是想庄重地回应一下方才的惶恐和紧张。老妇人变得尖酸刻薄起来。"你在等玛门①呢。"她说,"我能觉出来。"没人听到她在说什么,随着她在房间里弯着腰走来走去,说过的话便湮灭在灰色的围裙里了。一个激灵穿透了冰冷的骨骸,骨髓依然干燥。她想要走出屋去,离开那里,明天一大早再回来,或者再也不回来了。但她没有这么做,而是偷偷扭过头,目光越过日渐增大的驼背,向妙龄女子望去。"你个该死的,叫唤个屁啊!你这匹母马,打什么响鼻呢?一身的骚味!"笤帚疙瘩把垃圾扫得到处都是,而不是把它们归拢在一处。"要是你觉得热就走好了,凭什么让我走啊?我就待这儿了,等你那匹公马过来,看我不啐它一脸!"一阵心悸伴着短暂的剧痛,在老妇人的后脖子里一闪即逝,"你就使劲叫唤,出一身臭汗吧!""安吉丽娜,你说什么了吗?"妙龄女子问道,悦耳的嗓音突然尖锐起来。"没,没有。"老妇人说。"帮我把这个罐子从桌底下搬出来吧。安吉丽娜,上这儿来,把这个房角也扫一下。"试管架上挂着的手表像一枚小巧的银币,安吉丽娜用一根红色的大头针把表带的金色搭扣钉在架子边框上。妙龄女子看着表针,老妇人则贪婪地看着她。总有人把屋里的东西挪来挪去,她并不着急。等收拾完之后,屋子就会变样。

妙龄女子坐在墙边,老妇人则在对面的角落里。紫光灯下,天平晃动着,无声地晃动着。不知什么玻璃器皿掉了下来,摔碎在铺着绿

---

① 《圣经》中的十二恶魔之一。

色油毡的水泥地上。因为装得很满,所以先是一声闷响,然后才听到玻璃碎裂的声音,碎片四溅。它是自己掉下来的,两个女人在原地一动没动,都没碰过它。老妇人本该用铁皮簸箕把所有东西都收拾起来的,但这里湿热得令人窒息,可能会有蛇出没。你看,在滚烫而潮湿的空气中,石蕊试纸的边角都软塌了,卷了起来。妙龄女子和老妇人都没动弹,夜色中,一股来自同类的敌意让她们彼此戒备,她们嗅探着对方的气息,在相互蔑视的同时彼此回避,居心叵测地窥视着对方。妙龄女子先动了,她走过去打开门,让炽热的阳光照了进来。一走到阳光下,她的情绪就变了。她在那里停留了一小会儿,外面比屋里更热,但没那么湿。老妇人一动不动地站在原处。妙龄女子转身回来,任房门半开着,走到屋子中间才停下脚步。那里有张白色的椅子,椅背像栅栏一样。妙龄女子慵懒地脱光衣服,把一堆花花绿绿的内衣扔到椅背上。她轻而易举地把细长的脚掌从凉鞋里拔出来,光脚走了几小步。她身上没出汗,细长的光影明暗相间,依次覆盖在被拉长的形体上,让人感觉她在清澈的水流中游动。她的气息,就是她的影子。老妇人看着她,目光中没有恨意,甚至出现了一丝怜惜。她不再回避,不再低眉顺眼。"你把尾巴和蹄子藏哪儿了?"她暗中思忖,但心中的恨意却已不见了踪影。妙龄女子一仰头,脖子弯成一道弧线,秀发随之晃动。头发上没有汗,轻飘飘地散开,落在肩膀上。一条狗的影子出现在门口的阳光下,狗鼻子很尖。在一股莫名的力量的推动下,它的影子退了回去。妙龄女子走向老妇人,半道停了下来,又转身朝门口大步走去。她双腿的动作与往日大不相同:平日里,她的双腿即便不是从腋窝迈开,也是从臀部迈开的,如今却带着些许迟疑,从膝盖迈了出去。这种步态也许是一种远古的孑遗,那时她身上还覆盖着毛发,生殖器上垂着一条强健的尾巴。走到门口,在那条狗影子消失的地方,妙龄女子把身子贴在门框边的墙上。两条腿慢慢劈开了,一条腿缓缓伸进阳光里,身体的其余部分也跟了上去。此时,她已完全暴露在阳光下,站在那扇半开半掩的门里,之前老妇人就是从这扇门进来的。面前是一个狭小的院子,荒草丛生,堆放着几个生锈的空汽油桶,还有一驾马车的车架,轮子被卸掉了。两棵李子树早已干枯,更远处是灰色的木板围栏,一丛丛茂密的紫丁香在木板上盛开。一棵高大的钻天杨一动不动地矗立在门前。巨大的蜜蜂在阳光下掠过,将光滑的阴影投向地面。不,那是一只鸟在院子上方笨拙地回旋,而后又消失在阳光里。左边码放着高高的一摞木板,用防水油布盖着。一只红母鸡窝在木板中间,两只翅膀支棱着,像挂着双拐。它不停地低叫,像个疯子在嘟囔。长满青苔的大石头后面,一群红毛小鸡从草丛中拥出来,在阳光下昏昏欲睡,并没有回应母鸡的叫声。妙龄女子略微弯了下腰,双手支撑在弯曲的膝盖上。一滴沉重的、乳白色的汗水——仅此一滴,从颈后滚落,在金色的肩胛间滑动。屋里的老妇人也动了起来。她知道对方看到了什么,于是悄无声息地走向门口。两人都听到了母狗的呜咽声,看到公狗骑在它背上疯狂抽动,一边抖动着瘦骨嶙峋的屁股,一边无情地撕咬母狗的脖子。天上骄阳似火,让人无所遁形。"啊哦哦哦哦,"老妇人突然大吼起来,"嚯哦哦哦哦哦,嚯哦哦哦哦哦。"她回过身,弯腰从地上抄起一把生了锈的没柄的耙子。"嚯哦哦哦哦哦!"她冲了上去,可是另一个女人抓住她的手,把她死死攥住的耙子夺了下来,扔到一边。两人回到屋子里,关上了门,薄薄的板壁另一侧的药店里传来一阵咳嗽声。"安吉丽娜,"西尔维娅·拉克利什柔声道,"你去看看是不是那个老头等着开药呢,你告诉他我马上就来。"她又看了一眼表上的指针,穿上白大褂,脚掌无声地贴在油毡上。双脚伸进凉鞋,就像胆怯的小动物被关进了狭小的笼子。她的内衣还轻盈地搭在椅背上,暗光流动。

* * *

这个安提帕懂了吗?他能懂吗?表针指向两点零五分。这个安提帕,和去年冬天玛格蕾塔在阿尔巴拉指给她看的那个,难道不是同一个人吗?"你看这个可笑的家伙,我认识他老婆。大好的春光,你都不知道该把大衣藏哪儿才好，他却穿着皮毛大衣、黑毡套鞋出门了，我肯定他套鞋里还包着裹脚布，帽子也被拉到了耳朵上。他就是这么夸张，总怕感冒着凉，每天都要用洋甘菊茶漱口……"这是她的朋友，历史老师玛格蕾塔·利维斯库。"哦嗷，她又有什么门路呢？"人们可能会说，"她如今能在阿尔巴拉第二高中教书，是因为有经验的老教师都去外地上班了，要找人到学校代课吧？！"这个胖胖的玛格蕾塔！她既没有漂亮的长相，也没有令人羡慕的社会关系（人们都讨厌她，却不愿惹毛她。就这样吧，算了，算了，谁知道）。她虽然没有门路，运气却好得出奇。凭着运气，她当上了先进学生、班长、科学社团主席，还能买到黄色的夹克和廉价的鞋子。她从来不戴文胸，尽管，嗷嗷，她真的应该戴啊。冬天她会穿上秋裤，把裤腿卷到膝盖上。心血来潮才会去刷牙，还会用镊子拔鼻毛。哦，不过她是个好姑娘，从来没有什么不切实际的幻想。也许你能在青年才俊济济一堂的戏剧演出中遇见她，别人有需要的时候，她总能挺身而出。虽然笨手笨脚的，但大家都喜欢她（哎，好吧，她在阿尔巴拉看起来好像并非如此）。在那些剧目中，她扮演的角色也叫玛格蕾塔。上大学之前，她在乡下教过一年书，还在文化宫的舞台上扮演类似的角色。在阿尔巴拉，西尔维娅·拉克利什和玛格蕾塔·利维斯库形影不离，稍微读过点儿书的正经人都会说，这是因为她们俩的性格和外貌截然不同。但是西尔维娅·拉克利什心里清楚：平凡的玛格蕾塔之所以能吸引她，是因为她是幸运之神的女儿，她本身就是各种幸运事件的化身。当然，你不能告诉她这些，又为什么要告诉她呢？你这会儿又想起了她：是的，今早在火车上，当你看到安提帕时，你就想起去年冬天和玛格蕾塔一起过马路，她把他指给你看，这人真可笑啊……今晚，你要和往常一样回阿尔巴拉去，你会见到她，然后对她说："玛格蕾塔，你还记得安提帕吗？去年冬天，我们从蛋糕店出来的时候……"

该怎么对她说呢？难道你是如何接近另一个人，而这个人实际上会让你疏远她吗？有缘人是怎么走到一起的呢？这是谁问的？答案又在哪里呢？他不会来了，已经过了三点半，快四点了。他为什么非得来呢？

＊　＊　＊

西尔维娅·拉克利什在研钵里调制一种铅灰色、带硫黄气味的混合物。她会告诉玛格蕾塔："我都忘了。他今早在火车上跟我说过这事。不，不对，是在烟店里。你不认识克莱姆老爹吗？就是装着条木头腿、有斯纳戈夫牌香烟存货的那个。可是他没来，本来应该中午跟他见面的。不过我也不知道他是什么时候把这一切和盘托出的，这天气把我们所有的计划都打乱了。他一直在说，我啥也听不懂，但还是在听着。'你知道今天是夏至，是白昼最长的一天。我之前还真不知道，现在才想起这事。你早就知道吧？你想过吗？从前，人们给太阳写赞诗的时候会想起冬天，因为冬天从现在就开始了，从阳光减弱、白昼缩短的那一刻就开始了。之后，夏日，真正的夏日又始于冬日，随着冬至后白昼的增长而到来。万物都在循环轮转，你懂吧？你肯定没想过这种小事。'玛格蕾塔，他为什么没来呢？那会儿我抽着烟，听他说道：'更要紧的是，为什么我们生存在一个星球上，而不是在一个金属托盘上呢？这真好笑，真神奇，对吧？'玛格蕾塔，你觉得呢？他这人是不是很有趣，很出人意料？特别是在那天早晨，当你在迪亚卢—奥克纳下了火车，百无聊赖的时候。他为什么没来呢？我们一路同行了这么长时间，直至今日我都没再见过他，会出什么事呢？……"

当西尔维娅·拉克利什把一个圆形铁盒交给那个老人的时候，安提帕出现在门口。"你每天早晚各涂一次，然后用绷带包扎一下。"老人穿着件羊皮筒子，戴着尖尖的皮帽，看起来好像并不热。难道他不打算向太阳膜拜，与所有人背道而驰，在今天，六月二十一日，庆祝冬日的开始吗？安提帕兴致盎然地看着他，好像自己就是为他而来的。他忧心忡忡，又心满意足地把老人送到门口。老人并没觉得意外,而是跟他聊起了自己的皮肤湿疹,因为太痒了,所以过来找那位小姐看一下。他住在离这儿四公里外的一个镇子里,在自家房子周围的空地上种了很多葡萄。虽然只有巴掌大的一块地,而且三年才结一次果,但酿出来的葡萄酒够喝一个冬天的了。"好的,好的,一定上我家去。从教堂往镇公所方向数第三栋房子就是,不是往另一个方向。"

安提帕看着木地板,闻到浓烈的佩特罗欣①气味,脑海中浮现出一个装着一半黄色油漆的桶子,桶沿上搭着块湿抹布,旁边还有一把钢丝刷。长长的走廊尽头,清洁女工一手拎着桶,一手握着刷子,像只水鸟一样蹒跚走来。不过,安提帕的脑袋这会儿就是个满满当当的桶。佩特罗欣先生和拜耳先生、巴斯多先生、匹拉米洞先生比肩而坐。他们都是好人,都是老牌资本家,如今偶尔会在我们的脑海中徘徊。

男人抬起眼睛,和女人的目光相遇了,她在等待。他轻车熟路地伸出手。她愤恨而轻蔑地看着他,掩饰不住冷漠的好奇。他迟疑了。"我浪费太多时间了。"她说,"你还等什么?"她嗓音沙哑,不容置疑。"你看,"他说道(他想要笑一笑,但只是面部抽动了一下,感觉全身的力气一下子流失殆尽,一股无从抗拒,也不愿抗拒的困意将他席卷),"你看,我来了。""外头很热。"说完他又重复道,"非常热。""你还等什么?"她又问了一遍。他羞怒难当,一把抓住女人的胳膊,扭转过来拉向自己。他试图爬到女人身上,像要攀上一根光滑的柱子,但总是无助地滑落,最后不得不把牙齿也用上了。可是,宣泄一空的力气已经无法回到他的体内,让他变得空虚、渺小而松弛。在被欲望驱使的同时,他为自己的无能而感到羞愧。他想再试一次,但她毫不费力地挣脱,走开了。她的面容变得温顺、柔和,一言不发地再次靠近他。炽热的目光中既有理解,也不乏喜悦。他内心深处的

---

① 一家全球知名的石化企业。

种子又一次躁动起来，释放出隐隐的冲动，但这一切只是发生在他的头脑中而已。

老妇人不请自来。妙龄女子继续颐指气使地说道（刚才她对男人说过同样的话）："你还等什么？"安提帕没听明白，无力、愤怒、羞耻的感觉依然挥之不去。老妇人服从了命令，安提帕却还没明白。妙龄女子温柔娴静地引导着他："你还等什么？""哦嗷嗷！那个老太婆都明白了，我却还没明白。她是在让她帮忙，而不是不让我……"压抑着狂笑了许久，他的紧张感消失了。"这玩笑真不赖，真的！"他跟在两个女人身后，感觉自己的关节复苏了，肌肉也开始鼓胀，力气又回到了身上。她哑着嗓子威胁道："我去实验室了。"说罢就跟着老妇人，想从后门出去。不知是有意还是碰巧拽了一下门，屋门在老妇人背后关上了。另一个女人的手刚搭上门把手，男人就走到她身后，用双手把她的身子扳转过来。他的牙齿闪耀着胜利的光芒，脸颊消瘦，眉骨向前凸起。她吓了一跳，发出一声压抑而短暂的惊叫。"别！"她害怕了，"别这样！"反抗、厌恶，她的气息像冬天里的蒸汽，从拉雪橇牲口的鼻孔里喷发出来，"别这样！"男人的手慢慢解开她的衣衫，没有丝毫慌张和愤怒，却不容抗拒。地板冰凉、潮湿、粗糙。

* * *

他点着一根烟，没有看女人，只是盯着火柴头上闪烁的火苗。"抽烟表示你得手了，是吧？"这个玩笑救了场，"抽根烟就能重新成为主宰，没错吧？"他笑着朝女人回过身去，想要找句话说，却无从说起。他觉得自己的肩膀和膝盖依然很有劲，力气又缓慢而坚定地充满了全身。他笑着迈出一步，但是胳膊肘碰到桌角的一只玻璃碗。想缩回前臂的时候，手又不听肩膀的使唤，挓挲着扫到了贴着瓷砖的石台。试管架上细小的玻璃管被抛向空中，掉在地上摔得粉碎。他在女人面前惊醒了，胜利的笑容变成了愁眉苦脸的样子。女人全须全尾地站在那里，毫发无伤，让人不敢触碰。她平静的笑容带着嘲讽，全身上下散发出一种生人勿近的热量。突然，她鲜活的、睡眠充足的面庞被巨大的哀伤淹没。那本是妙龄女子在一夜无梦、酣睡许久后慢慢睁开双眼时才会拥有的面庞。他想伸手触摸，却又不敢造次。他把香烟扔在地上，用鞋跟在烟头上碾了很久。她的声音变得尖锐起来，比之前更强硬了。"来吧，"她说，"她岁数大了，别让她久等。"她向门口走去，他也跟了出去。一袭黑衣的老妇人一动不动，直挺挺地站在刺目的阳光下，独自等着他们。两人从她身旁走过，胳膊肘和膝盖碰到了她。他们停下脚步，站在长满野草的小路上。"我也去。"老妇人说。"你走前面。"另一个女人命令道。"好的。"老妇人说。"该死的恶魔。"老妇人喃喃自语，"他们看起来长得都不一样。不过这头恶魔我还没见过，他不像其他恶魔，傲得跟公山羊似的。"三个人走在无人打理的小路上，绕过摇摇欲坠的木头售货亭，走向远处。穿过樱桃树黑色的枝干，就到了一堵白墙跟前，墙上有扇门。老妇人从钥匙串上解下一只干枯的鸡爪，捅开了门锁。

第十九章

你是怎么从摩西里尼酒馆里出来的？

你在一口水井边停下脚步，井上安着长长的铁管，灰色的表面布满红锈，凹凸不平，好像被强酸腐蚀过。这口旧水井靠手压杠杆汲水，滚烫的把手像个勺子柄。你掏出手帕，叠起来垫在手心里，开始泵水。没有任何润滑剂，完全是铁和铁在摩擦，咯咯声从深处传来。你不再口渴难耐了，反而变得跟水有仇似的。滚烫的细流从出水口淌下，而后变成一股温热的洪流。你的手愤怒地压着水，但即便在地层深处，水也不再凉爽了。家庭主妇们管这叫夏天的水，只要放在院子中间的大木盆里让太阳晒热，孩子们就可以在里面洗澡了。你把手帕浸湿后敷在脸上，水不凉，但这样更舒服。你站直身子，头使劲向后仰，手帕立刻变得滚烫，很快就干了。你把它从脸上揭下来，眼睛依然闭着。睁开眼便看见一只蜜蜂在你头顶上嗡嗡作响，在你的额头和枫树的树冠间上下翻飞。树叶的颜色很深，边缘落了很多灰。你虽然没有看到，却听到一只鸟从另一头飞进了树丛中。它一定很大、很笨重，翅膀缓缓地拍打着，让树叶惊慌失措。"它到底有多大呢？这鸟……"你轻声咒骂着，再一次伸手掬水，另一只手则压着水泵，又洗了一把脸。你走在路中间，渐行渐远。

一个女人提着满满一筐湿衣服，从两栋黄房子中间的狭窄院落里走出来，穿过了马路。你向她望去，见她穿着条褪色的红裙子。一辆空驰的卡车上，木制和铁制的零件相互撞击，夹杂着发动机压抑的喘息，嘈杂一片。你没有往人行道上躲，司机在间不容发之际绕开了，于是你听到他恶毒的咒骂声。你笑了笑,你在水井边也骂脏话来着,你俩彼此彼此!所以,有一位女药剂师在药店等着你。你理解对了吗?刚才灌进去的啤酒这会儿才上了头,让你醺醺然起来。太热了,不过很舒服。去药店的药剂师那里也会很舒服,那里很凉快,虽然所有药品、药粉、药膏、药酒都臭烘烘的,但真的很凉快。她肯定有一些让那里保持凉爽的咒语或魔药,如果不是的话,至少也该像摩西里尼那样有一台风扇,就是那个转个不停的破玩意儿。女药剂师肯定还在某个地方藏着一把咖啡壶和一盒咖啡。那个盒子原本是装茶叶用的,上面写着"五点红茶,百年声誉"。用茶叶盒存放咖啡,这种事在所难免。也许这已经成为一种原则,一条规律,非这样不可!……"真热,不过要是很冷的话,会更好吗?"这就是摩西里尼的智慧!"冻死你!"你停了下来,但那里并不冷。一只鸟在遥不可及的天空中转着圈,那是一只老鹰盯上了某只家禽,可能是鸭子、鸡,或者火鸡什么的。"已经过了十二点了,哦嚯,都快两点了。可是,如果她没在等我怎么办?""滚开!你一身臭汗,上这儿来干吗?谁让你来的?我让你来的?滚出去!不然叫警察啦!""我为什么要出去?请您给我拿一盒止痛片。"只要买盒止痛片,就能让那个女药剂师镇定下来。你怎么又鬼使神差地上楼梯了?从上面望下去,可以透过门上的小窗看到门卫的脑袋……你是不是要去自己的办公室呢?先进去看一眼再走?屋里的男人笑了起来,准备给你开门。你很快就下来了,脑袋上还顶着门卫的微笑,"安提帕大叔不知道把自己的手杖落哪儿了,哈哈。"

　　你发现自己又回到了街上,四周充斥着各种气味:西瓜、尿液、淋湿的狗、白菜、醋、炸洋葱、辣奶酪,然后又是一股尿味。"我自己又是什么气味呢?"你自问。"难道我喝醉了?"你又问道。见鬼的是,你并没有到你该去的地方去,而是发现自己在火车站,在站台上走了几圈,这是怎么回事?也许你走得太快了,比时间走得更快,因为冲下议会大楼台阶的时候你看了一眼表,那时两点不到,而现在只有一点半。嗯,这些想法真是愚蠢。你走进刷着白灰的公厕,那里离水泵不远,旁边还有个报刊亭。离开之前你等了一下,因为听见隔壁女厕传来一声熟悉的咳嗽。这公厕修得不错,是水泥砌的,很结实,但隔墙没有顶到天花板上。无论在哪儿,只要看到这种只用来分隔房间,却又不到顶的隔墙的时候,总能听到熟悉的咳嗽声。你再次上路时,还在想着刚才最好到隔壁去看一眼,确认咳嗽的人是不是认识你……尽管你能确定,这个微不足道的细节骗不了你,因为你的预言是确切无疑的……游戏很完美,玩笑是万能的。这只苍鹰,或者说老鹰,永远不会失手。它在庭院上空盘旋,看到地上的禽鸟便严密监视,时机一到便俯冲而下,像巨石一般坠落,用爪子抓住猎物后又轻巧地腾空而起,远走高飞。天上是鸟,地上也是鸟。你欢快地走着,心想:"我的脑瓜子真好用,总会有些轻松幽默的念头。我想要说说话,也许这样可以少出点儿汗。而且我喜欢像现在这样畅所欲言,我想变得更有天赋,我想要蛊惑社会。真的是这样,我脑海中时常会浮现出一些生动且不落俗套的话语,就像我现在的所思所感一样,是一种充满活力的语言。'生动的风格永远不会让我脸红。'那本英文小说里说这句话的女孩叫什么来着?没错,她是个极有教养的姑娘,在严苛的道德准则和清教徒的戒律下长大。那不是今天或昨天的故事,而是发生在上个世纪。这是她对谁的回应呢?她是在回答一个比她年长很多的男人,那人向他推荐了一位很好的作家,但要求她不要相信他,因为他的风格里可能出现一些粗陋的语言和过激的表述,因为实在是太多了!女孩答道:'一种生动的风格永远不会是粗俗的,它不会让我脸红。'可是这个好姑娘到底叫什么呢?那本书又叫什么来着?"

你闷头走着,一个颇具威胁的说法在体内升腾:"我感觉好极了!"你心想:"那个女药剂师正在自己的药店里,我知道她叫西尔维娅。她很漂亮,但如果要用更生动的风格的话,我应该怎么张口呢?!那些刀客、奸商、扒手在餐馆里暴饮啤酒,吹牛神侃的时候,使用的风格够生动吗？运动员和足球队员们赛后小酌的时候又是怎么说话的呢？农夫们周六、周日连着两天在婚礼上喝酒，周一早上跟人吹嘘自己的从军经历时，他们的风格生动吗？！怎样才能找到一种生动的风格，才能去药店里把药剂师西尔维娅侃晕呢？！"这些毫无用处的想法让你发笑。你遇见一条狗，于是看着它说："我们今天是不是见过？"你从兜里掏出一块方糖喂给它，它用尖嘴叼了起来。那条狗很脏，整天在垃圾堆里出没。"我很荣幸，狗先生。"你说完，就已经来不及躲开了。你看着脚踝上的牙印，还好皮肉没破，但是发紫、充血了。"是谁在开玩笑的时候提到过有个男孩也被这样一条狗咬伤的来着？'大家都去找那条狗，想看它是否得了狂犬病。可是大家光顾着找狗，却忘了给那个男孩打狂犬疫苗。几天后，如果那条狗没找到，而那个男孩却开始狂吠了，又该怎么办呢？他们只能把那个男孩枪毙了。'这算是一种生动的说话风格吗？"你很诧异，居然没在街上碰到任何人，这让你不由自主地笑了起来。"人都上哪儿去了？"你心想，自顾自笑着。这时，一种巨大的无力感突然袭来，让你不得不靠在一排高高的绿漆栅栏上，说道："哟嘿，如果我现在已经找到一种生动的风格的话，就不会出这种事了。我就是条虫子，是个可笑的蜗牛。虽然我怕她，但我最终还是找到了一种生动的风格。"你靠在栅栏上傻笑，试图把那只在脑袋边上飞来飞去的蜜蜂赶走。

你走进克莱姆老爹的烟店，他带着好奇和友善，很高兴地看着你。你开口说道："我没醉。"你要了两盒斯纳戈夫牌香烟，他笑得很难看："咱俩是同谋。"对此，他感到很高兴，很骄傲，只是稍稍有些不安。最让他高兴的是，这次合谋让你的身价掉了一半。"您知道吗？"他说，"奥努先生死了。""唉，说起这事，"你说，"我还得再告诉你件事，佐塔神父也死了。""怎么可能？"他吓坏了。"没错。"你笑着说，"不过他的死不是我的错，也不是你的错。""当然不是。"瘸子担忧地看着你说。你从他那里出来，停留了片刻，把腿架在一根水管上，看了看被狗咬的地方。"干得漂亮！"你说。伤口已经结痂了,就像在上面放了条蚂蟥一样。你想起了奶奶,那时你还是个在她裙边打转的小孩子。她手提一个装着蚂蟥的大罐子,在一间低矮的小屋里走动,地面是夯土的。"得让蚂蟥把血液里的毒素吸走,我昏头涨脑的。"她说,"你能听到血涌上来的声音。"趁她还在熟睡的时候,你从她的罐子里抓了一条蚂蟥出来,放在自己脚上,就是今天被狗咬过的地方。也许它就因为这个才咬你的……你继续走着,房屋、路口的水井、水泥电线杆依次从你身边掠过。奇怪的是,你明明走得很慢,可它们却像坐在火车、汽车,或者带轮子的铁笼里一样,跑得飞快。一辆带篷的卡车疾驰而过,扬起厚厚的尘土,好像黄雾一般,然后你就发现自己已经在城外头了。天更热了,你行走在乡间的小路上,身后是几座孤零零的住宅。你路过一排长长的库房、一座筒仓,还有几个带深色或银色圆顶的圆柱形油罐。卡车扬起的尘土粘在你的后脖子和脸颊上,还被吸进了嘴里。"天太热了,水也喝得太少了。"你笑着说。你看见仙人掌掩映下的安盖尔的房子,还有杨树下的小路,白墙和带刺铁丝网环绕着的泵站四周一片青翠。你看到那只鸟落了下来,巨大的翅膀在地面投下阴影。你听到磨坊发出嗡嗡的声音,但也有可能是安盖尔养的蜜蜂,就是他跟你提起过的那只大蜜蜂,以前你从未见过它。你笑了:"也许这回能见到。这个老无赖,居然拿大蜜蜂这种事来跟我鬼扯……"你转身回城,不知疲倦地走着。"女药剂师还在药店里等着我呢,我得赶紧找到一种生动的风格。"你走在高高的路基上,看到一群蚂蚁爬上了你的脚背。你没有驱赶它们,而是看着路基边缘用漆成白色的砖块拼成的一句话:"各国人民间的友谊万岁!"

"哦嚱,安盖尔这会儿可能正在屋后的椅子上坐着呢。"你心想,不再避讳自己的笑声。他就是躲在你脚下的影子,和你同进同退。他可能正在给瓜德鲁普[①]的朋友写一封信,说要给他寄某个品种的仙人

---

① 法国属地,正式名称是瓜德罗普省。位于加勒比海东部背风群岛。

掌。他甚至真的会寄过去,让他开个展览的。几天前,他曾向你展示一盆来自希腊的仙人掌,看起来像只长刺的青蛙。你轻盈地走着,脚步飞快,心里美滋滋的。路基上尘土飞扬,你在杂草间翻了两个筋斗,大喊:"我觉得自己找到生动的风格了!"于是你又回到了城里,站在维尼阿明·科斯塔凯主教大街上。"他也许是个穷困潦倒的人,以他名字命名的街道破破烂烂的,上面的房屋都快塌了。"你心想,"如果我想制造些小混乱的话,只要在这些不堪一击的墙上砸几拳,它们就会他妈倒掉。"你穿过这条街,从庭院和菜地边跑过,然后在一棵巨大的核桃树底下停了下来,想在那儿睡一会儿。可是核桃树在一个大院里,树枝编成的篱笆把你隔在了外头。你自言自语道:"如果不是为了那个女药剂师和她的药店,如果不是为了装在茶叶盒里的咖啡,我会用生动的风格把这条维尼阿明·科斯塔凯主教大街搞个天翻地覆。下回吧!"你一边笑,一边踢着脚边的石头。"感谢上帝!"你说,"让我走上了正道。"这让你笑得更开心了。比什么更开心呢?这时你看一个小孩像一头小羊一样从篱笆里钻了出来。"你在这儿干吗?""我七岁!""是吗?好样的!给你一列伊。"你格外大方,无论人家有没有管你要,你都会给他一两个列伊。"让我看一眼你的脚。"你说,"小靴子里面是不是有一只分了趾的蹄子?给你一列伊!你妈妈叫什么名字?弗洛雷娅?太棒了!再给你一列伊,你给我指个能吐的地方。"但是那个小调皮在你身边飞舞,发出短促的呼喊声。"他以为可以用玩笑来为自己的谎言辩护,他的玩笑遮盖了谎言。"你想起了菲丽奇娅说过的话,可怜的菲丽奇娅已经心灰意冷,她还有多少话没说出口呢?"我没吃醋!"她喊道,"我只是不想让她嘲笑我!""谁嘲笑你了?"那个孩子黑乎乎、脏兮兮的,衬衣散在麻布裤子外头,脚上的短靴倒是很结实,上面捆着绿色的绳子。他从一个瓦罐里倒了些水在你手里。水很热,都快沸了,但冲洗得很干净。你从篱笆上抬起头,虽然已经吐完了,排空了肠胃,但气还是不顺。之前肚子坠得难受,现在却空得难受。这种巨大的空虚感让你的肠、胃、肝和肚子里的其他脏器都自行飘浮起来，相互之间没有任何触碰，仿佛是在黑暗小宇宙中刚刚形成的星座，又像一堆绿头苍蝇在围着一坨被太阳晒裂的屎橛转悠。然后，胀气的肚皮好像引导着你朝前走着。你在飘，而不是在走，就这样被吊着往前飞，可是脑袋却在往下拽你。

你又回到了市中心，荒凉、寂静、可怖的酷热。人行道旁边，不管是理发店、裁缝铺，还是百货商店，百叶窗都关得严严实实的，褪色的竖条纹窗帘也被拉上了。你看着自己在宽大橱窗里的影像，正站在两个丑陋的模特之间，它们被插在一堆聚苯乙烯颗粒上。你对自己的样子很满意，眼睛下面是消瘦的脸颊，深深陷了下去。肚子也瘪了，哟嘿嘿，里面是肿着还是已经消肿了呢，谁知道呢……条纹衬衫和裤子没有沾上泔水，也看不到有破洞：那条狗咬你的时候并没有咬裤子，而是直接咬在脚踝上。明天，没错，明天你要去拜访一下帕斯特乌尔先生，那是另一个善良的老人。不过今天，今天你知道该干什么。你要带着生动的风格，热情洋溢地到药店去，到药店去……你伸手摸了摸自己的脸，感觉很满意……你摸到了坚硬的眉骨，眼球在弹性十足的眼眶中转动，眉毛不长却很油亮，早上刚刮的胡子让脸颊略显粗糙，但无伤大雅。你喝下一瓶黄色的糖浆，味道像洗衣液。糖浆有点儿热，胃里泛上来的酸水也是同样的温度，带着食物腐烂的气息。你的头发粘在前额上。张开嘴唇，舌头舔到一丝香菜，发出烂菜叶的味道。你用两根手指从牙缝里抠出一小块萨拉米香肠的肠衣来，手指头闻起来有股猪油的哈喇味。你的脸上还淌着泔水，弄湿的衬衫也臭烘烘的，你还在鞋尖上发现了一颗烂糟糟的豆子，还有一小块清煮土豆。你的眼睛睁不开了，感觉有些刺痛，因为睫毛上黏糊糊的东西在变干。"天哪！天哪！"你听到一阵咯咯的笑声，还有嘶哑的窃笑声。"你们这些浑蛋，都做了什么？"然后又是一阵窃笑。咯咯的笑声之后，是一扇门被用力撞上的声音。他们在哪儿倒泔水桶啊？左上方好像有一扇窗户开了，或者一扇门里有人蜷缩在楼梯上，也有可能是有人踩着高跷……你扭头往左看了看，那里是一堵墙，上面没有窗户，也没有门，什么都没有。旧蒸汽磨坊的墙面又高又宽又长，墙皮已经脱落了，这几天就会被拆掉的。

真安静，没有人，也没有动物。不对，一只灰猫从大石头旁边的裂缝中钻出来，穿过了水沟里的杂草。天空中的大鸟还在转圈，飞得很高。你的脸开始抽紧，好像涂了黑泥面膜一样，衬衫贴在背上。你所处的这条街也在城边上，叫磨坊街。对你来说还算不错，因为不远处就有一口水井，石槽里蓄满了水。不管怎么说，这也算不幸中的万幸。同一根又细又软的面条（那是你走在博波尔纳大街上的时候，用两根手指头从头发里揪出来的）相比，还有更倒霉的事呢。你的脑袋昏昏沉沉的，不管吐多少出来，都没法把脑袋清空。"啊哈！"你对自己说道，"为了到药房里去，我在这些街道上绕了那么多弯路，只为了让自己看起来好像有一种生动的风格。""啊哈，穆耶丁，你在这儿干吗？你拉树苗的驴车上哪儿去了？""什么？安盖尔在等我吗？""你往那儿看，穆耶丁。那面快塌掉的墙上有块字迹不清的纪念牌：'某年到某年，某个时候，伟大的民族诗人瓦西里·亚历山德里①曾在此居住。'听着，你这该死的家伙，你还在写诗吧。那就去这座破房子的阳台上看看吧。看见那个盖子靠在墙上的大箱子了吗？里面装着什么呢？穆耶丁，你这个恶棍！你告诉我，那个总是穿着条运动裤，坐在树苗上的姑娘上哪儿去了？我要去找安盖尔，难道不是你一大早就非得让我去找安盖尔的吗？你听着，你这个土耳其佬，你和你的驴子一个样，整天都在赶路。你俩都长了一身红毛，都在运树苗，我还知道啥来着……告诉他我会去的，不过要等下星期了。哦嗷嗷，看你这样子简直笑死我了，你太倒霉了，穆耶丁。这块糖拿去给你的驴子吃，让那姑娘把运动裤脱了吧。我会去的。"

你在一扇铁丝网编成的门前停了下来，看到院子里的猪正在撵着一只鸭子跑。你往后退了一步，似乎想躲开："我能滚哪儿去，老太

---

① 瓦西里·亚历山德里（1821—1890），罗马尼亚诗人。

婆？你疯了吗？叫唤什么呢？如果你撅着这大屁股还跑得动的话，你滚开好了。给你一个列伊，滚吧！你是从这个院子里，从牛蒡叶子底下的这座房子里出来的？你怎么还在这儿！快滚，老太婆！我有一种生动的风格，嘿嘿，我不怕，嘿嘿。你滚吧，我可不想滚，我又能滚哪儿去？又为啥要滚呢？我已经给了你一列伊了，快滚！"你还在哪儿见过这么恶毒的女人呢？那是在一部电影里，一群乞丐在城堡里尽情地狂欢。她花白的发丝在肮脏的头巾底下打着卷，脸颊耷拉着，带着狂躁和邪恶嘟囔个不停。她的褡裢里装满了杂物，那其实是一块她用来装钱的油腻腻的抹布，因为她很有钱。很久以前的一天夜里，你曾在一家生意很好的客栈里见过这样的人。哟嘿嘿，电影是电影，但要是在你身边真的看到这样一位的话……服务员就用拿钱的手给你上餐具，拿面包。她给了他很大一笔小费，他拿起来说了声谢谢。是的，就是这样一个老太婆。你一回头，就看到服务员站在那里："怎么了，先生？她不也是劳动人民吗？就算要饭，那也是老年妇女的工作。她从前是个阔太太。你嫌弃什么？我的手怎么了？嘿嘿，她不也一样是人吗？！我有两只手，用我的双手为所有人服务。而你们，坐在这张桌子上的这些人又算什么呢？是大学生、射击冠军、大公手下的军人还是洛克菲勒的子孙？有几个臭钱，是吧？！你们嫌弃这个地方的劳动人民，对吧？！……"这个服务员就像一头脑袋被捏扁的大猩猩，又短又硬的黑发盖在额头、两鬓和后脖子上。他的脖子太粗了，堪比马戏团里的杂技演员，能把一个球抛向空中，然后用肩胛骨夹住，脑袋上还横着一根竿子，可以让五个人吊在竿子上。看他们的肩膀，看他们的眼神，上帝啊！你在桌边坐下（你们中有人说话了吗），就会走过来那么一个家伙，问你想要什么。你想离开，却怕他会宰了你。你进门的时候，本来只想喝一杯白兰地的，现在却点了一大堆吃的喝的，然后假装大吃大喝起来。还没吃完，你就着急结账了，而且给了他很多小费。一见他消失在樱桃色的帘幕背后，你就立刻起身夺路而逃。你再也不回来了，就此消失了。

"哦嗷嗷，"你心想，"安提帕，如果那个时候拥有生动的风格的话，我会很乐意，也肯定能揍他一顿的。我得慢慢地，一小块一小块地揍他，先是嘴巴，然后是肚皮、肋骨。"可惜事与愿违，你试图挤出一丝笑容，却眼睁睁地看着他狞笑着把拳头伸到自己鼻子底下。"你从哪儿看出我的拳头是臭的？或者说这些钱是臭的？来吧，一起来看看好了。"尽管它们没那么臭，但他还是把手伸进了油腻腻的工作服口袋里，掏出一把老太婆给他的纸币来。那是很多一列伊的钞票，油渍麻花、乌七八糟、破破烂烂的。他把这些钞票杵到你们脸上，你们的唇间感受到了臭气，可是谁都不敢动。如果他命令你们吃一张下去，你们肯定会立刻吃下去的。你胆战心惊地看着那个老太婆，她啥也没听到，只顾瘪着嘴吃饭。她脸上密布着紫色的老人斑和白色的绒毛，鼻子缺了一半，褡裢放在椅子腿边上。她用牙床嚼着肉、鱼、巧克力、奶油，仰头喝下一杯德国啤酒，然后开始不慌不忙地喝咖啡。整个故事看起来和服务员所说的一般无二。那个老太婆瘪着嘴嚼所有东西，会让你忍不住去看她，而且越看越害怕（你仿佛可以看到自己生命中可怕的面貌）。更令人吃惊的是每隔两三分钟，她就会从衣袖里抽出一块薄薄的、花边上沾着水和泡沫的白手帕，用它轻轻擦一下额头，然后往里面吐一口痰，或者在吞东西的时候用它挡一下嘴唇。这太令人费解了，你内心充满担忧和恐惧。她坐在椅子上的样子就像一位真正的贵妇，像个公主，而不是那种装腔作势、盛气凌人的女人。不，她就像个女大公，跟浓烟深处的还愿壁画里看到的一模一样。她坐在一把高背椅上，让高官们不敢接近。是的，让生动的风格见鬼去吧！当然，如果你能理解一位真正的贵妇是怎样坐上高背椅，又发生过什么的话，你可能会忘了自己身处何处。她把盘子里剩下的菜肴都收拾到几张从作文本上撕下来的纸上，打成小包放进褡裢里，包括一片掉到汤里的面包、闪着油光的肘子、半个丸子，还有沾着奶油的蛋糕包装纸……

你问服务员几点了。"四点差一刻。"一个头戴棕色贝雷帽、身穿宽腿裤的人答道。裤腿在他脚踝上方飘动着,袜子可能是忘在家里或某个洗脚的地方了。"快下雨了,肯定要下了雨了。"他说。"哪儿看出来的?"你问。两人同时抬头向天空望去:天空就像个滚烫的锅炉,里面的铅块在小火加热下慢慢地沸腾。蓝色早已消失不见了,但也没看见云。"正在聚集呢。"那人说道。你朝他手指的地方望去,似乎能看到大地上可怖的热源,以及一团巨大的阴影。但那不是云,只是一团不断移动的烟雾,它很重,很糙,盲目地移动着,像野兽身上的气息一样挥之不去。同时,一阵刀割般的锐风突然吹起,推动了你们头顶上的热气团,将它高高托起,但不算太高,还不至于吓到你们,并给你们的灵魂带来对变化的期盼。"这是要下大雹子了。"那人说。"可能会下雪。"你附和道。他没有笑,只是严肃地摇了摇头,一言不发。你突然觉得想和他亲近一些,跟他聊聊天,可是他匆匆忙忙地走了,消失在街角……你点燃一根香烟。烟雾弥漫在鼻孔和口腔里,舔舐着黏膜,向深处沉下去。你心想,已经很久没点根烟抽了。苦涩的味道令人作呕。你为什么要问他几点了呢?你自己戴着表呢。你跟所有手上戴着这玩意儿的人一样,把手腕弯了过来。没错,就像那个骗子说的那样。你惊奇地发现,他看起来就是个满嘴谎言的骗子,是个扒手,你必须用生动的风格告诉他这一点。"哦嚓!他真是贼眉鼠眼的,是不是还穿着件格子外套?所有穿格子外套的人都不老实,不是想从这里榨点儿油水,就是想从那里占点儿便宜。药店还是在老地方吗?女药剂师该不会已经上火车,不等安提帕了吧?干吗要等他呢?药剂师待在药店里,这很正常。"走着走着,天越来越热,浅灰色的天空上,只见短促的闪电贴着地面扭动,却听不见雷声。你对自己说:"坐这班火车回阿尔巴拉吧,我感觉好多了。"

你又处于一种新的状态中,有了一种解脱感,这种模糊的感觉可以打个这样的比方:"我要去集市,上帝保佑我别找到想买的东西吧!"这可以被看成一句谚语,同时也是一种钝痛,一种深深的遗憾。你跳过一个敞开的排水口时笑了起来:"他们都不在这里插块牌子,真得好好惩罚一下。"你以一个市政厅公务员的身份想道:"见鬼!"想起德鲁伊格工程师的时候,你又笑了……"药店的事,就随它去吧。"你说。于是你去了火车站,一小时后会有一班车。"我去火车站了。"你对自己说,"我不要做自我分析(你总是归罪于自己,卑躬屈膝的,都快被人笑死了。一个老头隔着拉上的窗帘看着你,软塌塌的嘴唇把下巴的位置都占了,也许是在嗑瓜子。几只麻雀从马路中间的牛粪上飞了起来。被人笑死了,这算什么说法?你打起嗝来,'这算什……呃……说……法……自我分……'),我想都没想过。我想去哪儿就去哪儿,去寻找最完美的自由。我的风格太生动了,所以我不会任由发生在我身上的事情摆布的,哦嗷嗷……而且我和所有分析师一样幸运,其中包括那些最出名的。靠着强大的消化能力,我肚子胀鼓鼓地睡着了。'死亡愉快,先生们!祝你好死!'"可是你发现自己到了药店门前。侧面的百叶窗合上了,但大门玻璃上没写"停止营业"。只是用一根细绳在窗框中间挂着块窄窄的黄色硬纸板,上面用黑笔写着"营业时间:早上七点到下午三点;星期日……"。你的手掌碰到了铁制的门把手,感到又热又湿(这是肉还是铁)。透过深色的窗帘,你看到里面有东西在活动,还听到有声音。于是你内心深处突然发生了变化,似乎有什么东西在里面搅动着,恐惧、羞愧、胜利……"我不想把它们搅和在一个罐子里,我不明白,我不能,我不……"你在干干净净的窗玻璃上看见了自己,狭窄的窗框把你的脑袋切割成了两三份。你很快就糊里糊涂地经历了不同的状态,想找个词来表达,但你脑袋里的词汇却让你平静了下来,没法说出口。于是,你按下了门把手。大量黏稠的汗水涌了出来。铁制部件在老旧的锁具里动得很艰难,那扇门也在拧着劲儿,有一片合页好像松动了,嘎吱嘎吱的,玻璃也在门框里叮当作响,缺少男生的房子总是这样。你进来了。

人应该如何面对自己——档案

时事新闻（摘自本小说自编《日报》）

公平的氛围，就是有利于人性发展的氛围……我在国家机关工作过很多年，有机会结识了成千上万的人。我发现，对于老实巴交的普通人而言，最让人气愤的事就是不公——来自G公司的A.S.告诉我们。

今天的人们无法想象，也不允许各种不公和滥权现象以任何借口在我们的生活中找到温床。我们的判断非常简单明了：社会主义和不公是一对截然相反的概念，它们在本质上势不两立。我们认为，社会主义作为一种制度，能够激发对国家的主人翁意识，能够坚持不懈地与那些企图将沿袭自旧社会的陋习改头换面的人做斗争，无论他们有多高的地位。近年来，在党和政府的领导下，我们国家从薪酬分配，到公民合法权利和自由的保障，采取了一系列措施，旨在将公正、平等的精神植根于社会生活的方方面面，并得到了数百万劳动人民的满意和首肯。

当然，相关工作并不总是一帆风顺。"当在某些领域出现不良工作状态时，是否会有一些真实存在的原因导致大家不敢提出批评，不愿说出自己的看法呢？"——我向A.S.同志提出了上述疑问。

"推陈出新，并对困扰广大劳动群众的经济和社会问题进行公开和有原则的探讨，"他对我们说，"这才是营造良好社会环境，充分尊重舆论自由的做法。在我们国家，存在这种氛围的最有力证明就是广大公民参与讨论这些问题的方式。近年来，一股纯洁的新风已渗透到社会生活的各个领域，以及人际关系中。我想特别指出的是，这种人性化的氛围起到了极大的激励作用。我党通过公开应对质疑，将其从社会关系中永远消除，并鼓励所有人从各自的角度积极思考。发展人文思想，鼓励创造精神，是我们党工作的一项基本方针。社会主义不仅要确保物质的富足,还要弘扬崇高的道德准则,营造公平、公正的社会氛围。(……)真理迟早会显现。作为一个曾在多年前因不公而饱受苦难的人,我想告诉你们这一点。因为在那个年代,社会环境不是基于原则构建的,相互猜忌和独断专行的现象比比皆是……"

(N. T. R. 供稿)

第二十章

"为什么非得在这里?"安提帕问。

"只能在这里。"西尔维娅·拉克利什答道。

"下雨了。"安提帕说。

他躺在一张铁床上,两头护栏上的白漆已经剥落了。护栏是用细铁条弯成的,拐角处的白漆看起来更新鲜一些,尚未脱落,只是上面被划了很多折线,像是小孩子干的,否则谁会做这种事呢?床头中间的某个地方用细铁丝挂着一块铝牌,上面是资产编号。我觉得这床是从传染病院或某个医院的诊室里弄来的,桌椅也是一样,都是用细铁管和塑料板制成的,镀镍的地方已经生了锈,布满被刻画、剐蹭和磨损的痕迹。不过地板是用窄窄的黄色木块拼接而成的,用碱水擦得很干净,虽未经木匠或抛光工打磨过,却因人们长年赤脚或穿着羊毛袜子在上面走动,被磨得油光水滑。木材上的节疤就像熔化的玻璃。墙壁下半部贴着白色的壁纸,上面落满苍蝇。在桌子和放着一盆清水的凳子之间,有张壁纸脱落了,于是补了一张报纸在上面,黄得像被火燎过一样。大写字母、小写字母、照片、新闻标题赫然在目。报纸通常会被糊在厨房的墙上,位于烟熏火燎的炉灶上方,或是钉在木材仓库两个关不上门的灰扑扑的柜子之间(为什么只有那里用钉子或大头针来钉报纸呢),头版头条总是在最显眼的位置。"为什么非得在这里?""只能在这里。""为什么?"曾经有个戴巨大贝雷帽的蠢货问过类似的问题,他系着领结,身穿宽松的夹克,是位专门绘制野花和家养动物的画家,"面包片掉下来的时候,为什么总是涂黄油的那一面着地呢?！为什么?"跟涂着黄油的面包相比，求圆方问题①根本不值一提。"为什么呢?"靠着画报春花、马、带刘海的猫，这个蠢货在阿尔巴拉置办下了一座豪宅和大湖边的一个农场，还立了一份荒谬的遗嘱：他的全部财产都不留给法定继承人，而是要留给研究晶体结构并最终发现天才宝石的人。"那是一种不透明的颗粒。"那个可怜的蠢货写道，"它必定存在。""为什么呢?"你总是问自己，"为什么?"不管是三岁的小孩，还是三十三岁的白痴，都会满脸放光，好奇而又天真地自问："为什么呢?"他的孙子、姐妹和小儿子一分钱都没得到，都诅咒那个系领结的蠢货，不过后来他们也死了……"为什么非得在这里?""只能在这里。"

西尔维娅·拉克利什站在窗口，用下巴夹着一条毛巾，毛巾下赤裸的胴体半遮半露。她向窗外望去，彩色印花布窗帘被放了一半下来，所以她只能从矮处的一条细缝里往外看，就像隔着钥匙孔或栅栏两块宽板间的缝隙窥视一样。屋子里的空气又湿又热。"我冷。"女人说，"我害怕。"安提帕用胳膊肘撑起身子，看着被自己扔得到处都是的衣服，有些在桌子底下，有些在门边。他的胸肌不是很发达，肩膀略微有点儿往里扣，脖子和脑门上全是汗。他撩起床单的一角擦了擦脑门，几乎同时，眉毛上的汗又流了下来。他把脚从床单底下抽出来，坐在床沿上。一股钝痛从左脚向上蔓延，肌肉的麻木感消失了，结缔组织中隐约出现了一丝惊慌。皮肤表面的小疙瘩让人联想起冒气泡的小水坑，或是荨麻、蚂蚁什么的。一只蜜蜂在房间某个地方嗡嗡嗡的。

窗口突然暗了下来，与此同时，冰雹击打在屋顶的瓦片上，在屋顶边缘发出短促的爆响声。树木、杂草、灌木丛在窗格中汇聚成一个绿色的旋涡。黑暗中，浅灰色的闪电劈开苍穹，一道电弧将屋子照亮。雷声接踵而来，窗玻璃被斜着震碎了。一片窄窄的玻璃碴带着土

---

① 做与圆等面积的正方形。

黄色的腻子，缓缓落在窗台上。女人尖叫起来，但没有离开窗口。冰雹带着震耳欲聋的声响倾泻而下，连通屋角和花园沟渠的排水管很快就被鸡蛋大小的乳白色冰蛋填满了。全新的节奏改变了世界这一隅，热血能感受到它，大地也接纳了它，并急于适应它。地层深处被沉睡的矿物保护着，依然在抗拒，但肥沃的地壳却像活物一般，感受到了焦虑和恐惧。寒气从门缝底下渗透进来，刺骨的寒风裹挟着细碎的冰末，堆积到地板上，并迅速融化。但这还不算完，房门被一股不同寻常的力量甩在墙上，恶魔把它强健的尾巴伸进屋子里，用锋利的尾梢四处抽打。闪电再次劈开苍穹。安提帕冲向门口，顶着狂风，艰难地把门关上。西尔维娅·拉克利什蜷缩在窗下，依然用下巴紧紧夹着那条毛巾，惊恐万分地看着他。这可是一扇非常结实的门啊，两块厚重的橡木板用横木和铁条连接在一起，还用驳船上的锔子斜着加固了一下，上面有巨大的门钉和沉重的门环。这都能当牢房大门了，即便屋顶塌下来，这扇门也会完好无损地竖在那里，粗壮的门环能让锁头在上面坚持到天荒地老……它是从哪个部位断开的？门环还是合页？鬼知道。还好，它现在仍在原处。暴雨从四面八方袭来，狂风却不断变换着方向，冰雹时而撞击着屋顶，时而敲打着外墙。所幸房檐够大，窗玻璃没有被砸中。不过，也许这座老房子很快就撑不住了，两个浪漫的人可以在雨中共舞了。男人在屋子里跳跃，汗水冻结在他身上，他的阳具不再像山羊或公牛那样当啷着，而是缩成了一个紫皮核桃，逗得女人站起身来大笑。"它去哪儿了？刚才还在这儿嗡嗡嗡来着。"他说，"我要拍死它！""一只蜜蜂而已。"女人说，"你这是怎么了?！最好穿上点儿东西吧。""刚才还在这儿呢。"他说。她又笑了。"她现在不觉得冷了？不害怕了？"他心想。这个奇怪的想法带着一丝恶意，就像你用来保护自己的玩笑一样。不过这没什么用，这个玩笑早晚会消失的，头脑中的空白会变成恐惧。"我在颤抖中变瘦、变小，变得虚弱，直至烟消云散，而恐惧、羞耻和厌恶却不断增长。"她的双肩发出黯淡的光芒，牙齿很白，屋里则几乎漆黑一片。她从地板中央拾起一个冰蛋来，握在掌心里，看着它慢慢变小，沉重的水滴从指间淌下。

安提帕坐回床沿上，弓着背，手臂和腰上结了一层冰。他左边有个窄窄的衣柜，只有一扇门上有镜子。红色的贴面早已失去了光泽，但尚未脱落。梨形的把手上挂着一根长长的黄色拐杖，椭圆形的镜子（没错，岁月在这里留下了更多的痕迹，锈迹斑斑的）映射出安提帕的全身，很难看出他曾经是个优秀的运动员。"安提帕——提帕，提帕！"去年夏天的时候，金发美人阿娜贝拉这样叫着，"都认不出你来了，老家伙。你这是怎么了？让我往后退十步，好好看看你。你还是我们班我最喜欢的那个清瘦的帅小伙——安提帕吗？！（安提帕像在动画片里一样，举着一个大网子捉蝴蝶。那是一个星期天的早晨，大湖的岸上只有稀稀落落几棵树。他头上布帽宽大的帽檐垂得很低，身上穿着条肥大的裤子，过时的绒衣上有很多扣子。那好像是六月。他频繁地眨眼，因为他近视，在感觉到隐形眼镜不在原位的时候就会莫名地害怕——难道不该戴上眼镜吗？那个吹牛不眨眼的陌生女子说他们以前是同学，还说了许多乱七八糟的屁话。"她怎么知道是我的？那个搂着她的小男人是干啥的？"他一边琢磨，一边尴尬地微笑着。年轻的阿娜贝拉则一直在他身边转来转去，带着不解、嘲讽和友善。菲丽奇娅后来说："如果你说她是你的同学，为什么直到现在才提起她呢？""是她说我们是同学！""啊哈！她说的。真会撒谎！撒得真好！你脚底下怎么不开个大洞，把你吞进去啊？上帝啊！我喜欢你所有的谎言，喜欢这个放荡的女人，喜欢你对我说过的所有谎话……"）这不是你，安提帕。见鬼，你到底出什么事了啊？你从前比所有人跑得都快，还是最优秀的游泳选手。我没告诉过你，当你跃入水中的时候，我都爱死你了！啊，对，你老婆。很高兴认识您，夫人！您得管管他，让他去健身房。安提帕，你上哪儿去了啊？那时候你头脑那么聪明，那么有男子气概，还犟得像骡子一样，简直迷死我了！那时你还是个冠军，安提帕。现在的样子，我都不知道怎么——

说说吧,你现在该不会是当老师、医生什么的了吧?你看起来跟法布尔①似的。你不会成学者了吧?……"

又是一阵风从侧面和屋顶下方刮来,天花板吱嘎作响,中间出现了一条细小的裂缝,从那里漏下来的灰尘和沙子在地板上汇成了一座小沙丘。"它化了。"西尔维娅·拉克利什说。她微笑着,把湿淋淋的手掌放在脸上。安提帕抬起眼睛,弓着背,两手在床沿上一撑,脚掌便落到了地板上。"你看起来像戈波②动画片里的小人儿。"西尔维娅·拉克利什说。"冬天快来了。"安提帕喃喃自语。"冬天。"西尔维娅·拉克利什说,她不再笑了,两人一起朝雾蒙蒙的窗口望去。迷雾中,只见鸡蛋大小的雹子铺满了院子。"我害怕。"她说。"也许你是觉得冷。"他说,"那只见鬼的蜜蜂躲哪儿去了?"女人向他走过去,她的气息充斥着整间屋子。她的脚步离你越来越近,嘴巴贪婪地张着,伸出湿漉漉的舌头,露着腋窝。只见她躺在那里,无力地蜷缩着。这时你却冷笑着站了起来,跳到屋子中间,焦躁不安地从一个角落走到另一个角落。你是孤家寡人,你就是这里的主宰。你转身朝向女人,她这会儿正需要你的理解和强有力的保护,不是吗?你看到了她的惊恐和喜悦:她现在更丰硕、更活泼了,丰满的乳房胀得更大了。她在期盼着。那幽深的源泉在哪儿呢?谁又是主宰呢?她知道如何用最幽深、最肉感的部位来迎合,懂得该如何进入、如何释放。她明白什么时候该说话,并在话语间留出足够的时间来让你带着困惑、沮丧、贪婪和不满转闪腾挪。云层之上,黄昏尚未降临,但凡间却已是深夜了。冰雹变成了暴雨,雨水如洪流般倾泻而下。风势减弱了,屋子里几乎一片漆黑。随着夜幕的降临,一种来自远古的莫名恐慌将你笼罩。这种恐慌隐藏在那里,似乎只是一种隐约而短暂的焦虑。它晦暗不明,有时只是一个莫名其妙的手势,或是一种另类的说法,或

---

① 让-亨利·卡西米尔·法布尔(1823—1915),法国著名的昆虫学家、文学家。
② 扬·波佩斯库·戈波(1923—1989),罗马尼亚动画片导演、美术家、编剧。

是你走路时略微的迟疑（这也许会让你想起某种儿时令你痛不欲生，如今早已痊愈的疾病），或是你说话时的一声咳嗽、一次深沉的叹息。女人笑了起来，尖利、宽大的牙齿越长越多，遮住了整张脸。男人猛烈地进入，思想随之萎缩，全身血液凝聚成一种危险的力量。女人接纳了他，把他关在自己身体里，将他毫无痛苦地榨干。她先是两条腿站立，然后又变成四肢着地，发出短促的叫喊和悠长、沉闷的嘶吼。男人在她上面、后面、四周，从各个方位发起攻击，孱弱的身体爆发出神奇的力量⋯⋯

* * *

"我们现在得谈谈。"安提帕说。

"把烟给我。"西尔维娅·拉克利什说。

"我们得心平气和地谈谈，用词不要破坏氛围，也不必刻意妥协。"

"你把火柴放哪儿了？你已经开始破坏氛围了。用什么样的词汇呢？"

"你不明白，我也不知道发生了什么。不过现在必须得找些合适的词汇。我觉得你没必要笑，我就没笑。这对我没任何好处，不过我得试试。"

"词汇？我小时候，经常和爸爸一起坐着轻便马车去看人拉大锯，潮湿的红色锯末四处纷飞。"

"有些词汇现在能让我们彼此靠近，就像我们刚才做爱的时候一样。词汇就是身边的事物。你看，你可以看见杯子、桌子、柜子、烟灰缸，就像这些词汇。"

"我知道，希望它们同样是真实的，毫不隐晦的。我在哪里读到过这些。"

"你不懂，你也没读过。我让你别笑了。"

"我没笑。我看到笼子里关着几只兔子，我有个姑妈就是养兔子的。"

"出事了。"安提帕说。他面无表情,一动不动地盯着她看了很长时间,然后慢慢恢复到正常的表情。"兔子?"他问道,"和兔子有什么关系?见鬼,你必须得说个和这场冰雹相关的故事。"

"安提帕,"西尔维娅·拉克利什说,语气中没有嘲讽和冷漠,却带着出人意料的绝望,"安提帕,你想溜掉,想走掉,你这个胆小鬼,这个懦夫,这样当男人真不错。安提帕,你倒是说话呀!我让你说话!说点儿什么!"

"火柴在枕头底下。"安提帕说。

"是的,"西尔维娅·拉克利什说,"我们相处得比我想象的更好。我不想听你说话了。"诡异的是,在她年轻的胴体旁边,总有一个老妇人的脑袋在晃动,忽左忽右的。安提帕伸手抚摸着她的脸颊,听到一只小猫头鹰,她的好姐妹,在冰雹侵袭后残留的树叶间啼叫了三声。棚屋房顶下的一根横梁上,也有一只猫头鹰在黄昏中鸣叫。"叫得真好听。"安提帕笑着说,女人也在他身边扭动着笑了起来。"你是个聪明的姑娘。"他说。"我很聪明。"她答道,"我比你小十来岁呢。"他们躺在床上,床单一直盖到下巴颏。屋子亮起来了,紫色的晚霞映了进来。窗户已经干了,房檐上还在滴着水,排水管里发出沉闷的敲击声。庭院深处,一道白烟像细细的柱子一样升起。晴空如洗,一只母猫在阁楼上喵喵叫着,老鼠在地板下面慢条斯理地磨牙。

"要是安盖尔来过这里就好了。"安提帕突然说,"如果他……"

"安盖尔?安盖尔是谁?"

"一个朋友,呵呵。我不知道为什么不说是个兄弟,呵呵。他是个至今仍认为自己还有可能成为神秘主义者的人(说这些话的时候,安提帕再也无法用冷漠的微笑来掩盖自己的拘谨、羞愧和不安),是个很可笑的人,不过他知道的东西真多。他就住在这儿。"

"这儿?在迪亚卢-奥克纳吗?我想认识他!"

"没问题。可能你不会喜欢他,不过这样更好!他养仙人掌,和所有人都有联系,当然是和其他养仙人掌的人。"

"太棒了！我想见他。"

"好吧，明天怎么样？或者改天吧？等到……"

"明天！""他有两百五十多岁了，不过依然很强壮，而且意志无比坚定。他是我朋友，明天……""明天！"

"就明天！"

"终于敲定了。"西尔维娅·拉克利什说，脸上带着狡黠的微笑。屋里的光线渐渐暗了下去。女人抬起上身，胳膊肘紧贴着两肋，撑在床垫上。床单从她沉甸甸的巨乳上滑落，慵懒的双乳微微向两边歪着，紫色的乳头缩在柔软的组织里，像藏在肉垫里的猫爪。"你知道吗，我有个姑妈对于谈话有自己的高见，如果让她听到我们说什么的话……"

"我知道。"安提帕笑了，"我也有个姑妈，她送给我们一面镜子。"

"镜子？我们也有……"

"它不是你知道的那种东西，可以在它前面坐上两个小时来梳头或描眉画眼，它不是。是个很古老的物件，确实非常古老，而且充满神秘感。我姑妈总说它是件艺术品。"

"镜子？安提帕，不过你确实是个厉害的谈话对象，能把我姑妈聊得想去死……我明白了，如果我想要永远摆脱她，就派你去陪她聊天……"

* * *

安提帕衣衫齐整地坐在椅子上，弯腰将烟头扔进水盆里，发出嘶嘶的声响。西尔维娅·拉克利什躺在床上看着她，双手紧紧抓着下巴底下的床单。"到底还是出事了。"安提帕说。"我想聊会儿天，我被吓着了。""不，什么都别说，你听着就行。你坐在那块布底下别动，听着就行。这间屋子是那个老太婆的，对吧？安吉丽娜，这是魔鬼的名字。"天黑了下来。"我坐在这里，像个旁观者一样看着自己身上发生的事。也许这一切蓄谋已久了,但直到现在我才想到。我一开始就该更坚定一些的,我几乎已经准备好去探究这是怎么回事了,但还是让它逃走了,逃得远远的。我就是这个杯子里的水,它就是我。你看,只要来一阵风,轻轻晃动一下,我的意识就涣散了。它浮上水面,沉到水底,然后无影无踪,好像放这个杯子的地面正在晃动一样。我知道吗?你看,我什么都不想说。尽管如此,还是有什么东西在窥视着我!但我想要自由,想不再害怕自己说过的话,想让它们冲破我的束缚,填满整个世界。你别笑。我想说的是,我想经常见到你,在我们那里,在光天化日之下。我不想再来这里了,而你却说非得在这里。我真的确定想要自己希望得到的东西,明天就不会改口吗?我是个很可笑的人,这我很清楚。这并不是因为我不知道自己想要什么,那么到底为什么呢?让我看着你,你让我把话说完,你闭嘴!凭借女人的直觉,你对这一切了解得比我更清楚。虽然你什么都知道,但还总是犯错,这会让你发笑吗?你才是主宰,呵呵。正如他们所说的,你引领着一个物种,可是你要把它引向何方呢?就算你不回答我,甚至根本不听我在说什么。哦嗷,谁知道你这会儿脑子里在想什么呢,但我还是眼见你越长越大,而我只能在你的脚掌下找到一点儿容身之地,像一条毛毛虫、一只瓢虫、一条蚯蚓一样。你不说话了?其实你知道我想要什么。我想让自己不再怕你。啊哈,我明白了,我看得很清楚,你这个狡猾的女人。我必须得回安盖尔那里了,我是那里的主宰……你看到了吧,看到了吧?我一直觉得自己离想说的东西很近,却总是被它逃脱。我不能,我不知道……"

"我知道。"西尔维娅·拉克利什说。她再次走近他身边,依然那么巨大、那么贪婪、那么霸气、那么温柔,像一个在水底闪耀着矿物光泽,慢慢张开的大贝壳。可是,男人在椅子上睡着了,脑袋耷拉在肩头,身体倒在椅背上,裤子皱巴巴的,衬衫也脏兮兮的。他就这样昏睡过去了。女人蜷缩在他的脚下,清醒、专注而警惕。她的嘴巴好似长长脸颊上一道冷酷无情的刀口。"睡吧。等你醒过来就会发现的。"她小声说着,把自己的脸蛋贴到他摇摇晃晃的膝盖上。温驯谦卑的生物,拥有着巨大的力量。"睡吧。等你醒过来就会发现的。"狡黠的笑容把她的面孔撕成了两半。

* * *

过了很久之后,她对历史教师玛格蕾塔说:"你听我说,玛格蕾塔,让我说两句,我想要说话。其实我也没什么想说的,尽管有什么东西在窥视着我。你怎么不笑呢?听我说。直到那时候,我都没想过关于词汇的问题。有谁会在说话的时候考虑用词呢?'根本就不存在什么词汇。'难道这也是他说的?但你不知道的是,那时在我眼里,他用的词汇就像是一些聪明听话的动物,比如,狗啊、海豚啊什么的。这是不是意味着你可以说个不停,却什么都没说出来啊?!你不用回答我,我也不需要解释,你听着就行了。难道会有另一种答案吗?'我必须得回安盖尔那里了,'他是这么说的,我当时没听明白。'他是我朋友。'他说着,原本油腔滑调的语气突然不由自主地严肃了起来。'这是嘲讽、傲慢和爱。'这也是他说的吗?你知道我最了解什么吗?我知道在此之前,当他从突如其来的睡眠中醒来时,我给他什么样的答案他都会接受。但今天我会给另一个答案吗?他怀着仇恨和怒火,进入得那么深,以至于我无法保留或隐藏任何东西。我想让他成为主宰,可是他却说:'你才是主宰!咱们去哪儿?咱们想要什么?'不过,其实还是存在另一个答案的。也许他还不够强大,无法要求这个答案,或者说没有强硬到让我告诉他这个答案的程度?也许他瞎得跟鼹鼠似的,也许他太弱了,是只虚弱不堪却野心勃勃的大马猴。那天早上和稍晚一些的时候,我到底经历了什么(仅仅是该死的酷热和突变的天气吗?先是冰雹、冷风,然后又是静好的晴天)?我怎么知道的?其实我并不想知道。'那是一种全新的、意想不到的、难以理解的体验,激起了我无穷的好奇和贪欲,引发了我们或是温柔,或是暴戾的冲动。'这也是他说的吗?我等了他一整天,如果他不来的话,我还会在那间可怜的小屋子里等他一整夜,第二天继续不吃不睡地等他,直到他来为止。我很确定,他一定会来的。他进门的时候又老又脏,摇摇晃晃的,散发着难闻的酒味,浑身都是灰尘和黏糊糊的汗水。他吐到了自己身上,然后连人带衣服跳进一个水盆里洗了洗。不知怎么回事,他还被狗咬了。不过在向我走来的时候,他是清醒的。当我迎上他犀利且不容抗拒的目光时,仿佛撞进了一张铁网。(他之前跟我提到过这种网子。'网眼细密、刺目、锋利。'他说,'坚硬,牢不可破。'他还说:'之所以觉得它有弹性,是因为你自己一头撞进去,或者被别人扔进去的时候,会被一种不可言喻的恐惧感残忍地推回去。')近来,我曾多次跟踪他老婆,看她上街、进商店、拐弯、过马路。我从没见她和谁说过话。她只是独自游走,孤孤单单,形影相吊。我也是独自一人,但没法和她搭讪。有一次,我看见她和一个怪里怪气的老头在聊天。他一头银发,长着颗大脑袋,穿的衣服不知道该怎么形容,反正你不太常见。'你瞧,还是出事了。'他说过吗?没人知道那天下午他去哪儿了,没人知道,你懂吧?因为他没来得及讲这件事,如果他像我们所有人一样的话,最后肯定会说的。没人知道。尽管我身处这个故事的核心,但我在这个故事里根本没有存在感,你是不会懂的。我想跟她聊几句,但我停不下来。不过,我会停下来的。'你看看她。'赞菲列斯库太太对我说,'她有点儿疯疯癫癫的,真可怜。你看看她的穿着!'上帝啊!如果我是她的话,肯定会利用这股疯劲儿,把自己打扮得像个女王的,而不是像个卖菜的……卖菜的?因为她手里提着个蒲草篮子,穿着条老长的裙子,头上戴的也很不合时宜。赞菲列斯库太太一点儿也不疯,只是有些蠢而已。我知道他们是怎么生活的,我发现了,了解了很多关于他们的东西。我喜欢这种生活,但知道我们不管是脾气、外貌还是品位都格格不入,没有一点儿相似的地方,甚至所有方面都截然相反。我最近一直在琢磨这事,仿佛在我体内出现了一个全新的世界。有一天,我跟在菲丽奇娅身后走了很长时间。'你知道吧?'我像一个老朋友那样对她说，'菲丽奇娅……'她停了一下，回过头看了我一眼，然后与我擦肩而过，不知道上哪儿去了。她还是很漂亮的。我喜欢她走路的姿势，虽然不知怎么回事，这种步态和她洋娃娃般的相貌不太搭。她的面容有点儿苍老，但肩背笔直且有弹性。我们本该相互倾诉一些事情的。他就在她心里，就在那里，我不想从她那里夺走任何东西，只想知道关于他的一切。一切？我要搞一把她家的钥匙，走进他们家里，去那里寻找他的踪迹。也许，哦，上帝啊，我会找到那把钥匙的。我要等到一个很热、很热、很热的夏日的午后，没有水用，汗臭熏天。

"我对他说：'安提帕，别走了。''不行。'他说，'我必须得走。''我们留在这里吧。'我又乞求道。'不行。'他再次拒绝，'我走了。'忽然，我的想法和之前不一样了，变得像一个妻子，或者说像和一个男人生活了很多年的女人那样了。我不假思索地说：'你是要去附近找个婊子，找个拾荒者的老婆，找个女招待，找个跟你一样老的小姐，或者是去玉米地的土坯房里找个茨冈女人吧。'我喜欢对他这样说话，而且期盼着他的回答。我只是个想要保护自己，并保住自己男人的女人。我不想失去任何我认为应该属于我的东西。'你对我的看法太好了。'他笑着说，'我要去睡个好觉。''看你明天还敢不敢像今天来得这么晚了。'我说。他笑了笑：'你呀！'说完又笑了。他走后，安吉丽娜出现在门口他刚刚消失的位置，也许她之前一直缩在窗根底下，或者床下的某个洞里。我把钱包里的所有钱都给了她，她像头山羊一样叫了起来：'咩——咩——咩，您疯了，小姐！''我想睡觉了。'我说，'你走吧。'我刚想躺下睡觉，却发现自己正在穿衣服。我绕过几条街道，来到火车站，但没有遇到他。午夜之前我们还有一班车。"

玛格蕾塔·利维斯库说："我还有上百篇论文要改呢。你整天关心的都是啥呀，不是围着胭脂香粉转，就是去做指甲。我明天有四节课、两个会，还有两次家访要做呢。"

第二十一章

我看完了维济鲁的最后一本笔记。透过薄薄的天花板,能听见楼上邻居家钟摆晃动的声音,钟声响了四下。那是个又大又圆的挂钟,表盘是金色的。我昨天看见那个矮矮胖胖的邻居抱着它上楼梯,跟抱着个宝贝似的。现在不是白天,也不是夜晚。我的脑子很清醒,精神却焦躁不安,有一种阴暗的亢奋,这有违我的本性。我感觉到白天正在临近,光明会让我安静下来。我现在很平静。我是不是说过,胆小鬼在黑暗中吹口哨是为了驱散恐惧?和死的念头相比,生的力量离我更近一些。真冷,我的关节有点儿发麻,鼻子也有点儿痒,我觉得自己是感冒了。生活中的事对我来说很简单。有只狗在叫吗?我拉开窗帘,把脸贴在玻璃上。外头漆黑一片。我很久没有听到过有狗在这些楼房之间叫唤了。那是一条整宿围着链子跑的长毛犬,你家院子里也应该养这么一条,这样就没人会从晾衣绳上偷内衣了。难道你要把它关在阳台上,或者是厕所里?我给自己倒了杯茶,是昨天晚上沏的:洋甘菊、薄荷、金丝桃和椴树叶。这茶可以助消化,甭管这片椴树叶有多小,都可以让你的手不会因一些琐事而哆嗦,如果你咳嗽的话,它同样有疗效。看起来现在来杯红酒也不错,但我看了一眼瓶子,已经空了,所以还是喝茶吧。各种词句涌入我的脑袋,都来不及把它们记下来。在看维济鲁的笔记时,我忍不住会发笑。他和我认识的那个人完全不同。他写的那些乱七八糟的事情都是从哪儿听来的啊?他是个亢奋、滑稽、任性的家伙,把自己拥有的一切都不负责任地逐个放弃了。那时我就是这么想的,我的笑声一定像是在嘲笑他,饱含质疑和蔑视。其实，后来我才意识到，那时我脸上心满意足、高深莫测的表情，实际上是一副痴呆的样子。这种人我见多了，有时还会对他们的迷茫大惊小怪。现在想来，那时自己也是这副尊荣。我的长相一般，不会引起任何人的注意！我虽然是这么想的，却没有把笔记本扔掉，而是不由自主地看了下去。一种未知、凶险、却又引人入胜的东西推动着我去阅读那些文字。我记不清之前是不是给某人写过三四封信，也记不得是写给谁的了。各种日记、自白、陈述，无论它们是已经付梓还是被锁在抽屉里，对我而言都是些陈词滥调，最多只有一半内容是真实的。不过现在，我自己也开始写了！有些词重逾千钧，另一些则轻如鸿毛。我从前不知道是这样的。我没有去刻意选择或编排，也不寻求某种风格，但这却是必不可少的！（维济鲁也说过这话吗？）

维济鲁！我从一开始就有一件事不明白。我没找到那个名字，我耐心地等待，但直到看完最后一个单词，它也没出现。我问自己："难道他不是这样教我的吗？最重要的，难道不是要写下我本人是怎么想的吗？"我不明白，为什么维济鲁没有提到我的名字，哪怕是一语带过也没有。至少应该写几句"亚历山大一言不发"或者"亚历山大就在我旁边，他说……"之类的话吧，因为我和他在一起啊！我和他们很熟，我们经常见面，有时甚至天天见。现在我们所有人都分开了，但我那时确实在那里，总是和他们一起去摩西里尼酒馆，或者去街上什么的。无论是佐塔神父死的时候，还是他们拿那个公共浴室的看门人比杜格打赌的时候，我都在场。我去过安提帕在阿尔巴拉的家，还去过德鲁伊格在戈布奇瓦萨村的家。我听过帕夏留吹牛，普什楞迦大夫动不动就要我伸出舌头说"啊——"，勒敦格也曾是我夜校的老师，我怎么可能不认识他呢?！至于维济鲁，可以说我们俩曾在迪亚卢-奥克纳同甘共苦。那么为什么没有我呢？会不会丢了一个笔记本呢？……是的，当大地在我们脚下坍塌的时候，我们日夜并肩战斗。那是在一年春天，蛋形山脚下发生了严重的泥石流。也许没人相信，但他们中没有一个人离开布鲁斯图拉，直到一切都终结为止。终结？我这个说法不妥，应该说直到把能救的人都救出来为止。军队和我们——来自迪亚卢－奥克纳的市民团队并肩战斗。那次泥石流受损最严重的地方就叫布鲁斯图拉，村子里的所有房屋，以及一半的人口和牲畜都被泥石流吞没了，所有东西转瞬即逝。"天堂入口，说没就没了。"这句话谁说的？要不就是我在哪里读到过？也许就是维济鲁写的吧？我们第二天到那里的时候，是个阳光明媚的好日子，晴朗的天空中既没有风，也没有云。鸟儿们在欢唱，几只小羊在用花生米大小的犄角在我们开始挖掘的地方相互打闹。但是山谷底部涌起了一摊浑水，就像一个胖子的肚子被剖开，散发着臭味一样，我曾经见识过一次这种场面。起初只是渗水，后来几天水位缓慢上涨，波澜不兴，只有几个黄色的气泡偶尔从水底冒出来炸开。可是，维济鲁对这些事只字未提。我曾在合作社工作过，先是当泥瓦匠，后来成了化工操作员。我对周围的人和事都充满信任，以至于经常遭受质疑："这家伙要么是在蛊惑人心，要么就是个傻子。"很多当地和来自首都的记者都想采访我。我和安提帕一起喝啤酒的时候，跟他说我完全看不懂他们写的关于我的东西。他笑了："有什么可在意的呢？让那些傻瓜见鬼去吧……"我是在夜校念的高中，然后去了技工学校，后来又回到迪亚卢－奥克纳。我还报名参加了理工学院的函授班。"他不应该恼火的。"我时常听人们这么说，"他一帆风顺，是当今的红人"。他们这是什么意思？也许他们是对的，我总是很幸运。我当时是个新手，老是因为太年轻或没有经验而被斥责，总是与成熟无缘。我老婆生下了一个死婴，她当晚也死了。难道是命运不想让我在浑浑噩噩中死去，于是祝福了我，让我终于获得了丰富的经验吗？我再次获得了所有人的关注。好心人都来安慰我，用无微不至的关怀呵护我。他们的怜悯每天都在提醒我："看，我已经开始成熟了。"我的不幸，无法归罪于任何人。生活总是跟人更加亲近，而非命运，我没法去恨任何人。我放弃了理工学院的学业。玛利亚去世几个月后，我拎着行李去火车站等火车,想去参加第一次考试。万里晴空突然下起了雨夹雪,天色一下子暗了下来。站台上,狂风把一个像鱼篓子一样的柳条筐吹得在人腿之间乱滚。在去雅西的路上,我的箱子里装满了书本,还有各种试题和图纸。突然间,我就对考试啊、老师啊什么的厌倦了。于是,我坐上一辆公交车回家了。有一天,我和几个熟人在一起喝啤酒(那时我和安提帕、维济鲁他们还不太熟),正好说起一件高兴的事。我发现有人在冲我翻白眼:"怎么回事?这人的老婆刚死一年,他就有说有笑的了。这都是什么人哪……"

不过,我没有理由,也不能去怨恨任何人。他们有什么错呢?我读了很多书,而且重新开始打手球了。维济鲁也打球,有时候安提帕也会过来参加训练。我记得,有一次他俩中间有一个人对另一个说:"亚历山大心里,有哲学家迷路了吧!"他们笑了起来,我也笑了。我们有很多地方不一样。对我而言,邪恶只是善良无处不在的标志。没有人能改变我,也许我天性豁达,不会有后遗症,但这并不意味着我不够真实。现在,我写着字,听到公鸡在打鸣,就像维济鲁在夜间听到他和安提帕签署的那份诡异的协议在催促着他,让他无休止地去搜寻、翻阅资料一样。于是我决定了:我不想当一名优秀的工程师了,我想成为一名杰出的法官,我还不满三十岁。我必须得抓紧了,因为我已经耽误了十年。为了完成我脑海中给自己制订的计划,我必须活到八十岁,而不是七十岁。我会的。我废寝忘食地阅读,横扫了迪亚卢-奥克纳的公共图书馆,假期则是在雅西的各大图书馆里度过的。所有人都笑话我。我找了个跟自己处得来的聋哑女人。她是个画画的,画作经常被留下来参加各种重要的展览,一些国家的外交官还专程来迪亚卢-奥克纳参观她的画室,买她的作品。我在地方政府都遭遇了什么啊……"你们哪儿来的外汇,你们这些黑帮分子里通外国!"简直是胡说八道!她从来不收美金,根本连看都不看!她只收些香烟、衣物、食品、饮料什么的。都是高档货,能用很长时间。我们也送东西给别人,和一些作家、教授保持着书信往来。在我看来,他们都是首都和其他城市的重要人物。他们拥有诸多文凭,著作等身,获得过各类奖项,而且周游各地。一位少校在审了我三天三夜后对我说:"你碰到我真走运。从你小时候开始,我就一直关注你。你不同寻常,所以有个单独的卷宗,就像那个倒霉的安提帕一样。你别再给这些人写信了,因为他们中有些你想不到的人会揭发你的。"少校!他也是为了工作才对我严刑拷打的。不幸的家伙,我想他已经后悔了……有些事告诉我,如果要让已经在另一个世界的安提帕感觉到我鲜活地存在的话,我起码要活到九十岁,而不是八十岁。因为他说过:"你没机会了,亚历山大。你已经被这些人毁了,注定一事无成。你只存在于他们的曲颈甑和试管里。你根本不存在,只是一个幻象、一个承诺、一个把戏。你看,我在跟你说话呢,但你不在,椅子是空的……"

我想说:"你们再看一遍的话,就会发现维济鲁的笔记本里有我的身影,只是某些人出于恶意或愚蠢对我视而不见而已。我必须做回我自己,天真而敏感。你们别无选择,因为我确实存在。来找我吧,我和你们一样,消失在了茫茫人海。即便我是个虚情假意的人,我也要再说一遍:'我存在。'来吧,我可以相信所有人都会时不时冒出来的想法:'世界从我开始。'我知道你们不会原谅这种想法的,因为这也是你们自己的想法。这并不是有人以为的那样,是什么错误,它仅仅是人们头脑中的想法而已!你们听好了:'无论一个人有多呆板,无论他的灵魂有多么崇高,思想有多么深刻,他都需要一点儿虚情假意。'很多人不承认,但这改变不了什么。你们不用觉得奇怪,我会把一切都降格到自己身上的(对你们而言,更容易把事情无限拔高),可是,亲爱的朋友们,陀思妥耶夫斯基悲剧作品中虚假的傲气都是从哪儿来的呢?如果不是因为这位天才作家品味到这种虚情假意如此诱人、如此普遍、如此圆滑的话,又怎么会刺激到人们的腺体呢?即便精神占据了悲剧的所有空间,腺体也依然会在虚情假意中迷失。我们靠精神生活,同时也靠腺体生活。相信我,我的话值得一听。现在我不说了。关于我的事情,还是谨慎一点儿好,否则没人会相信你的。等我回到迪亚卢-奥克纳,等我超越了寻章摘句的生活,等我拥有了足够的经验,等我真正坦然的时候,我会写一部关于纯粹的好人的故事。他行事有分寸,坚持原则,且有血有肉。他不是个只有三岁儿童心智的巨人,也不是有着耶稣般心灵,却长着雀斑的白痴,更不是把理发店的脸盆扣在自己脑袋上当头盔的疯子。那会是一个全新的故事,这个故事让我害怕,但已经开始构思了……"

——摘自亚历山大·约内斯库法官的笔记

第二十二章

　　这条街光线不好。街的一头是食品店、电影院、镇政府和高中,细长的电线杆顶部分叉,路灯投射出的寒光极具穿透力。一百多年前建成的耶稣升天教堂就在附近,所以也吸收了一部分这种光线,让这个地方看起来还不错。老教堂的石墙和拜占庭式钟楼让周边环境显得庄严肃穆,所以市领导们正考虑将其列为历史文物(还差一份文件没签字),挂一块大理石牌匾。这事并不难,因为随时可以证明这个地方很久以前就有一座木制教堂,但后来被烧毁了。怎么证明呢?很简单,发一份书面声明……安提帕从石墙下走过,回想着自己是如何被邀请列席地区执委会会议,给主席提建议,并被仔细聆听的。"对,你说得没错。我们没想到这一点。你的提议很好。"茶歇的时候,他也在听别人交谈(财政局长上赶着给他点烟。他是个短腿的大肚子老头,一头灰发又短又密又硬),恰如其分地点着头。他非常关注镇政府旁边的那座教堂,如果它被列为历史文物的话,可以给该地区带来什么益处呢?到时候,应该会有决策上的支持,对于地方资源的开发和新名胜古迹的发掘做出具体的规定。在我们国家,古代的遗迹俯拾皆是。地区博物馆的馆长当过小学老师,知道他在讲什么。有位退休的老人在院子里刨着地,挖得稍微深一点儿就发现了一根被火烧过的椽子:老教堂确实存在。

　　安提帕在菱形的大厅里抽着烟,把烟灰弹在窗边种着榕树的大桶里。他愉快地踩在又软又厚的樱桃色地毯上,享受着市领导们的恭维。(似乎没有人对他的出现感到意外——他只是个小公务员,从前只能在领导屋门外待着,每天早上给领导削羽毛笔。既然他出现在那里,就说明可能有人知道些什么。我们何必要想破脑袋呢,不如赶紧和他搞好关系,找块厚一点儿的手帕或围巾把他捆绑在一起吧……)没错,也许我们可以说服他上我们那儿,去迪亚卢-奥克纳工作。他是个极具才华的年轻人,是个有创意的优秀组织者,是个模范员工,我们要提拔他当部门主任,让他报名参加函授班。看哪,我们的成员那么自信、自律。沉重的水滴从高大阴暗的树冠上落下。排水沟里的冰蛋子投射出晦暗的光芒,零星的冰碴夹杂着残枝败叶,被狂风吹散,堆在马路中央或两座房子之间,许久不化。裁缝铺的大橱窗碎了,玻璃四溅,好像经历过爆炸一样,不过既没看到小偷,也没见着执法者。橱窗里的模特一言不发,仍旧穿着平日里的衣裳,面带嘲讽(像是真人被可怖的严寒冻住了,平日里自然的姿势冻结成可笑且具有威胁性的永恒状态)。裁缝铺里的灯泡光线昏暗,毛料、没做完的衣服、柜台,全都静悄悄的,巨大的剪子躺在绿绒布上。这些物件好像都会自己发光,在冰封的寂静中,它们的棱角和外形极为突兀,显得很不真实。空气又湿又冷,但时而有一阵不同寻常、不可预测的热风吹来。天穹依旧黑沉沉的,永恒的星光无力穿透云雾。冷冰冰的星辰高悬在人们头顶,俯瞰着世间的危险、冷漠、戏谑和欢乐,此外还有死亡。闪烁的星光无迹可寻,让人备感陌生。一只猫头鹰在安提帕的头顶叫着,用柔软潮湿的翅膀触碰他。你把它赶走了,就像撵一只母鸡:"去去去,嘘嘘嘘,滚吧,你该待在钟楼里!"安提帕坐到一张木头长椅上,又湿又冷。高大的树木在他身后纹丝不动。白天经过这里的时候,他并没有在意这些树木。虽然现在伸手不见五指,它们巨大的存在感依然唤醒了他感官的冲动,这种冲动原本已被遗忘在黑夜中了。如果其中有一棵树能被列为自然遗产,在树皮上钉块铜牌的话,倒是一笔好买卖。

安提帕靠在椅背上,仰天长笑。怎么才能办成这件事呢?首先,要有人提议。然后,要成立一个专家委员会。从西尔维娅·拉克利什那里离开时的漠然和轻快已荡然无存，取而代之的是焦虑和莫名其妙的懊恼。返回的愿望痛苦而强烈，但很快就被扼杀了，消散在错愕和迷茫中，仿佛永远失去了什么。她近在咫尺，但两人间的障碍却不可逾越，就像战争或地质灾害一样。他从未遇到过这种状况，深刻而压抑的痛楚把他吓坏了。莫名、诱人、无形的恐怖感缓缓升起，像一股恶臭的气息，又像某个罕见的树种。好在他的天性再次帮助了他，救他脱离苦海……记得十三岁的时候，妈妈躺在一张桌子上，肚子上镇着个冰袋。有个当兽医的邻居每天来两次，用巨大的注射器把甲醛打进她已经腐烂的躯壳里。那是个火热的夏日。尸体的嘴缓缓张开了，也许是昨晚尚有余温的时候，周围的女人们没有把她的下巴合好。幼小的安提帕坐在一边，见到蕾丝衣领的一角慢慢进入妈妈的嘴里。这还是他的妈妈吗？儿子的脸上掠过一丝冷漠的欢愉，没心没肺地轻笑了起来。一个身材高大的成年人走到他和尸体中间，一只沉重的巴掌落在他嘴上。他被揪到了长满杂草和灌木的院子里，那里放着张长桌，两个头戴黑巾、眼睛鼻子哭得通红的女人正在操办宴席。其中一个小声说了句什么，另一个便咯咯笑了起来。她们准备了很多肉，红色的肉馅装在脸盆里，生葡萄叶和三只切开的母鸡则放在木砧板上，文火在吊锅底下撩动。过了许久，他跟着在油库当保管员的舅舅，坐着高轮马车从公墓回来了。人行道上全是人，几个和安提帕一起在街上打球的男孩也在人群中。他们扭头向他望去，脸上突然充满质疑、恶意和苛责，与尚未长成的身材格格不入。安提帕弯下腰，身下的木椅固定在铁车架上，车轮在椅子下面转动。他寻找着小伙伴们的眼睛，含笑向他们友好地挥了挥手。他们却转过身去，试图躲进街上汹涌的人潮。不知怎么了，他们脸上充满了或是鄙夷或是怜悯或是木然的神色，可能还有惊恐。耳边传来舅舅赶马车的声音。

"他们这是吓的。"老帽匠奥古斯特对前法官维济鲁说。他的脑袋很吓人，上面长满鳞片，尾巴甩得像蜥蜴一样欢快。"你问我，我是什么样的人，我哪儿知道？我活得很知足：从来没有过特别大的不幸。所谓最大的不幸并不存在，和去年或昨天经历过的那些相比，总会有一个更大的不幸的。既然这样，我为什么不心满意足地生活在自己亲人身边呢？！我没有制定过规则，也从不践踏规则，我从不会说：'好了，就从这儿开始，然后到此为止吧。'事物何时开始，何时结束，谁能说得准呢？你考虑这种事不觉得可笑吗？你躺在地上，头顶便是青天。你还有什么可说的呢？在你之前早有人说过了！天文学家站在高楼的露台上，用长长的望远镜仰望星空；哲学家待在天文学家所在露台下的禅房里；轻浮的年轻人正和情侣在河边的草地上打滚；旅人坐在一块石头上；妈妈对她的孩子说：'走吧。'这些人都在想什么呢？你我在凡间，抬头是青天。这些话听着朴实无华，近乎庸俗，却藏着我的真理。我又算什么呢？一个可怜的帽匠，仅此而已。我学到的是，你不该将死亡视为最大的不幸，因为随时都可能发生更糟的事情，你为什么不好好活着，把它们都见识一遍呢！我给了每个人适合他们的东西，这样我便拥有了适合自己的东西。我很乐观，我告诉自己，如果你不把黑暗的生活当回事的话，它就没那么严重。怎么，这些话你听说过？太好了！是的，我笑了，但不是在嘲笑谁。绝对不是！我错了吗？我怎么知道？我只是过自己的日子，从来不会对别人说：'跟我一样做！'这对我有什么用呢？全无用处。我只是活着而已。我是个蹩脚的哲学家吗？当然，孩子，我曾是个很好的帽匠，这方面没人比我强。我没能让我的家人明白这一点。不过我很满足，因为我一直坚持一个原则：从来不强人所难！他们却不太满意，因为他们没法让我和他们一样想问题！他们是我自己的孩子啊！你说什么？安提帕？是的，他能理解我说的话。我和他父亲是朋友，后来这孩子长大了，也成了我的朋友。哦嚯，一个帽匠从来没有过这么聪明的学徒！我们是朋友，而那个天真的好父亲却日渐苍老、萎缩，成了个无助的孩子，我们俩一起照顾他。事实上，老安提帕一辈子都是个天真烂漫的人，思想总在云里雾里，笨手笨脚的。因为没有意志，他完全缺乏幻想，所以也没法补偿他，这意味着你都没法去帮他。我们照顾着他,让他随心所欲地过自己的日子,也就是让他自生自灭!你懂了吗,年轻人?安提帕既是我的朋友,也是我的儿子、我的兄弟。你别以为我们曾经谈过这些事,或者总是从中作梗!我们什么都没谈过。实际上,安提帕是个沉默寡言的人,我没怎么听他说过话。这是真的,你知道吗?好吧,没错,你跟我说你们认识。你们是朋友吗?可能吗?为了让你了解一下他的天性(但你别去评判他,至少和我在一起的时候别这么干,否则我什么都不告诉你),我会告诉你安提帕的行为举止,还有他周围的人是怎么想的。他们根本不了解他的性格。当他死去的妈妈躺在桌子上,当那孩子跟着舅舅从墓地回来的时候……不过在此之前,你得告诉我,你肯定知道,那个安盖尔是个什么样的人,他是怎么生活的……"

* * *

安提帕给自己点了根烟。火柴熄灭,黑暗中只余一缕白烟。一个冰蛋朝他滚了过来,像是从鸟巢里掉下来的。所谓鸟巢是一堆被冰雹撕碎的烂树叶,不知怎么堆积在街心花园的矮坡上。这个冰蛋比鸽子蛋稍大一些。薄薄的绒衣下,安提帕的肩膀被冻僵了,他感觉到了寒冷,此前撕心裂肺的痛苦也变得缥缈不定起来。没错,就是这种感觉。他深吸一口烟,把烟头扔了。所以,安提帕,去做你想做的事,建议把那棵树列为历史文物吧。没错,让它成为你的终极提议,终极,这个词很适合你!就像是一次报复,事了拂衣去。对,对,你现在知道该干啥了:离开这些地方,永远不再回来。一种平静的愉悦感包裹着他,似乎得到了期盼已久的解脱。你走吧,重新开始。你以后会知道为什么的,眼下,你只知道必须离开就行了。你只知道自己想离开,而且能够离开。安提帕的灵魂从肉体深处脱离出来,像个活物般越长越大,和他并肩坐在长椅上。身边的生物体格修长,好似一头纤弱的小兽,痛苦的头颅下是柔软的皮毛,乖巧的尾巴像影子般轻轻扫动。面庞温暖而惊恐,既有无尽的温柔,也有无边的痛苦,人性化的双眸满是哀伤和无助,脊柱在奇异的震颤中爆出火花。让我们给他戴上一顶高筒帽,穿上带斑点的背心和红色燕尾服,看看他是怎么把兔子从袖管里变出来的吧。明天你不会再回迪亚卢-奥克纳了。明天要重新开始。明天你会爬上木楼梯,在作坊的地板洞上露出脑袋。那里,一顶顶帽子杵在帽楦子上,老帽匠奥古斯特会说:"雅库波维奇,安提帕来了。"雅库波维奇答道:"是吗?!祝他健康。"仿佛一会儿安提帕不会从他身边走过,他不会对来客说(他吃力地在椅子上转过身来,从眼镜上方看着安提帕)"新月"!安提帕也不会回答他"新月"一样。

长椅被黑暗笼罩,水银灯的光芒投射到了别处。你从长椅上站起身,向街心花园种植的槐树和带锥顶的圆柱形报刊亭(如今变成了黑色,像一支悬挂在破文具店门口的巨大铅笔)中间望去,可以看到主干道的大部分。正如阿戈布所言,几块安装了霓虹灯的招牌让迪亚卢-奥克纳的生活变得轻松起来了。也许他这会儿也坐在自己的椅子上,为自己或别人的女友加工一个小盒子或一枚精美的胸针;也许他正在把有机玻璃塑造成各种夸张的造型;也许是在等那个修收音机的人摆弄完手里唱着歌的垃圾箱,一起到某个地方去。当然,要去个人气很旺的地方,而不是去冰冷的住所。不出半小时,几十个昏昏欲睡的人会静默有序地拥出电影院侧门,吐着痰、抽着烟、打着哈欠匆匆离去。勤杂工会过来关上门,巨大的门扇像从前谷仓上的。他消失在门后的一刹那,门口有一盏灯被点亮了,让人以为他突然缩成一团蹲到了那个被熏黑的玻璃灯泡里。两个警察走过,手上提溜着黑不溜秋的棍子,又粗又硬,难道是刚从公马胯下揪下来的?没有人大叫:"我看见你了,我看见你了……"也没有人用另一种更熟悉的方式呼喊,不是吗?!比方说:"马德里市民们,睡个好觉……"如果你快一点儿的话,还能赶上这班火车……你吐了口痰,然后看到了弗亚勒的马车。他弯着腰坐在车夫座上,车上拉着什么呢?他不动如山,只听见咔嗒咔嗒的马蹄声。车座两边都点着马灯,即便树下很暗,也能看见那个不动如山的人：他似乎裹着条披肩，脑袋和肩膀都藏在披肩下面，头上戴着顶高帽子，是顶高筒帽。大晚上的，还戴高筒帽？如果马车是空的，他就该冲弗亚勒吹口哨了。"你好，安提帕先生。"这会儿你早就该到火车站了。你听，火车汽笛都拉响了。在这座城市的每个角落都能听到火车鸣笛。车会停一分钟。在一个火车只停一分钟的小城市，会上演多少故事啊。站台上那些孤独的女人，哦嗷，莫娜、维拉、万妲，她们都叫什么名字来着？不过你会到办公室去睡。你爬上楼梯的时候，门卫会惊恐地从梦中跳起来，伸手去摸电话，随之露出友善、谦卑、谄媚的微笑："您好，安提帕先生。"你会躺到潮乎乎的床单上，枕头很硬，像学生宿舍的一样。它干净吗？

心里琢磨着这些事，双腿已经把你带到了别处。啊哈，再走几步就出城了。泵站的白墙，长长一溜窗户，平平的屋顶，就像是个机械车间。房子四角都安了强光灯泡。再过去一点儿，树林子里是安盖尔的家。带刺的铁丝网围起很大一块地，你只能猜想除了保加利亚人的菜园子和玉米地之外，里面还有什么。天还没全黑。没错，穆耶丁没说过吗？他说什么了？

除了他的驴子、种树苗的姑娘，除了他浑身上下一身红，还有什么？

你忘了，还有一块土豆田，在开辟菜园子和玉米地之前，土豆就已经种下了。还有一间茅屋，是间盖着稻草的土坯房，四周有荆棘围成的篱笆。你一脚水、一脚泥地在寒冷中走着。冰雹在地上排成了近乎规则的三道，不过个头都很小，也许就快化了。这里没有地方可以挂灯泡，天上也没有月亮，但飘浮在地面的雾气中透出一道奇怪的亮光。也许是冰的反光吧，鬼知道。你看到一头又瘦又长的黑猪，一只黑色的鸟在它背上觅食，用尖尖的鸟喙在鬃毛间翻找着。即便有这种事，也该在白天发生才对。夜里猪是要睡觉的，乌鸦也会睡觉。应该是乌鸦，不会是老鹰，也不会是鸽子。哦嗷，怎么会是鸽子呢，更不会是麦鸡或某种家禽。你伸开双臂，吹着口哨大笑起来。猪一动不动，鸟也心无旁骛。你耸了耸肩。穆耶丁吗？可笑的家伙。你知道，你要去安盖尔那里。对，这是个好主意。为什么要睡到那间凉飕飕的屋子里，喝桌上玻璃杯里的已经发臭的水，听铁皮屋顶哗啦作响呢？安盖尔会拿出他的樱桃烧酒来。他不喝酒。你知道这一点，感到无比满足和坦然。没错，樱桃烧酒，就是它！事情很清楚了。所有句点、逗号都已各就各位。你打算告诉他，然后离开，你已经决定了，没什么可以阻止你。玩笑结束了吗?！哦嗷，你最好别想这事了。你为什么不告诉他呢？因为你确信，他连自己的疯病都没当回事！他这辈子见过的太多了。过后，你改天会带着菲丽奇娅一起回来，就像拜访一个久未谋面的叔叔一样，然后一起回忆过去种种可笑的往事。菲丽奇娅？……明天吧。现在该去喝酒，喝着樱桃烧酒，听安盖尔说说话。安盖尔会打开平时锁着的另一间屋子。那里有张又高又窄、黑光油亮的木桌，你会在木桌上方的墙上看到一幅旧版画，镶嵌在细边的铅框里：那是个古怪的物件，可能是一面带有繁复底座的镜子，反正和梅尔波梅娜姑妈送你的那面吓人的镜子很像。毫无疑问，那是个很诡异的东西，看起来就是你那面镜子，由于角度不同，看上去有点儿轻微的变形。多少次，你满心疑惑地看着它。各种巧合使我们兴奋异常，也让我们忧心忡忡，但从未因此丧失理智，从来没有！就差这一点儿，你得告诉安盖尔！毫无疑问，他捉摸不定的幻想会给你造成很多不幸。够了！这种和死人打交道的荒唐行为，这个让人精疲力竭的玩笑！当你站在门口看那幅旧版画的时候，安盖尔会搬出他的箱子来，给你看一些从前没见过的东西：一个精致的小银杯、一个玉蛋、一块抛光的石头，还有樱桃烧酒。

第二十三章

安盖尔站在大门口。属于泵站的土地都被带刺的铁丝网围了起来,他家紧挨着铁丝网,院子几乎和泵站用地连在一起,只在房前砌了道三拃高的砖墙,墙顶上是窄窄一溜盛土的木槽,白天可以看见里面种着黄色、白色、红色的花。大门是一道铁栅栏,比围墙高不了多少。安盖尔站在那里,一声不吭,侧身让安提帕进去。你走在一条小路上,两边各有一排小叶黄杨,身后则是杨树。地上并不泥泞,脚下是湿润的沙子,不过安提帕的脚底早就粘满了沉甸甸的污泥。到处都是蜂箱。一只巨大的蜜蜂在一个蜂箱上笨拙地飞舞,用长长的口器试探了一下,然后用两条毛茸茸的前腿把蜂箱托举起来,飞过院子,将它安放在一丛阴暗的灌木下。"今天就到这儿吧,穆耶丁。"安提帕说,"行了,你走吧。"穆耶丁又端详了一下灌木丛里的蜂箱,举步向两人走去。他的一边肩膀很平,另一边却耷拉着,像摔折了一样。"他很有劲儿。"安盖尔说,"帮了我很多忙,不过没有人留他过夜。""累死我了,腰都快累断了。"安提帕说,"不知道到底怎么回事,脑袋都快裂开了。"他用手背快速地揉着眼睛,说:"像有人往我眼睛里撒了把沙子一样。""谁干的?"穆耶丁问道。"行了。"安盖尔说,"你走吧。"穆耶丁走后,安盖尔小心翼翼地关上大门,一把在修道院才能见到的大钥匙在锁眼里转了整整两圈。真可笑,好像还有谁跳不过这扇门似的!它甚至还没一个中等个头的人的胳肢窝高。至于围墙,更是一抬腿就跨过去了。耳边传来水泵沉闷的轰鸣声。远处树林边,低矮的井口上方挂着几个强光灯泡。几根木棍支着块塑料布,搭建起一个临时棚子，下面放了几百个种着仙人掌的陶罐、铁罐、木盒。

安提帕在屋门口的铁箅子上蹭了半天鞋底，然后走进禅房般的小屋里。天花板上挂着强光灯泡，搪瓷灯罩像个倒扣的盘子。灯光残忍地投射在空荡荡的白墙上，无比刺目。羊皮袄和蜡烛的气味扑面而来。结实的旧桌子上铺着白色方巾，贴墙的窄床上盖着白色的羊毛毯，一把长颈陶壶和一个陶盘被放在床边的窗台上，盘子上有块蜂巢。也许狐狸就是用这个陶盘来给白鹳喝牛奶的，白鹳则用这把陶壶来招待狐狸。狐狸和白鹳相互捉弄对方，真是寓言中的美好时光。安提帕备感轻松、自在、愉悦。与人为善，内心自安，在这个夜晚，你就是个大善人。离天亮还有一段时间，不过也没多久了，眼下夜很短，但已经开始变长了。你心满意足地品味着自由和孤单，不想期盼什么，不想询问什么，也不想探究什么，这一串排比让你的心情豁然开朗！你的灵魂只是个声响，而安提帕却是个活人。和你并肩坐在桌边，坐在街心花园长椅上的那个生物只是个影子而已。"哎，"你可以对它打招呼，"我的影子。"它会说话吗？……在这个夜晚，你可以为所欲为、发号施令，你的冷漠将变成一种血腥的信仰。你可以故作神秘，可以开玩笑，我不会笑话你的。通过倾听和理解，我触摸到了欢喜，实现了自身的大圆满。趁着我转瞬即逝的力量还没有消散，你得抓紧点儿。现在的感觉真奇怪，你的玩笑和冷漠居然让我到达了如此高度。我的思想像干柴遇烈火般迸发出来，得以升华，变得鲜活。我的思路很简单，所谓圆满就是一滴泪。你不明白吗？那么听好了，因为我终将消逝，我是骗你的，我待不了多久：你的玩笑和冷漠让我愈加傲慢。你来赋予这傲慢某种含义，并给予它全新的形式吧……

* * *

"第三杯了。"安盖尔说，"你渴了吧。我让你别说话了。我等着你。你听我说什么了吗？"

"你们所有人都在说话。"安提帕说,"我今天已经说够了!我听着呢,我很快活。"

"你得让大家都知道你很快活。"安盖尔说。"没错,"安提帕说,"当液体从这个罐子里流进杯子里的时候,我听到了甜蜜的汩汩声,就像你的甜言蜜语。你知道帕夏留是怎么说的吗?你不认识帕夏留,那我还跟你说他说过什么干吗呢!我还是听你说吧。"他懒洋洋地躺在羊毛毯上,身下的床像修士睡的,又高又窄又硬,双脚悬在被碱水擦拭过的浅黄色地板上。"安盖尔,"安提帕笑着说,"给我拿张小椅子来吧,让我搁下脚!"

安盖尔一声不吭,顺从地搬来一把三条腿的矮凳。凳子是木头做的,一根铁钉都没用,凳腿像几根短棍斜插在半截抛光过的榉木树桩上。耀眼的灯光下,凳子的阴影爬在墙上。它完全是黑暗的,却连接着一个鲜活的躯体,就像钟表的指针连接着永恒的时光。"谁说话了?"他没有坐下。他的恭顺是真实的,那干涩、无情、饱含命令意味的嗓音也一样真实。恭顺而愤怒,这就是安盖尔。

"你去找女人了。"他说。

"当然。"安提帕说。

"你身上有她的气味。"安盖尔说。

"挺好闻的。"安提帕说。

"你离开她那儿很久了,但是身上还有她的气味。"安盖尔说。他的声音稍微柔和了一些,不那么生硬了,带着一丝出人意料的疲乏(是感伤还是苏醒?),隐约在颤抖:"你根本就没相信过吧?⋯⋯"一缕邪恶闪过他的双眸。

安提帕从床上坐起身来。他的上颚很干,用舌头舔也无济于事。但他没有喝酒,而是把盛满酒的杯子小心翼翼地放在羊毛毯上。他并不害怕,只觉得五脏六腑在微微颤动,不过愉悦感并未因此而消退。一顿丰盛的午餐过后,你酒足饭饱地走进门廊,猎枪就挂在钉子上。看着面前开阔的农场,饭后轻微的窒息感便消失了。那里有马匹、牛群，还有你手下的仆役，房子在常春藤的重压下挺立着。你和你驯养的狼一起玩耍，它跳跃着，呜咽着。只有三周大的时候，它就被你的奴仆从母狼的乳房下带走了（这头母狼被关在保护区里，也是在只有三周大的时候，被从另一头母狼的乳房下带走的）。你就这样和它一起玩耍着，腹中的食物开始消化，你略感困倦，被一种从祖辈那里继承下来，并珍藏至今的愉悦感笼罩着。你和往日一样，揪住了狼耳朵，只听得一声呜咽。你的手指在粗糙的狼耳朵之间抚动，但忘了把嘴上的烟拿下来了，烟气飘进了你的眼睛。你一边这样戏耍着，一边慢慢向门口，向挂着猎枪的墙边蹭去。几乎每次都是这样。"我差不多得走了。"安提帕说。

"时间还早。"安盖尔说。

安提帕喝了口酒，问道："你的仙人掌怎么样了？"安盖尔干瘦僵硬的脖子从白麻布衬衫的圆领中伸了出来。衬衫非常干净，但很粗糙，支棱在他身上，就像冬天洗过的衬衫冻僵在晾衣绳上。脖子上的脑袋向安提帕转过去，脸颊消瘦，布满了长长的竖纹，表情坚毅却不严厉，花白的头发色泽暗沉。这颗脑袋属于一个善良而知足的人，他狂热的目光中并无轻蔑之意，只有一个无畏者平和的骄傲。他努力要做个好人。如今，他已风光无限，狂热悄然隐退，成为一种平易近人的情感。安盖尔又狐疑地看了他一眼，双手开始在桌子的抽屉里翻找起来。他的手指头在各种小东西之间焦躁地磕绊着，抽屉被狂暴地拽开，砰砰作响。"我这儿有封新西兰来的信，老师帮我翻译好了。"安盖尔说。

"新西兰？"安提帕说，"那可够远的。我看过一些在那里拍的照片和风光电影。"他的欢乐还是那么没心没肺。

"我读给你听。听好了：'尊敬的安盖尔先生，您提及的那个品种我没有听说过。我研究仙人掌已经有三十多年了，这太令人惊奇了。我现在有七百二十五个品种。那种被我命名为"雷诺磊"的仙人掌，您也许知道，三年前在蒙得维的亚①博览会荣获了大奖。您告诉我的消息太了不起了。祝贺您，作为同行，也非常羡慕您。从照片上可以看出，这个品种非同寻常。如果您能及时告知最新进展，我将不胜感激。我的温室随时向您敞开，您每年可以到这里来，和我共事三个月，同时我也希望去您那里工作。我们可以打破所有纪录。我怀着极大的好奇和喜悦等待您的消息。您的朋友，兽医帕西·阿基巴尔德·斯通……'怎么样，安提帕？！这种仙人掌是我的作品。它是一个活生生的物种，从一颗种子里长出来，结出另一颗种子，然后我钻进这颗种子里，让它以另一种方式生长。我做到了，没有求教过任何人。只要我想，便创造出了生命。我可以给予生命，也可以拿走它。我就是主宰。我的力量仍在增长。"

"你有那棵仙人掌？"

安盖尔突然耸起一个肩膀，把脑袋和脖子藏在这个肩膀后头，然后脑袋又慢慢伸了出来，就像从洞里钻出来一样。"那棵仙人掌。"他重复着，仿佛安提帕的声音在他喉咙深处回响。

安提帕从毯子上抬起头来，看了他一会儿。那神情仿佛在街上遇到了一个和他们长得很像，自己却没有意识到的陌生人。他停下脚步，不知发生了什么，似乎丢了什么东西，却又想不起来了，这是怎么回事呢？这是种预感，还是种警告呢？几分之一秒后，一切就都过去了。安提帕靠墙找了个更舒服的位置，把柔软的毯子垫在脖子后头，喝着酒微笑道："你刚才不是说创造了一种仙人掌，还给我念那个英国人写的信来着吗？"

"是的。"安盖尔说。

"我还想再来一杯。"安提帕说。

安盖尔很顺从，老态龙钟地佝偻着背。奇怪的是，他走路的姿态很像安吉丽娜，一瘸一拐，拖着一条腿，深一脚浅一脚。安提帕又把

---

① 乌拉圭东岸共和国的首都。

头抬了起来:"你的腿怎么了?"

安盖尔把陶壶里的酒倒进杯子里,樱桃烧酒的芳香弥散开来。酒精蒸汽充斥着鼻孔和上颚,嘴里尝到一股杏仁味,短促的闪电在肠道中划过。然后,酒水由口腔向更深处流去,迅速、滚烫、辛辣,但这一切都发生在肠道被灼痛之后。超音速飞机在城市上空演习。戴黑帽子、穿短背心的老人困惑地朝噪声和飞机望去,噪声回荡,飞机默默来迟。孩子一边像煞有介事地解释着,一边从渔钩上摘下一条透明的蚯蚓,看起来像团湿漉漉的玻璃纸。一条更粗、更鲜活的蚯蚓在他手掌上扭动,随即被挂到渔钩上。暗红的躯干上布满了柔软的环节,在剧烈抽搐中抖落一片污垢,不过还是给鱼留下了一些东西。孩子一甩竿,透明的渔线便在阳光下消失了。一只黄色的大蝴蝶贴着水面静静飞过,满身花粉让它的动作有些笨拙。一只蜜蜂落到纹丝不动的渔竿上,停在孩子手边。也许在它看来,那根溜光水滑的柳枝会很甜,只要找个地方钻进去,就能采到饱含糖分的雌蕊,也许就在那个绑着渔线的细尖上。蜜蜂挪动着几条甜滋滋的苍蝇腿,缓缓向那里爬去。明亮的树叶、明亮的树影落在波澜不兴的水面上。飞机又出现了。"它们飞得比声音快。"孩子说,"所以在声音之后出现。"老人慈祥地看着那孩子,神情有些失望,这时又听他说道:"声音落在后面。"老人咳了起来。你躺在高高的杂草间,听着他们交谈,倏而又回到白色的羊毛毯上,试图让自己慎重起来。这是怎么回事?你轻松地自嘲了一下。恐惧依然离你很远。

安盖尔不瘸了,两条完好的腿一样长短,一样强健,裤子是用粗糙的黑布做的。

"改天你得给我看看。"安提帕说。

"好的。"安盖尔说。

"我有点儿困了。"安提帕说。

安盖尔坐在屋子中间一张没有靠背的凳子上,灯光从头顶上漏斗状的灯罩里投射下来。他的面庞干巴巴的,跟木雕一样,鼻子很坚挺，深色的眼线非常平直。他是个老头吗？西尔维娅·拉克利什说："我也想去你朋友安盖尔那里！我想坐在那些仙人掌中间，我也想去东京拿个大奖！"

"大家都很着急。"安盖尔说。

"我不急。"安提帕说，"我还有时间。"

"我也挺着急的。"安盖尔说，"我等了太久了。"

"你的时间更多。"安提帕说，"你还有空侍弄你的仙人掌。"

"我必须得抓紧了。"安盖尔说，"已经六个人了……"

* * *

他的仙人掌。

他疯狂地迷恋仙人掌，不过我有更好的东西给他！你动了动，让自己在毯子上坐得更舒服些，蜷起一条腿，用胫骨在另一条腿的膝盖上蹭了蹭。那个疯子去取种着那棵仙人掌的大罐子了。他回来了，你耷拉着眼皮望着他，说："这是棵贵气逼人的仙人掌。""贵气？""高贵、优雅，最具贵族风范，是我所知的最卓尔不群的仙人掌了。""别逗了，安提帕，你这个坏家伙。这里没有什么贵族和杰出人物，更没有那些胡诌八扯、鸡毛蒜皮、捕风捉影的事情。它只是个生物而已。"

"这棵仙人掌是个活物，是在我的指令下成活的，是我的作品。你也同样是我的作品，安提帕。"安提帕乐不可支，背脊、腰身、肩膀都笑得抽动了起来。

"你看看，你看看，我和仙人掌，还有西尔维娅、安盖尔、奥古斯特。你不认识那个叫奥古斯特的帽匠，我会带他来这里的，还有西尔维娅那个烂货和天真无邪的菲丽奇娅。我们要在这里建个疯人院，以仙人掌为起点开启全新的世界。起初便是仙人掌。

"我还有话要说，安盖尔，可我实在笑不出来了，今天我都弄死两个人了！你让人活，我却在把人弄死。我们的赌约怎么样了？"

"有六个了。"安盖尔向桌边走去,花盆里的那棵植物又长又肥,长满了尖刺,像一只浑身尖利长毛的大耗子。安盖尔停下脚步,双手使劲抱着花盆,不知道是想把它藏在壁橱里,还是他自己想要躲到仙人掌的背后或里头去。他浑身发抖,不过还是走到了桌边,把花盆放了上去。他张嘴喘着粗气,又往前迈了一步,然后又变瘸了,拖着一条腿,都快站不住了。

"我知道,我知道。所有人都是命中注定的,都有证明可查。算上神父,已经六个人了。"

"你会被人笑话死的,安盖尔,会被人笑话死的。我并没有预见神父的死,它就这样发生了,对这件事我甚至没开过玩笑。不知道怎么了,我一说出口,它就发生了。他应该是中风了,不过你肯定会被人笑话死的。"

"玩笑!你开玩笑?你在撒谎,在骗我!你有那份证明,这不是什么玩笑。你肯定有,给我看看……"

"我没有,你会死于……"

"你有!你撒谎!骗人!这不是什么玩笑。你有!你骗人!骗子!你扯谎!别说你没有……"

"我没有,这次我没撒谎!我真的没有预见到!那瓶烧酒呢?安盖尔,这事就到此为止吧,这个玩笑还能开多久呢?!够了!你的仙人掌更重要。这棵仙人掌……"

"仙人掌?你这个一无所知还自以为是的家伙,你趾高气扬的样子其实可笑至极,你腐化堕落、一无是处!仙人掌?仙人掌屁都不是!你看我要怎么处理我的仙人掌吧,就像这样!"他把花盆砸到地板上,发出一声闷响。碎片无声地散开,露出一小堆黑土,仙人掌的根系依然藏在尚未散开的泥土中。安盖尔把这一切踩得粉碎,用鞋跟狠狠地碾着泥土、碎陶片和那棵植物。绿色的汁液喷溅出来,间或有碎片在鞋跟下发出短促的爆响。"这就是我对仙人掌做的!"随后,他冷静了下来,面冲墙壁,双目无神地蹲在房间的一角。"到目前为止，已经有六个了，这可不是开玩笑。"他用委屈的声音恳求道，"安提帕，这不是个玩笑。已经有六个了，所有人你都认识。六个人都是你弄死的，第七个也快了，这是理所当然的。今天必须凑够这个数，所有人你都认识。你说，这不是个玩笑，不是。你的力量不是个玩笑。我的信仰之力不是玩笑，安提帕，你也不是个笑话。是我发现了你的力量。你还记得吗，那时我站在穆耶丁的温室里，对你说：'据我所知，你拥有那种力量。'后来，我不厌其烦地教导你，让你变成了另一个人。你是我的作品，是我把你变成了我所知的那个人。你曾经盲目无知，像其他人一样苟活于世。是我找到了你，并宣称：'他就是那个能够感知奥秘、理解奥秘的人。'现在这一切居然成了一个玩笑？不不不，这不可能……"

"不是六个，也不是五个，安盖尔。整个故事……"

"安提帕，你是我的儿子，也是我的兄弟，觉醒吧！"安盖尔向床边走去，声音越来越大。他的面容如朽木一般，干瘦的双肩支棱在白衬衫下面，一瘸一拐、一瘸一拐。你看到他的手很长、很长。"安提帕，成为我让你成为的人吧。跟我说：'那不是真的，不是玩笑，也不是笑话。'跟我说：'我有那种天赋。'你往四周看一看，就会发现你真的拥有它。看看当你走过时，所有人都是如何颤抖的吧。跟我说……"

"好的。"安提帕说。他站起身，向安盖尔走去，试图掩饰自己的恐慌和怜悯。恐惧慢慢袭来。"安盖尔，你冷静一下。从来就没有什么玩笑，我说我开玩笑的时候是开玩笑的。我有点儿醉了，不过我知道自己什么都知道，甚至知道自己的未来。"安盖尔从突然长出的驼背上抬起头来，双眼充满人性，带着人类的惊恐在眼眶中转动，这才是活人的眼睛。他的语调很平静："原谅我。我坚信，安提帕，我坚信你的力量是巨大的。你有那面镜子，但如果没有我的话，你什么都不知道，什么都不会发生。如今，你就是那种力量。你观察着，等待着，突然说：'这个人，现在轮到你了。'于是他就出事了。你就是苏绰。但如果没有我,你又算个什么呢?现在你就是苏绰。"

"苏绰?"

"苏绰。我会告诉你的,我会跟你谈这件事的,还没到你该知道的时候。过会儿吧,等天亮的时候……喝吧,我能做得最好的东西就是这烧酒了。专门为你酿的。喝吧,主人。"

安提帕一饮而尽,说道:"我有点儿想走了。"他漫不经心的语调上哪儿去了?一只蜜蜂在窗口飞舞,围着陶盘上的蜂巢嗡嗡作响。"你回头再告诉我吧。明天,我明天来的时候,你再告诉我所有关于苏绰的故事。"

"不!"安盖尔叫道,"我们必须喝一杯!必须为和好而干杯,必须为信仰再次降临到你身上而高兴!我知道你,我不会弄错的。我的力量,就在于向你展示你的力量。你也看到了:我给予了生命,然后又将它夺走。我还会再次赋予生命的。不过我从一开始就知道,因为我的内心在呼喊:'就是他!'我的血液在怒吼:'就是他!'我的头脑在沉吟:'就是他!'而你,就是那个他!你不该再有疑虑了,结束这一切吧。你现在就在这里待着,不要往门口去。你不是个庸庸碌碌之辈,不是凡夫俗子,你是天选之人!别再犹豫了,继续前进吧。留下来,我会告诉你关于苏绰的故事的。喝吧,良辰苦短,到天亮的时候你就会知道关于苏绰的一切。我们很强大,可以用无尽的力量为所欲为,没有任何东西可以阻止我们。我们必须找到上帝,并再次创造世界。我们拥有那面镜子,便拥有了信物,它的力量在我们体内。不过首先,要让镜子到这里来。这是个目标……"

安盖尔瘫倒在花盆的碎片上,用膝盖和胳膊肘撑着地,脑门在混杂着碎片和植物残骸的泥土中拱来拱去。安提帕退到门口,但是怜悯最终战胜了恐惧。有什么可怕的呢?他只是一个人而已。安盖尔并不是个疯子,除非你对别人说:"我在这个小镇上认识个怪人,他是个疯子,是个奇怪的家伙,他有很棒的樱桃烧酒。"他的幻想源自孤独,你害怕一个孤独的人吗?他只是泵站的看守而已。如果你现在走开,让他,一个孤独的病人躺在地上的话,你才是个疯子。恐惧源自疲劳,源自这压力重重的一天,源自这暴暑暴寒的天气。在一个老疯子身边,因为他的一惊一乍而害怕,真是愚蠢。哦嚯,难道你没有经历过比这种恐惧更可笑的事吗?唯一能让这个老头发疯的,是他的信仰,他的信仰是他的自由。而你,却是个幸运无比、心无成见的年轻人。来吧,就是你了。还有谁会如此看中天性的自由呢?哦嚯,就是你了,你这个可笑的笨蛋!

安盖尔在你的搀扶下站了起来。他没有喝酒,只是滴了几滴酒在手掌上,揉了揉太阳穴和后脑勺。现在他在屋子里走动着,健步如飞,没有打滑,没有趔趄,更没一瘸一拐的。他面如土色,形容消瘦,目光深沉。安提帕慢悠悠地躺回到毛毯上,用嘴唇轻轻啜着酒,杯子一动不动。公鸡打鸣了。公鸡是人类的朋友,它能驱散恐惧,让猫头鹰退缩到它阴冷的巢穴中。公鸡站在篱笆上,站在椽子上,站在垃圾堆上。公鸡彻夜不眠,无所事事。它趾高气扬,明明是个奴才,却摆出了男爵的架势。它是清晨的歌手,在猪圈里当乐队指挥。它管着一大群母鸡,像个浪荡公子一样,用菜籽把嗉子撑得满满的,还在廊子上随处便溺。哎,好吧,它就是只睥睨众生的小公鸡,还有比它更可笑的吗?公鸡的啼鸣让夜晚变得清净,不再危机重重了。"你会被人笑话死的,那些古老的信仰,猫头鹰、公鸡、山羊……好好睡吧,别害怕。像人一样感到疲倦吧。"安盖尔坐在一把椅子上,把烧酒倒进你的杯中。天什么时候亮呢?漫长的一天,是变化的起始。安提帕没有说话,慢慢合上了眼睛。安盖尔把椅子往床边移了移,胳膊肘撑在膝盖上,俯身坐在那里。他神情专注、好奇,带着爱慕、顺从和忠诚。一片寂静,天亮了。蜂蜡的气味很柔和,干面团却发出刺鼻的气息。谁在发面,准备做面包呢?一只蜜蜂爬到墙上,它并不大,大概和蜂鸟差不多。

"有六个人了。"安盖尔说完又问了一声,"有六个了吗?"

"六个了。"安提帕说。真可笑,一个可怜的疯子,整天想着五个、六个、七个！你居然把一个荒谬的、信手拈来的玩笑当成了信仰！可笑至极！疯子！还是把仙人掌留下来吧。也许有一天帕西·阿基巴尔德·斯通大夫会请他到自己的小岛上去的。哦嗷！安盖尔穿着短裤，骑着自行车，怀里抱着个网球拍。柏油小路、绿色的田野、红色的犍牛，车后的书包架上用白绳子捆着一个罐子，里面有棵矮小的仙人掌！睡一个小时吧。早上五点有一班去阿尔巴拉的火车。因为你不愿留下来，所以得回去待几天，埋头在故纸堆里，这得耗费两三天……其他事情，都会安排好的。安排，这是个很棒的词，就像魔术师手里的球面镜一样，就是那位变兔子的先生……快闭上眼睛吧，一小时后再睁开。

"是的，我确定，六个了。"安盖尔说，"第七个也该来了。我有罪，安提帕。你没有开玩笑，是我给了你力量。我不得不让你学习它、使用它、相信它。我追悔莫及，请求你饶恕我。喝吧。"

"让我们想办法搞到第七个人吧。"安提帕困得连舌头都不听使唤了，"在我醒来之前，我们肯定能搞到的。再来一杯，魔术师，再来一滴我就能安然入睡了。仙人掌之父。"

安提帕没有摇头，也没有睁眼，用鞋尖摸索着那把小凳子，就像盲人在探寻人行道的路牙一样。终于找到了，他凝视着它，直到把双脚妥帖地架在上面，才心满意足地深深叹了口气。可是，看似近在眼前的睡眠却久久未至。安提帕用胳膊肘撑起身子，他总是做这个动作。"安盖尔，"他说，"你的烧酒没让我醉过去，反而让我醒过来了，你往里头放什么了?！"他笑了起来："现在就让我们搞定第七个人吧，还他妈等什么呢?"这些话不由自主地从他嘴里冒了出来，他似乎想用笑声来遮掩一下、隐藏一下（为什么呢），赶紧把它们收回去放回原位。笑声有点儿别扭，就像孩子，尤其是小姑娘一样。当她们懵懂的身体在医生面前被无情地扒光，周围的成年人开始仔细探查的时候，她们就试图用这种笑声来掩盖赤身裸体的尴尬。她们满怀羞耻、仇恨和愤怒。这是一个难以描述、充满阴暗的复杂时刻。"安盖尔,"安提帕笑道,"我们让他现在就来吧……"

安盖尔嘶吼起来,他狂甩着双臂,墙上的影子也张牙舞爪的:"我们不能这么做。你这家伙别开玩笑了!我等了那么久,不能毁了这一切。你这个无能、可笑的家伙,你以为时辰未到,你就能用那张罪恶的嘴去吸吮仙人掌的尖刺和叶肉吗?你要学会忍耐。"不过,安盖尔突然有了个新的想法,他停了下来,注视着安提帕。一丝柔情蜜意转瞬即逝。安提帕想要张嘴说话,却什么声音都发不出来,只能看着安盖尔。后者站在刺目的白墙中间,安静、平和、勤劳,动作短促而精准,正在用扫帚把种那棵仙人掌的花盆碎片扫进一个簸箕里。看着他干活的样子,很容易联想起旧宅中的老仆人。他对自己的职责、房屋、主人了如指掌,甚至他自己就是某种意义上的主人。主人不在家的时候,这些野心勃勃却一事无成的人会在荒凉的宅子里,在晦暗的镜子前穿上主人带尾巴的衣服,戴上主人的假发。蹬上他的长靴,咔、咔、咔。无尾常礼服要垫上胸衬,风衣的衬里是鲜红的绸子,围巾则是雪白的。有时候他也会穿上仆役的制服,托着盘子穿过高高的厅堂,恭敬地弯着腰,尊卑分明。无论是谦卑还是高傲,他们都无人能及。熄灯之后,他们要等到最后才能回到阁楼上的房间里躺下。

"明天,"安盖尔说,"明天。"他脸上闪过令人担忧的阴影。"明天,"他发出一声诡异的轻笑,"一次死亡。"他的眼睛像鸟类一样瞪得滚圆:"明天……"

"明天。"安提帕说。他四仰八叉地躺在床上,长长地打了个大哈欠。"哦嗷,"他心满意足地慢慢说道,仿佛在耳语,"困意上来了,又来了,也许我能抓住它,哪怕只有一小时。"

安盖尔伸手抓住酒杯,用另一只手往里倒酒。清澈的酒水汩汩流出,带着杏仁味,在耀眼的白光中晃动。那只蜜蜂还在蜂巢上转悠。

* * *

还是没睡着。恍惚间,听见德鲁伊格在和普什楞迦大夫说话……

佐塔神父懒洋洋地脱下自己心爱的法衣……院子里很热……积雪落在绿意盎然的院子里……维济鲁检察官、阿戈布、西尔维娅·拉克利什在说话……说着说着，说话声自由地流淌……慵懒、炎热、汗水、凉爽、冰块、老妇人……狗一声不吭，既不警惕，也不紧张，在自由自在的谎言中偷懒……驴子咿哈……咿哈地叫着……耳朵藏在羊皮帽子里……说话声慢慢滚动出来……长长的说话声蜿蜒蛇行，油腻腻的……好长的一天……还在说话……还是不困……桌上到处都是纸，还有订书机，哟嘿，这个长尾巴的机器啪啪就在纸上打了俩窟窿，放进文件夹……肚子上都是汗……头发散了，把什么都遮住了……心不在焉地聊着，不再紧张了……天亮了，恐惧远去了……无忧无虑的睡眠……大家都在说话……圣诞树上的蜡烛……严寒中的漫漫长夜……雪地中的长夜……还有一个钟头，还没睡着……噉噉，两天，就是一年的两极，这算什么时间点呢？噉噉，这是谁说的？他怎么说的？……说着说着，响起一声怒吼……隐藏着的恐惧……几幅画……哦噉噉……聊天打发时间，时间就这么过去了……一九〇二年，在一辆维也纳式的马车里……两匹马在前面拉车……铺着黑色水磨石的站台……脸被遮住了……还是不困……傲慢的神情被面纱或是一块麻布遮住了……一个女人能有多少羞耻心呢……一个乔装打扮的男人……我们不能浪费时间了……说着说着，就说了一整年……那两天一上一下，围着一根轴转动，就像一根烤肉串……拳头在衣兜里攥紧了……把时间抓紧了，别让它跑了，别让人家把它偷走……你可以用一根细皮带拴着它，拖着它走，一直走到菜市场，到肉铺后头买些边边角角的碎肉煮熟了一天三顿喂给它吃，只要白煮就行……说着说着，还是不困……宁静的大晴天……说话声滚动出来……书上满篇谎言……写下来的话和嘴上说的话……

* * *

安盖尔走到床边。"你睡着了。"他说。你想要说话，你还能听到他的声音,可是和说话相比,现在困意离你更近。有那么一瞬间,你几乎快理解他了。但在这短暂的不眠之夜,你脑海中突然闪过一个完整的念头,它好像是欢快的,差点儿被你遗忘了:睡一觉,然后睁开眼,眨一眨,说:"哦嚓,嬷嬷!"可是,再次入睡太困难了。

* * *

安提帕的呼吸听起来很平静,很舒缓。他睡着了吗?安盖尔跪在床边,伸出手,轻抚着年轻人的额头,然后抓住他的手腕。大滴的泪水顺着面庞滑落。"安提帕,"他说,"我满怀感恩,谦卑地臣服于你。你可怜可怜我,原谅我吧。因为你看,我已经原谅你了,正在卑微地哭泣。苏绰,那是我的血、我的肉、我的思想,他能帮我完成对自己信仰的塑造。你什么都不信,安提帕,还冷嘲热讽,这是错的。你就是我通过信仰,通过我的意志力,从无到有创造出来的生物,你就是我的灵魂。我痛哭,我悔恨,无法将任何事托付给你。我不再相信你了,我错了。你的信仰就是谎言和玩笑,只有我始终坚信一切必须有始有终,其余一概不信。你太软弱了,什么都不信。不过你是个好人,有深邃的思想,只是太没心没肺了。为什么?为什么?我无法纠正任何事,原谅我,原谅我,孩子。很快就会结束的,你不会感到痛苦。你会睡过去,睡过去。原谅我吧。"

他把自己的手轻轻从安提帕的手上拿开。

"我会帮你快一点儿结束的。我卑微地哭泣,原谅我吧。"

那是件古老而实用的工具,沉重的铜锤猛地砸在那个沉睡的人的后脑上。一只眼睛突然睁开了,嘴里没有发出任何声响,脑袋拧了过去,仰面朝上,胳膊就像两条空心的铁管一样相互击打着。第二次敲击把额头砸成了两半。

一条腿无力地抽动了一下,白色毛毯上的手没有动弹,手上的血管依然饱满。杀手晶莹的泪水慢慢风干了。

第二十四章

前法官维济鲁写道:我从朗布力诺大夫的记录中选取了一些,摘抄如下:

"我的信仰牢不可破。我已经完成了惩罚,现在必须再等等。我不着急,在我现在所处的地方,时间没有任何力量。我必须得说,我的调查实际上让我比王度,甚至苏绰走得更远。只有我知道是怎么回事,而且将它藏在自己心底。七是个决定性的数字。它向我揭示了安提帕是否真的是苏绰,他的那面镜子是否真的就是那面古镜。那时候已经有六个了,必须得有七个。当他用自己惯常的方式,嬉皮笑脸地说'让我们想办法搞到第七个人吧'的时候,我就知道第七个就是他本人了。他这样说了,他成了第七个!不过,这到底是未卜先知,还是另一个玩笑呢?没有信仰,就不会有力量。如果连安提帕都不相信自己身上发生的事的话,就意味着我搞错了,他并没有真正的镜子,那只是件某位太太在旅途中买下的小玩意儿。如果神父真的是第六个的话,那么他成为第七个绝非偶然。如果他已经预见自己的死亡,那么我就可以实现命运的旨意。我不需要再等下去了,因为这表明我的调查是正确的,调查的目的已经实现了。我早上派穆耶丁去叫他。所有事情都串联起来了。他的死,是因为他没有信仰之力。如果我能够完成上天注定的事,我的思想就会真的活过来,真正的力量也会到我身上来。那面镜子只是一个助力,在一个封闭的圈子里,它离开我就无法存在,而我没有它的话,也无法动用自己的力量。安提帕是一个中介,无论如何都得死。到了第七个,他的力量就终结了,而他正好是第七个。我必须得知道。我那时已经等不及了。我在这里无忧无虑,身边就是西班牙国王和萨巴女王。现在,已经没有时间了。而那时候,时间让我窒息,把我像一只虫子那样碾碎。你赶紧吧。我必须知道。我不想杀了他,我爱他,可是他毫无信仰,而且没心没肺地快乐着,这不能再被容忍了。宽容会扼杀精神和意志。我想把他变成一个一心一念,从不迟疑的人。他骗了我。这并不困难,因为我们都是些罕见的真正的人,是执迷于单一信仰的专家,都很天真,很容易相信别人。这是个悖论吗?我们的信仰不承认质疑。我们会去爱,却不知如何原谅。我们没有模棱两可的衡量尺度,一切都要有始有终。他用笑声来怀疑一切,终结一切。他不是第七个,不是他。他什么都不是,只是个骗子、小丑,一撮微不足道的沙粒。一直到天亮,我都在等待那面镜子。它没有来。我的蜜蜂最后终于随着日出一起出现了。安提帕那里什么镜子都没有,我会从其他地方得到它的。

"如今,我的信仰比任何时候都鲜活。我的头发还没变白,身体也很健康。这里只有一件事让我不太满意。这里很多人都有光鲜的名号,比如,国王、将军、部长什么的。有很多部长、学者、先知,甚至还有一个圣人,一个隐士,他的思想非常了不起。可是,他们所有人都只会想女人。他们给女人送各种各样的礼物,整天纠结于各种鸡毛蒜皮的琐事,耗费自己的精神和心力围着女人转。真是耻辱!我没法理解他们。我一直单身,因为我知道一个女人可以让你随时改变主意,忘掉自己宏伟的目标。我鄙视她们。在这里,我也遇见了同样的情况。真恶心!我的信仰使我获得了冷酷而公正的欢乐,这种欢乐无法容忍嘲讽和玩笑。我的欢乐就是泪水。杀死安提帕之后,我明白了。他通过死亡得到了救赎。充满怀疑的平庸的生命,对他而言有什么用呢?那时我才知道,我心目中的信仰和力量,在他眼中只是游戏和玩笑!此前我一直没有失去希望,我早就怀疑过他,但在他死前,我看到了他的思想和灵魂,知道已经不可救药了。他的大脑贫瘠、光滑而有光泽,像猴子屁股一样恶心。他的灵魂就是个空洞,女人的气味从里面升腾而起。他的嘴角总是挂着嘲讽。同情和泪水帮助我理解了她，我是指他老婆。一个女人，还能是什么呢？我不喜欢她的名字，太轻浮了：菲丽奇娅！不过我觉得她的信仰很坚定。我明白这一点。他们的生活是什么样的呢？我知道。她总是试图让他去理解信仰，去理解爱的力量，可是他却笑着摇头。通过我，她也得到了救赎。可是，那面镜子现在就在我身边。我感觉到了。我只要伸出手就行，但我什么都没说。我停了下来，必须得做好准备。在日落之前，我不能随便走动。我必须得去见王度，他现在是以极乐世界特使的身份来的。我们要在蟠龙山上见面。他会给我带来一些重要的消息。到时候再说。"

* * *

在没有提供更多细节的情况下，维济鲁法官把这篇带标题的文章夹在了那堆纸里，（为什么？）正如你们所见，标题就叫"结语"，甚至引用了一句格言。这篇文章挺有意思的，它的架构像是一封匿名信，把一些词句从报纸上剪下来，再找张纸拼贴而成。很明显，作者既不是维济鲁，也不是朗布力诺大夫。

结语

格言：然而在我看来，他并不疯，
只是遭受了极大的痛苦。

——这就是他全部的病症
（梅什金①在叶潘钦家中所说的话）

　　疗养院，或者说临终关怀医院、疯人院、城堡，就像附近的农民所说的那样，是一栋古老的贵族宅邸，坐落在古木成荫的小山上，之前山上有一片真正的森林。起初，那里是一座猎人小屋。每天清晨，犬奴身穿翻毛皮袄，双手插在镶着银币的宽腰带里，吹起急促的哨声。铁条焊成的笼子一个挨一个紧贴在一起，中间用一些钢板隔开。笼中的猎犬听到哨声，狂吠着冲向网状的笼门。犬奴没有看它们，只是歪着脑袋仔细聆听着。他竖起耳朵，好像在听某种珍稀鸟类的鸣唱。贵族的继承人中，有一位开垦了山脚下的土地，另一位则用一道高高的石墙把那片阴暗的森林余下的部分（实际上，所谓山顶也不是个山峰，而是柔和的小山山肩）围了起来。石材取自一座古老宫廷的遗址，由于沼泽不断侵袭，地下都被掏空了，遗址逐渐向地心深处沉没。围墙时高时低，蜿蜒起伏。当太阳照射在石灰岩板材的边缘时，那道墙看起来就像没有尽头一样。新的继承人没有保留猎人小屋，而是用石头建造了一座城堡，有很多房间、阳台和炮塔，还有两

---

① 均为陀思妥耶夫斯基长篇小说《白痴》中的人物。

个带穹顶的大厅,宽大的橡木楼梯通往楼上的房间。

丘陵地带经常烟云环绕。在森林被砍伐的地方,开垦出了狭长的玉米地、没有尽头的向日葵地和灰沉沉的土豆田。沼泽实际上是一个奇怪的地方,它变幻无常,农田和水产丰富的湖泊在那里相遇。云雾也同样用变幻无常、令人不安的方式,极为人性化地将天地联结在一起。你可能会看到,特别是在日出之前或日落之后,有一只灰突突的鸟冲出沼泽,消失在云雾中。人的思想也是如此,可能在无尽的探索中,有时可能会被一声闻所未闻的吼叫撕裂。

当这座宅子成为疗养院的财产之后,这个地方的面貌发生了些许变化。无数大大小小的木屋、砖房、棚子,还有一排排仓库被搭建起来,只有那座古老的石头城堡还保留着原来的样子,只是每年都会在石头外墙上刷一次白灰。白灰显然不适合这座城堡,却使原本生人勿近的石墙有了一丝家的感觉。当年,大人带着诸多猎物满载而归,匆忙间建起了这座粗糙的城堡,其坚不可摧的气势至今犹存。当你从大门口沿着沥青小道向上走去,看看墙角六个巨大的飞扶券,便可见一斑。在很长一段时间,这家疗养院看起来就像勒普什涅亚努①时期的教会医院,当时瘟疫已经湮灭在自身的灰烬中,人们经历了辣椒的熏蒸和生石灰的净化后,在那里等待着重获新生。这个地方与世隔绝。在森林边缘可以看到一架像牛肝菌一样的水磨,森林和沼泽之间则是一块布满砾石的荒地。村子离这儿很远,但山脚下有几处民居,被枝条编成的篱笆围绕着。疗养院的病人被愠怒和忧郁所掌控,但他们的嘶吼极少打破山丘的宁静。他们没有希望,没有邪念,每个人都很知足,因此也没有人性中的疯狂。他们生活在天堂,只有从晴朗草原上吹来的季风才能偶尔让他们狂吠起来,捡起石头打成一团。不过,他们会一直待在这里,这让他们变成了一些似乎可以永恒不灭的生物。有些人可以帮磨坊主干活,譬如箍轮子、扛麻袋什么的,有时候还能

---

① 亚历山德鲁·勒普什涅亚努(1499—1568),摩尔多瓦公国大公。

在山脚下的农家院里看到他们在滚木桩或搭马厩。但大多数人都在那个永恒的磨坊里无休止地劳作。

黎明，太阳尚未升起，启明星依然在乳白色的天空闪烁，老帽匠奥古斯特在疗养院门口停下了脚步。石墙上一共开了两扇门，露水浸湿了石头，从石板边缘长出的杂草上缓缓滴落：较小的那扇门是在木框上绷了一张铁丝网，较大的那扇则是用又细又长的铁管交错铆接而成的。两扇门和石墙，和山丘上的城堡格格不入。门上没有锁，也没有门闩。用掌缘轻轻一按，再用肩膀一推就开了。老帽匠奥古斯特的脚趾在靴子里动了动，靴底很厚，鞋带系成两个大蝴蝶结。还没到山脚，他就脱下了靴子，用鞋带绑在一起，挂在肩上。很长一段路，他都光着脚踩在挂满露水的草地上。他的脚很白，瘦骨嶙峋的，布满褐色的小斑点和红色的肿块。他坐在一截朽烂的树桩上，一阵离地不到一拃的暖风从森林吹来，向沼泽拂去，吹干了他的双脚，他不慌不忙地穿上靴子。一路走来，他饶有兴致地四下打量，惊奇地看着草地、树木、砾石。那只从桑树中冒出头来的喜鹊仿佛已经等了他许久了，也许那位萨巴女王提着一桶麸皮经过那里的时候，没有把它妥善地安置在两根柱子之间。大门在老帽匠奥古斯特面前自动打开了。

特纳赛从没刷墙灰的砖砌岗亭里走了出来。他是个门卫，矮墩墩的，红色的络腮胡子遮住了宽阔的下巴，已经有一周没修剪过了。他睁开困惑的红眼睛，面带嘲讽地看着陌生人。身上的红格子衬衫袖子已经磨破了，领口敞着，在喉结下方贴肉系着一条油腻腻的、带彩色菱形图案的领带。粗呢长裤用一条黄色的裤带系着，盖在一双几乎全新的蓝色网球鞋上，没有鞋带。特纳赛平时就坐在岗亭里，身后是一间昏暗的小屋，可以看到里面有一张桌子、一把椅子，还有一个盛满沙子的狗窝。桌上有个摊开的本子，里面的白纸脏兮兮的，上面好像写了几句话，不过铅笔还别在那个人的耳朵上。

"早上好！"老帽匠奥古斯特说。

"好。"特纳赛说。

"我想找苏绰。"老帽匠奥古斯特客气地说道。

"你疯了吧。"特纳赛说,"也许你想找安盖尔!什么苏绰?"

"是的。"老帽匠奥古斯特说,"当然,安盖尔,我以为,你看,我……"

"附耳过来。"特纳赛说。陌生人的局促让他产生了不可抑制的巨大快感,做出一副狡黠、负责、谦卑的表情来。他走到老帽匠身边,稍稍弯下膝盖,把重心放到脚后跟上,身体晃动着。他伸出一根手指,挤眉弄眼地做了个手势。老帽匠奥古斯特注视着他,朝他侧过耳去。"嘘……"特纳赛说道,"我是门卫,什么都知道。真相并非如此。我可以告诉你,你看起来是个信得过的老头,苏绰,对,就是安盖尔。不过安盖尔不想让人知道,所以这事还得保密,我得保护他。嘘……"

"没错,没错。"老帽匠奥古斯特说,"当然。我忘了,不好意思,我刚才怎么糊涂了。"

"开会了,开会了!"老帽匠闻声转过身去,只见一棵粗大的枫树上满是窟窿,一个又高又瘦、穿着过膝麻布衬衣的生物在树后看着他。它的脸很细,很严厉,额头发亮,鼻子坚挺,面部的线条和棱角几近完美。在一座石头城堡里,是谁给它理的发,帅得跟个领事似的?它面色阴沉、失望,似乎正在遭受可怕的苦难。脖子依然属于那颗脑袋,但肩膀很窄,不断地颤抖着。脚掌很柔软,细长的小腿线条流畅,脚跟向前顶,短短的脚掌却向后缩着。"它叫塞内卡。"特纳赛小声说,"塞内卡可以告诉你更多。"门卫的表情阴险狡诈,他的同伴则昂着高贵而肃穆的头颅。老帽匠奥古斯特从衣兜里掏出一盒烟来,向他们推过去。门卫冷笑着,把脏兮兮的手指头伸进去,掏出几根烟来,用牙叼住一根,剩下的则揣进了自己的口袋里。另一个生物四脚着地跑开了,消失在树下高高的草丛里。

"在哪儿能找到安盖尔?"老帽匠奥古斯特问。

"嘘……"门卫冷笑着,用胳膊肘轻轻杵了他一下,"你是想说,苏绰。"

"是的。"老头说。

"你知道今天几号吗?"门卫问道,"嘘……不用回答我,看得出来,你不知道。你是从别的地方来的。我告诉你吧:是一九〇九年十一月三日。你记住了。"

"没错。"老帽匠奥古斯特说,"你说得对,我刚才忘了。哪儿能找到他?"

门卫特纳赛没有回答,突然走进了他的岗亭,开始写了起来,铅笔在纸上飞快地滑动。

中午时分,能看到他们俩在幽暗的树冠下漫步。迷雾从沼泽上升起,也许磨坊主也从他的面粉中抬起了头,只见那座小山好像被切成了两段,飘浮在云端。他们交谈着,没人听到他们在说什么。老帽匠奥古斯特顶着颗白发苍苍的大脑袋,穿得像个小丑。他微笑着,衣襟随风飘散。安盖尔面色阴沉,穿着无领麻布衬衣,扣子一直系到脖子上。黑背心、黑裤子、脸庞干瘦、坚毅、僵硬。

暮色中,老帽匠奥古斯特独自沿着沥青小路下山。门卫特纳赛在岗亭里冷笑。远处石墙下,一个女人在榛树丛中发出长长的、压抑的嘶吼。离那儿不远的地方,也许是从小路尽头的那座小亭子里,响起了欢快的铃声。

"我下个月再来看他。"老帽匠奥古斯特说。

"一千九百九十九。"门卫特纳赛说。老帽匠奥古斯特已经出去了,向磨坊走去。门卫伸出舌头舔了舔上下嘴唇,卷起舌头发出一声难听的声响。

可是还没到一个月,老帽匠奥古斯特在三天内再次出现了。那天他和安盖尔聊到很晚,然后留在那里过了夜。过了七天,他又来了。之后连续一个星期,他都是早上来,日落之后离开。

时光流逝,有谁能抗拒呢?门卫特纳赛死了,来接替他的人穿着一件用两块桌布缝成的风衣。后来这个人也死了,又来了另一个人。

总得有人时刻守卫着山上那座古堡的大门。可是，在从沼泽上升起的迷雾中，每天都能看到老帽匠奥古斯特和安盖尔在一起。他们或是窃窃私语，或坐在树桩上一言不发，蜜蜂在阳光下嗡嗡作响。有人说，老帽匠奥古斯特在磨坊后头租了一间屋子，甚至从磨坊主那里买了间屋子，可是磨坊主已经死了很久了。还有人说老帽匠奥古斯特最终也搬到了山上的疗养院里。没人知道。听说罢了。

不过，那两个老头一直在谈论什么呢？

第二十五章

"我无法摆脱帕夏留。"维济鲁写道(那是从即时贴上撕下来的一小张纸),"他纠缠我已经有两天了,想要一瓶古巴产的朗姆酒。'你不吃亏。'他说,'如果我把这封信便宜点儿给你的话,我都会笑话我自己。一瓶百加得而已,不值一提。你听着,法官,让你美丽的智慧,而不是你的激情摇曳!①你别撵我,我看出来了,你想赶我走。给我那瓶酒,我就给你这封信。难道你一点儿都不感兴趣吗?我拿到了那张纸,看起来好像是在垃圾箱里找到的。那是一封小狗爱罗曼卡写给阿尔古斯的信。'帕夏留的谎言:'亲爱的阿尔古斯,最近我们很少见面。命运是残酷的,但我们还是要把尾巴翘得高高的,保持我们的尊严。我们是狗,不是人类。你要坚强。有太多狗性的东西束缚着我们,让我们无法挣脱。现在,我们已经从那栋丑陋的大楼里搬出去了,真不错。我们只有间一居室,不过小屋周围都是七扭八歪的库房,就算是那个最熟练的捕犬人也会在里面吓得晕头转向的。这太棒了,阿尔古斯,他真的晕。而且我们四周的垃圾箱里装满了骨头和剩菜,我都挪不动步了。我不知道这么大一笔财富是从哪儿来的。在男主人惨死之后,我可怜的女主人,菲丽奇娅夫人终于能安心了。哦,阿尔古斯,她流了多少眼泪啊!现在她平静多了,你要理解,我不能在晚上离开她。我相信你一定会理解的。搬家过程中,我们遇到一桩麻烦事,不过不是什么大问题:那块又重又亮的金属,就

---

① 原文为英语。

是那面镜子，反正他们管它叫镜子。我们狗狗，知道镜子实际上是什么样的。那东西又笨重又难看，却让菲丽奇娅夫人伤心不已，因为鬼知道怎么回事，这块铜片在大家七手八脚搬家的时候不见了。他们管它叫铜。是有人偷走了吗？为什么呢？我是不会把它藏到我们的笼子里的，不过你知道那些捕犬人都是什么德行。总之，我们没再见过它。阿尔古斯，今晚我去不了了。我没忘了你。就说到这儿吧，小区里的捕犬人来了，他的帮手正绕过垃圾箱偷偷摸过来。你知道他们在找什么。爱你的，爱罗曼卡。'"

第二十六章

安提帕死后第六天。这些日子,菲丽奇娅蹲在那里一动不动,膝盖顶着嘴,双手紧扣着脚踝,下巴像扎了根一样杵进胸骨。白天,百叶窗一直紧闭着;夜晚,一颗小星星在桌上闪耀。那个好心的胖女人一直陪在她身边,奇怪的生物。她全心全意地操持家务,维持家庭的宁静,却无力抗拒死亡。尽管如此,她忠诚的影子永远在那里。第七天傍晚,菲丽奇娅睁开了眼睛,带着深邃而神秘的微笑,胖女人消失了。菲丽奇娅像久病初愈一样慢慢站起身,开始走动起来。四下一片漆黑,她打开灯,觉得又饿又渴。她推开窗子,螺栓艰难地转动,像生锈了。外面正在刮风,青草的气息扑面而来。女人张大嘴巴,鼻孔深深吸了一口气。她还活着吗?鼻子、耳朵、眼睛、修长的手指和舌头都还在,心脏更是像一台巨大的水泵在转动。她没有说话,也不知道自己是否还能说话。她还能微笑或皱眉。不过这只是个开始,远远谈不上是好是坏。她还活着,从头到脚都是鲜活的。远处,下方,一大群昆虫和黑蝴蝶正围着一个亮着的灯泡飞舞。她任凭窗子敞着,走进了浴室。水从充满生机的管道深处强劲地喷洒出来,留下若干带空隙的湍流,狂暴和沉默正是它们存在并延续的标志。途经过道的时候,她的肩膀碰到了挂在衣架上的衣服,斜靠在木头托板上的雨伞倒了下来。菲丽奇娅把它捡起来放回原处。当她的掌缘触碰到弯弯的伞柄时,感受到一种难以言表的、令人愉悦和安宁的东西。她走进厨房,煤气灶上煮着一锅牛奶,泡沫刚刚冒起来。菲丽奇娅把火焰调小,往滚烫的白色泡沫上轻轻吹了口气,倾听着牛奶沸腾的声音,闻着蒸汽的芳香。她把牛奶倒进一个大缸子里喝了下去,饱了。躺在床上,风鼓动着窗帘,一张纸,也许是报纸在桌子上沙沙作响。

午夜过后,当孩子在黑暗中像敲鼓一样撞击子宫时,女人才意识到那真的是个孩子。于是,她又恢复了说话的能力,无数词句冲到嘴边,涌进头脑。装满话语的脑袋不断鼓胀,变得比地球还大。她跳下床,奔向窗口。一开始很害怕,随后又高兴了起来,鲜活的精气神像云彩一样将她笼罩。刹那间,她体会到了对死亡的渴望,变得温柔而决绝。俯身向窗外望去,下面是个寂静的深坑。只需一个轻松、快速的动作就可以结束这一切。但是,鲜活的生命因恐惧和欢乐尖叫了起来,于是它依然鲜活。世界能被装进一滴眼泪里吗?

天亮了,太阳升起来了。孩子在妈妈的体内生长。可是当他即将得见天日的时候,却在温暖而黑暗的羊水中扭动,不愿露面。妈妈不想再怀着他了。于是,一个男人伸出强健、熟练、骨节分明的大手,把他拽了出来。"来吧!"他用低沉而戏谑的声音对他说,"我会赐你长生不老的。赶紧出来!"随着一声胜利的啼哭,孩子冒了出来,用自己又湿又皱、像颗白色无花果一样的脚后跟踢着那个人的脸。是个男孩儿。

"蓝色东欧"译丛（部分书目）

第一辑

- **《石头城纪事》**（小说）
  【阿尔巴尼亚】伊斯梅尔·卡达莱 著　李玉民 译

- **《错宴》**（小说）
  【阿尔巴尼亚】伊斯梅尔·卡达莱 著　余中先 译

- **《谁带回了杜伦迪娜》**（小说）
  【阿尔巴尼亚】伊斯梅尔·卡达莱 著　邹琰 译

- **《石头世界》**（小说）
  【波兰】塔杜施·博罗夫斯基 著　杨德友 译

- **《权力之图的绘制者》**（小说）
  【罗马尼亚】加布里埃尔·基富 著　林亭、周关超 译

- **《罗马尼亚当代抒情诗选》**（诗歌）
  【罗马尼亚】卢齐安·布拉加等 著　高兴 译

第 二 辑

- 《我的疯狂世纪（第一部）》（传记）
  【捷克】伊凡·克里玛 著　刘宏 译

- 《我的疯狂世纪（第二部）》（传记）
  【捷克】伊凡·克里玛 著　袁观 译

- 《我的金饭碗》（小说）
  【捷克】伊凡·克里玛 著　刘星灿 译

- 《一日情人》（小说）
  【捷克】伊凡·克里玛 著　高兴、杜常婧 译

- 《终极亲密》（小说）
  【捷克】伊凡·克里玛 著　徐伟珠 译

- 《等待黑暗，等待光明》（小说）
  【捷克】伊凡·克里玛 著　杜常婧 译

- 《没有圣人，没有天使》（小说）
  【捷克】伊凡·克里玛 著　朱力安 译

- 《花园里的野蛮人》（散文）
  【波兰】兹比格涅夫·赫贝特 著　张振辉 译

- 《带马嚼子的静物画》（散文）
  【波兰】兹比格涅夫·赫贝特 著　易丽君 译

- 《海上迷宫》（散文）
  【波兰】兹比格涅夫·赫贝特 著　赵刚 译

- 《父辈书》（小说）
  【匈牙利】瓦莫什·米克罗什 著　许健 译

第 三 辑

- 《乌尔罗地》（散文）
  【波兰】切斯瓦夫·米沃什 著　韩新忠、闫文驰 译

- 《路边狗》（散文）
  【波兰】切斯瓦夫·米沃什 著　赵玮婷 译

- 《第二空间——米沃什诗选》（诗歌）
  【波兰】切斯瓦夫·米沃什 著　周伟驰 译

- 《无止境——扎加耶夫斯基诗选》（诗歌）
  【波兰】亚当·扎加耶夫斯基 著　李以亮 译

- 《捍卫热情》（散文）
  【波兰】亚当·扎加耶夫斯基 著　李以亮 译

- 《索拉里斯星》（小说）
  【波兰】斯塔尼斯瓦夫·莱姆 著　赵刚 译

- 《遗忘的梦境——查特·盖佐短篇小说精选》（小说）
  【匈牙利】查特·盖佐 著　舒荪乐 译

- 《流星——卡雷尔·恰佩克哲理小说三部曲》（小说）
  【捷克】卡雷尔·恰佩克 著　舒荪乐、蒋文惠、程淑娟 译

- 《神殿的基石——布拉加箴言录》（箴言）
  【罗马尼亚】卢齐安·布拉加 著　陆象淦 译

- 《十亿个流浪汉，或者虚无——托马斯·萨拉蒙诗选》（诗歌）
  【斯洛文尼亚】托马斯·萨拉蒙 著　高兴 译

第四辑

- 《耻辱龛》（小说）
  【阿尔巴尼亚】伊斯梅尔·卡达莱 著　吴天楚 译

- 《三孔桥》（小说）
  【阿尔巴尼亚】伊斯梅尔·卡达莱 著　施雪莹 译

- 《接班人》（小说）
  【阿尔巴尼亚】伊斯梅尔·卡达莱 著　李玉民 译

- 《绝对恐惧：致杜卞卡》（小说）
  【捷克】博胡米尔·赫拉巴尔 著　李晖 译

- 《严密监视的列车》（小说）
  【捷克】博胡米尔·赫拉巴尔 著　徐伟珠 译

- 《雪绒花的庆典》（小说）
  【捷克】博胡米尔·赫拉巴尔 著　徐伟珠 译

- 《温柔的野蛮人》（小说）
  【捷克】博胡米尔·赫拉巴尔 著　彭小航 译

- 《无常的夏天》（小说）
  【捷克】弗拉迪斯拉夫·万楚拉 著　张陟 译

- 《赫贝特诗集（上、下）》（诗歌）
  【波兰】兹比格涅夫·赫贝特 著　赵刚 译

- 《垃圾日》（小说）
  【匈牙利】马利亚什·贝拉 著　余泽民 译

第 五 辑

- 《壁画》（小说）
  【匈牙利】萨博·玛格达 著　舒荪乐 译

- 《鹿》（小说）
  【匈牙利】萨博·玛格达 著　余泽民 译

- 《两座城市：论流亡、历史和想象力》（散文）
  【波兰】亚当·扎加耶夫斯基 著　李以亮 译

- 《另一种美》（散文）
  【波兰】亚当·扎加耶夫斯基 著　李以亮 译

- 《思想的黄昏》（随笔）
  【罗马尼亚】埃米尔·齐奥朗 著　陆象淦 译

- 《着魔的指南》（随笔）
  【罗马尼亚】埃米尔·齐奥朗 著　陆象淦 译

- 《乌村幻影》（小说）
  【罗马尼亚】欧金·乌力卡罗 著　陆象淦 译

- 《裸浴场上的交响音乐会——罗马尼亚20世纪小说精选》（小说）
  【罗马尼亚】诺曼·马内阿等 著　高兴等 译

- 《我行走在你身体的荒漠——立陶宛新生代诗选》（诗歌）
  【立陶宛】阿纳斯·艾利索思卡斯等 著　叶丽贤 译

- 《魔鬼作坊》（小说）
  【捷克】雅辛·托波尔 著　李晖 译

第 六 辑

- 《简短，但完整的故事》（小说）
  【波兰】斯瓦沃米尔·姆罗热克 著　茅银辉、方晨 译

- 《三个较长的故事》（小说）
  【波兰】斯瓦沃米尔·姆罗热克 著　茅银辉、林歆、张慧玲 译

- 《挑衅》（小说）
  【阿尔巴尼亚】伊斯梅尔·卡达莱 著　李焰明 译

- 《娃娃》（小说）
  【阿尔巴尼亚】伊斯梅尔·卡达莱 著　张雯琴、宋学智 译

- 《天堂超市》（小说）
  【匈牙利】马利亚什·贝拉 著　余泽民 译

- 《秘密生活》（小说）
  【匈牙利】马利亚什·贝拉 著　余泽民 译

- 《蓝色阁楼寻梦》（小说）
  【罗马尼亚】阿德里亚娜·毕特尔 著　陆象淦 译

- 《两天的世界（上、下）》（小说）
  【罗马尼亚】乔治·伯勒伊泽 著　董希骁、【罗马尼亚】梅兰（Mara Arion） 译

- 《生命边缘的女孩》（小说）
  【罗马尼亚】米尔恰·格尔特雷斯库 著
  张志鹏、林惠芬、陈进、李昕 译

- 《希特勒金钱》（小说）
  【捷克】拉德卡·德内玛尔科娃 著　姜蔚茜 译

第七辑

- **《致爱丽丝》**（小说）
  【匈牙利】萨博·玛格达 著　舒荪乐 译

- **《对欢乐史的贡献》**（小说）
  【捷克】拉德卡·德内玛尔科娃 著　覃方杏 译

- **《患病的动物》**（小说）
  【罗马尼亚】尼古拉·布列班 著　陆象淦 译

- **《去往巴巴达格》**（游记）
  【波兰】安杰伊·斯塔修克 著　龚泠兮 译

- **《伊莎贝拉的中国情人》**（小说）
  【斯洛伐克】爱莲娜·西德维格优娃 著　荣铁牛 译

- **《木屋旅馆》**（小说）
  【阿尔巴尼亚】迪安娜·楚里 著　陈逢华 译

- **《迟来的莫扎特》**（小说）
  【阿尔巴尼亚】巴什金·谢胡 著　李玉民 译

- **《弗拉迪米尔·霍朗诗歌精选集》**（诗歌）
  【捷克】弗拉迪米尔·霍朗 著　徐伟珠 译

- **《瓦斯科·波帕诗选》**（诗歌）
  【塞尔维亚】瓦斯科·波帕 著　彭裕超 译

- **《恰佩克散文精选集》**（散文）
  【捷克】卡雷尔·恰佩克 著　徐伟珠 编译

· 部分书名为暂定，以出版时为准 ·